荒崎一海

刺客変幻(しかくへんげん)　闇を斬る 二

実業之日本社

実業之日本社文庫

目次

第一章　襲撃　7
第二章　影法師　83
第三章　運命（さだめ）　181
第四章　月下悽愴　268
第五章　対決　350

刺客変幻　闇を斬る　二

第一章　襲撃

一

文化六年（一八〇九）、晩夏六月下旬の夕暮れ。

鮫島兵庫は、屋敷の庭にいた。

今治城は、藤堂高虎の縄張（設計）による名城である。

瀬戸内にめんし、海水による三重の堀で護られ、来島海峡を扼している。本丸中央にそびえ、海峡を俯瞰する五層の天守閣は、二十万石の大名にふさわしい偉容を誇るはずであった。

遠浅の海岸を埋めたてて築城が開始されたのが、徳川家康が江戸に幕府を開く前年の慶長七年（一六〇二）。おおむねの普請が終わったのは同十三年（一六〇八）の晩春三月であった。

同年仲秋八月、城の完成を待っていたかのように、藤堂高虎は二万石加増されて伊勢の国津への転封を命じられる。そのとき、竣工まぎわであった天守閣は、解体、運搬された。

しかし、加増ぶんの二万石が伊予の国に残されたため、養子の高吉が寛永十二年（一六三五）晩秋九月まで今治の城にあった。

関ヶ原の役で徳川についた豊臣恩顧の大名があまたいるなかで、藤堂高虎は評判が悪い。家康への露骨なへつらいのためだ。

悪評をよそに、家康も二代将軍の秀忠も高虎をおもくもちいた。処世術に長け、乱世を生きぬいた武将であることはむろんだが、なによりも、高虎は築城の名人であった。徳川は、築城家としての高虎の手腕をじゅうぶんに活用したふしがうかがえる。

慶長九年（一六〇四）晩夏六月からの諸大名を動員しての江戸城大改築と、のちの大坂城の再建も、高虎の縄張による。

ほかにも、名古屋城、和歌山城といった天下普請への参画はもとより、今治城のほかにも、大洲城、宇和島城、津城、伊賀上野城などを築いている。

藤堂家のあとに今治城主となったのが、久松松平家であった。久松松平家は家康の異父弟を祖とする。

寛永十二年の初秋七月に、伊勢の国長島（ながしま）城主からの転封を命じられ、晩秋九月に入部した。三万石であった今治藩松平家は、三代定陳（さだのぶ）の治世に三万五千石となり、以降、幕末まで統治する。

城をかこむ武家地の一郭に、歴代の宿老である鮫島家のひろい屋敷がある。大手門から指呼の距離だ。

兵庫は、着流しに袖（そで）なし羽織（ばおり）という恰好（かっこう）で池の鯉（こい）に餌をやっていた。この年六十九歳。父親が三十八のときの子である。ために、父が五十七の年に、十九で妻を娶（めと）らされた。

妻は十年まえに他界した。年齢（とし）の離れていた姉も、とうに黄泉（よみ）の人である。妻は女児しかなさなかったが、兵庫は側女（そばめ）をおかなかった。家内が乱れる因（もと）になると考えたからだ。八十歳の長寿をたもった父も、側女はもたなかった。

日頃、兵庫は、家中の者には豪放磊落（ごうほうらいらく）に接している。しかし、養生（ようじょう）には臆病なほどに気をくばっていた。独りのときは酒をたしなまず、食もみずからの膳は質素な一汁二菜にするよう命じてあった。

それもこれも、他界する前夜まで矍鑠（かくしゃく）としていた父のごとくありたいとの願望からであった。

長女の婿養子は、鮫島の血筋を思い、縁戚から探した。しかし、えらんだ相手は、実直との評判と、頑健（がんけん）な躰（からだ）つきと面貌（めんぼう）とが気にいったからであり、人物に期待してではなかった。

兵庫は、孫に望みをかけた。腹は借り物とはいう。それでも、おのが血筋であることに変わりはない。

だが、妹たちが子をなしても、長女はなかなかできずにやきもきさせた。ようやく生まれはしたが、第一子も第二子も第三子も女児であった。

兵庫自身が、第一子から第三子まで年子で、四子は歳が離れているがすべて女である。婿養子を責めるわけにはいかなかった。あきらめかけたころ、長女が三十路（みそじ）になった三十一の春にようやく嫡男を生んだ。

しかし、男児出生の代償であるかのごとく、長女は産後がすぐれず、まもなく亡くなった。

鮫島家の跡取りである嫡男を、兵庫はたいせつにかつ厳しく育てた。

幼名を鶴松（つるまつ）、元服して松太郎（まつたろう）と改めた嫡男が、今年で十七歳になる。

長ずるにつれて、松太郎は兵庫に目鼻立ちが似てきた。さらに、記憶にある若年（じゃくねん）のころのおのれより肝が据わっている。

この一両年、体力気力に変調がなければ、律儀なだけで政をまかせるに心もとない婿養子は命を縮めるつもりだ。生きているうちに国老職を孫に譲って後見をする。老いの執念であった。

主君の壱岐守がおのれをこころよく思っていないのを、兵庫は承知している。

若い壱岐守が初入国したときの対面のおりから、兵庫自身も小生意気なと思わなくはなかった。

兵庫は、苦笑をもって想いだす。若い主君の英邁ぶりを、ひそかに怖れていたのだ。齢六十ちかくになって、そのことに気づいた。

壱岐守は、側近をつくるべく能力ある者の登用をはじめた。その第一が、脇坂小祐太であった。

放っておけば、まちがいなく家老になる。松太郎の将来のために、小祐太は嵐にまぎれて始末した。

兵庫が瞠目したのは鷹森真九郎の登用だ。二十歳にして竹田道場の師範代であり、かなり剣を遣うとは耳にしていた。

しかし、たかが剣術遣いであり、当初は家中の他の者と同様に、壱岐守の意向はどこぞの婿養子であろうと思っていた。

だが、孫の柿沼吉之介の所行を調べるよう内命したのが壱岐守と知ってから、鷹森真九郎を見る眼がかわった。

真九郎は、吉之介の悪行を完膚なきまでに暴いただけではない。翌年には、城下の商人と結託した上士の賄工作をもあきらかにした。

そのとき、兵庫は忽然と悟った。壱岐守の真意が、戸田左内のつぎの大目付にあることを。できうれば身内でおさえたいと、兵庫も狙っている要職である。

鷹森太郎兵衛は馬廻組頭で、配下の下士も年長者には礼をもって遇するゆえ人望がある。剣客であるその弟が、主君の懐刀であり、しかも放っておけばいずれは大目付。

小祐太の一件もある。鷹森真九郎の犀利は危険であった。

吉之介は外孫であり、死はみずからまねいた結果だ。そのことにふくむものはない。しかし、鷹森真九郎をこのままにしておけないのは明白である。かといって、小祐太と似かよった手段はさけねばならない。主君の寵臣がふたりもとなると、疑念をまねかずにはすまないからだ。

鷹森真九郎は思惑どおりに出奔した。剣術の師である竹田作之丞のつてをたよって江戸へむかうであろうことはわかりきっていた。

女づれであり、ただちに追っ手をさしむけ、両名とも仕留めるつもりでいた。さすれば、壱岐守の帰国までに、信任厚い側用人の脇坂彦左衛門と鷹森太郎兵衛とに責めをおわせ、邪魔者をいっきょに排除することがかなうはずであった。

兵庫には、そこまでの遠謀があった。だが、大目付の戸田左内の頑強な反対によって頓挫してしまった。

戸田左内への返礼はいずれ考える。しかし、そのまえに当面の課題である。

三女に仇を討ってくれと泣きつかれ、昨年の初秋七月、江戸上屋敷の大久保孫四郎へ書状をしたためた。

その孫四郎が、壱岐守が上府したその日のうちに切腹を命じられたという。

出府まえのあわただしい一日、壱岐守が人払いのうえで鷹森太郎兵衛と長い密談をもったのを、兵庫は知っている。

しかも、江戸からの報せでは、壱岐守が下屋敷の茶室で深編笠で面体を隠した何者かと会ったという。

相手は鷹森真九郎に相違ない。これで、孫四郎の切腹に真九郎が関与していることは明白となった。壱岐守が呼びだした理由は推量するまでもない。真九郎の帰参を画策しているのだ。

吉之介を惜しむ気はない。むしろ、鮫島の家にとって害をなすおそれさえあった。だが、孫四郎はちがう。江戸をおさえるために留守居役にし、これまでみごとにその任をはたしてきた。

孫四郎への不満がないわけではなかった。とかく独断専行のきらいがあり、こたびのことも何ひとつ報せてよこさなかった。壱岐守が、なにゆえ孫四郎に切腹を命じたかの仔細（しさい）もいまだ判然としない。

欠点はあるが、それでも孫四郎は得難い人物だった。

松太郎が一人前になって手腕を発揮できるまで、国もとと大坂と江戸とを身内でおさえておく。鮫島家の地位を脅かすおそれのある者は、排除せねばならぬ。

いまや、鷹森真九郎は最大の障壁であった。

――あの者を帰参させてはならぬ。なんとしても始末せねば……。

兵庫は、莞爾（かんじ）として笑み、残りの餌を池に投じた。

いかにすべきかが、天啓（てんけい）のごとく脳裡（のうり）にひらめいたのだ。

おなじ日の夜、江戸でも鷹森真九郎を俎上（そじょう）にのせる者たちがいた。

ひろい座敷の下座両隅に、雪洞（ぼんぼり）があるだけだ。

座敷のなかほどに、四十代の町人がいる。

一段高くなった上座には、簾（すだれ）がかかり、そのむこうに、頭巾（ずきん）で面体を隠した中肉中背の男が影絵のごとく坐（ざ）している。

町人が抗弁した。

「ですが、御前。鷹森真九郎めがせいで、われらがことが町奉行所の知るところとなってしまいました」

「はやまるな。闇（やみ）という名を知っておるだけで、いまだ露顕（ろけん）したわけではない。こたびのことは、たしかにそのほうがはじめてのしくじりであった。そのことに拘泥（こうでい）しておるのであろう」

「仰せのとおりにございます。お言いつけにしたがい、このふた月ほどは身をひそめ、ようやく江戸にもどってまいることがかないました。あやつめがせいで、手の者を多く失っております。なにとぞ、始末をお許しください」

「ならぬ。闇は、私怨にては動かぬ。闇の掟（おきて）はしかと申しつけてあるはず」

御前の厳しい口調に、町人は膝に手をおいて低頭した。

これ以上さからえば、おのれが消される。

「だがな、赤未（せきび）」

町人は、御前の声がおだやかなのに安堵（あんど）して面（おもて）をあげた。

「そのほうが無念も、わからぬではない。こたびの一件は、腑におちぬことがある。伊予の今治をさぐらせる所存だ。鷹森真九郎の命に相応の金子をはらう者があれば、そのほうが望みをかなえよう」

「お願いいたします」

町人は、畳に両手をついた。

「失ったそのほうが手の者の算段もある。しかと申しておく、闇の掟を忘るるなよ」

「肝に銘じます」

町人は、なおいっそう平伏した。

「わかればよい。さがれ」

正面の襖がひらかれ、控え座敷で膝をおった赤未があらためて平伏して襖をとざすまで、鬼心斎は微動だにしなかった。

ややあって、顔をよこにむけた。

「黄艮、聞いておったな」

「はい。さっそくにも上方につなぎをつけます」

襖のむこうで、低い声がこたえた。

「赤未が手の者もな」

「かしこまりました。御前、わたくしめのほうからも申しあげたき儀がございます」

「弥右衛門、かまわぬゆえはいるがよい。ふたりだけのおりは、遠慮はいらぬ」

よこの襖があく。

控えの間から、五十すぎの長身痩軀の町人がはいってきた。

弥右衛門が、膝をおって一礼し、膝行してきた。扇子をひろげ、耳もとに口をよせる。

鬼心斎は、眼をほそめ、じっと耳をかたむけた。

弥右衛門が、すわったまま二歩ぶんほどさがった。

鬼心斎は、しばし沈思していた。

「ただちに始末しろ」

「では、さっそくにもてくばりをいたします」

「うむ」

弥右衛門が去った。

鬼心斎には、半刻（約一時間）ほど早く生まれた兄がある。それがために、生まれると同時に別墅で日陰の者として育てられた。兄の身に万が一のことがあったさいの備えとしてだ。

傅役と、わずかな家臣たちはよく仕えてくれたが、鬼心斎は父母の顔さえ知らずに育った。

兄は、噂(うわさ)によれば凡愚ではない。だが、おのれに比すればどうであろうと、鬼心斎は思う。

生まれおちる順が逆であればと、若いうちは考えぬではなかった。

五歳年上の弥右衛門とのつきあいは、二十有余年になる。

弥右衛門はご政道を恨んでいる。鬼心斎が考え、弥右衛門がうごき、仕組みが十全にととのわぬうちに公儀の耳目をあつめたりせぬように、江戸でのしかけは手控え、歳月をかけて闇をここまでにしてきた。

鬼心斎は、いまだ四十七歳である。盤石の仕組みをととのえたうえで公儀に挑み、震(しん)撼(かん)たらしめる。

弥右衛門が知っているのはそこまでだ。鬼心斎には、べつの思惑があった。

二

晩夏六月を水無月(みなづき)という。雨がすくないからだ。しかしこの日、江戸は未明からの小雨のなかにあった。

しめやかな雨が、すぎゆく夏の暑さにひとときの涼気をもたらしている。

真九郎は、障子をしめた居間で眼をとじ、庇からおちて沓脱石にあたる雨音を聴いていた。無念無想の修行である。

「客だな」

つぶやく。

無心にとぎすましていた聴覚が、表の雨脚にかすかな乱れを感取した。

格子戸が甲高い音をたてた。

「旦那ッ」

亀吉だ。御用聞き藤二郎の手先である。

声にただならぬ緊迫がある。

真九郎は、立ちあがって障子をあけた。厨からでてきた下男の平助を制して戸口へむかう。

亀吉は、背丈が五尺三寸（約一五九センチメートル）余で、年齢は二十二。人なつっこい眼が、おびえたようにこわばっている。

真九郎は、眉根をよせ、訊いた。

「いかがした」

「桜井（さくらい）の旦那が、雨のなかを申しわけねえが親分のところまでおいでいただきてえそうで」

「承知した。待っておれ」

真九郎は、居間のまえで平助を呼び、寝所の刀掛けから大小をとった。

平助が廊下にかしこまる。歳は五十で、小麦色に陽焼けした額に三本のふかい皺（しわ）がある。

「雪江（ゆきえ）がもどったら、藤二郎のところへまいったとつたえてくれ」

「かしこまりました」

妻の雪江は、下女のとよをともなって三日まえから風邪（かぜ）で臥（ふ）せっている弟子のゆみを見舞いに行っている。

十七歳のとよと平助とは親子である。

亀吉の急（せ）いたようすに、真九郎は着流しのままで足駄（あしだ）（高下駄）をはき、表へでて蛇の目傘をひろげた。

斜めうしろで、格子戸をしめた亀吉が番傘をひらいた。

通りには雨で水溜（みずたま）りができ、人影もまばらだ。しかし、道は固められているので、ぬかるみはない。

江戸も後期になるにしたがい、町家の通りは水捌けまで考慮にいれて整備された。むしろ武家地のほうが、雨でぬかるんだ。

泰平がつづき、町人は裕福になっていくいっぽうで、大名は参勤交代で疲弊し、幕臣や陪臣は困窮していった。それでも、身分制度は歴然としており、しかも江戸は武都である。賄が横行し、商人は幕末まで武家をささえつづけた。さもなくば、商いそのものが左前になるからだ。

藤二郎の住まいは、真九郎が暮らす霊岸島四日市町から東の大川（隅田川）方面へむかった北どなりの塩町にある。

裏通りの二階屋だ。通りにめんした一階で、恋女房のきくに一膳飯屋の〝菊次〟をやらせている。

よこの路地をはいっていくと、見世との境に格子戸がある。路地へのかどでさきになった亀吉が、格子戸をあけた。

「親分、おつれしやした」

真九郎は、蛇の目傘をとじて土間にはいった。

路地がわ八畳間の障子が左右にひらかれている。奥の上座に、北町奉行所定町廻りの桜井琢馬がいた。廊下ちかくの藤二郎が、膝をめぐらせた。

見世との板戸があき、女中がすすぎをもってきた。

藤二郎が、女中のあとから姿を見せたきくに言った。

「鷹森さまの膳をたのむ」

「あい。用意させてますから、すぐに」

真九郎は、路地を背にしてすわった。

琢馬がほほえんだ。しかし、眼は笑っていない。一重の切れ長な眼は、柔和（にゅうわ）にも刃（やいば）にもなる。

藤二郎も、面に緊迫をはりつかせている。

琢馬が言った。

「雨のなかをすまなかったな」

「亀吉のようすがただごとではありませんでしたが……」

「膳がくるまで待ってくんな」

ほどなく、きくが食膳をもってきて、諸白（もろはく）（清酒）を注（つ）いだ。

きくが去り、板戸をひく音がした。

琢馬が、しめられた障子から眼を転じた。

「きてもらったんは、おめえさんの知恵が借りてえからなんだ。おめえさんを信じてねえわけじゃねえ。呼んどいてこんなこと言うのもなんだが、あえて口止めさせてくんな。いいかい」

「わかりました」

「芝の島津家蔵屋敷ちかくに鹿島明神がある。そのそばの松原で、今朝、死骸が見つかった。正面から袈裟に斬られ、頸の血脈を断たれていた。ここまでは秘事じゃねえ。殺られたのは、北の隠密廻りなんだ」

琢馬たちのただならぬようすに、真九郎は得心がいった。

隠密廻りは、南北町奉行所に二名ずつしかいない。町奉行の命を受け、ときには町人に変装して文字どおりの隠密探索をおこなう手練である。

琢馬がつづけた。

「吉沢って名でな、袴姿のふつうの侍の恰好をしてた。芝はおいらの持ち場じゃねえ。が、年番方から使いがあった。この雨で血は洗い流されてたが、両手とも砂をにぎりしめてた。斬った奴が、刀を鞘におさめ、砂をにぎらせたってのも考えられはする。が、おいらには、刀を抜いたふうには見えなかった。年齢は四十九で、御番所じゃ一刀流の遣い手でとおっていた。剣術にかんしちゃ、おいらが知ってるなかじゃおめえさんがいちばんだ。で、お奉行のお許しをえてきたのよ」

町奉行所を御番所という。

真九郎は、斬り口の方向や疵(きず)のふかさなどをくわしく聞いた。そして、杯に残っている諸白を飲みほし、あらたに注ぎながら考えをまとめた。

琢馬が、待ちかねてうながした。

「どうでえ」

「国もとの師のことを想いだしました」

真九郎は語った。

伊予の国今治城下にある直心影流(じきしんかげ)の竹田道場で、真九郎が師範代になったのは二十歳の仲秋八月である。

その初夏四月のある日、師の竹田作之丞に誘われて、城下はずれの野原に行った。

南国の陽射しをあびて、一面に白や紅(べに)、桃色、黄色などの野の花が咲きみだれ、蝶(ちょう)がとびかい、何匹もの蜜蜂が花弁でせっせとはたらいていた。

作之丞が、動かぬように命じると、おおきく弧を描いて二間(けん)（約三・六メートル）ほどあいだをおいた正面に立った。そして、左手で鯉口(こいぐち)を切り、右手を柄(つか)にそえた。

そのまま、塑像(そぞう)のごとく佇立(ちょりつ)する。

真九郎は、微動だにせず見まもった。

やがて、散っていた蝶や蜜蜂がもどってきた。

息をころして見つめた。

まったく気配をみせずに、作之丞が刀を鞘走らせた。雷光の疾さだった。

かすかに揺れた花弁に、まっ二つにされた蜜蜂の下半分が残っていた。

それから、花畑にかよった。しかし、斬れると思ったとたんに、蜜蜂は身構え、かすかな動きにさえ逃げてしまう。

花弁に止まった蜜蜂の一寸（約三センチメートル）うえに刀を奔らせたのは、翌年の晩夏六月だった。

蜜蜂を斬ることはできた。が、斬りたくなかったのだ。

「……ですから、殺気を放つことなく抜き撃ちに斬ることは、修行すればできなくはありません」

琢馬が、眼をほそめ、腕をくんだ。

「尋常な遣い手じゃねえってことか」

「もうひとつあります」

「なんでえ」

「それだけ遣えるのであれば、一刀で仕留められたはずです。しかし、袈裟懸けの疵はふかくありません。吉沢どのがとっさに避けたとも考えられますが、あるいは居合の遣い手で、仕込み杖あたりの直刀であったかもしれません」

　琢馬が、ますますむずかしい顔になる。

「となると、身なりも年寄の町人から贋座頭、虚無僧、坊主や修験者あたりまで考えねえとならねえ。厄介なことになったぜ。……まあ、いいや、そいつはこっちでやる。それとな、帯にしかけがあって、芝、用心、黒子って書かれた紙切れが隠されていた」

　琢馬が、腕組みをとき、諸白を注いだ。

「じつはもう一件ある。これも今朝わかったんだが、本芝一丁目にある信濃屋って古着屋が押込み強盗にへえられてる。主と番頭、手代、それに下男下女の五名が殺られた。下男のひとりが行方知れずだ」

　琢馬が、杯をかたむけ、喉を鳴らす。

　真九郎は、けずりぶしのかかったおひたしを食べ、杯をとった。

　杯をもどすと、琢馬が言った。

「何年も奉公してたらしいが、消えた下男が手引きしたにちげえねえ。主の総左衛門ってのは、近所づきあいもしねえ独り者の偏屈な奴だったらしい。畳までひっぱがして家捜しされてんのに、となり近所は物音ひとつ聞いてねえんだ。鹿島明神があるのは本芝四丁目だが、五名(めえ)とも面(つら)やなんかにめだつほどの黒子はなかった。周囲の店(たな)の者(もん)の話によると、消えた下男にもねえそうだ。おんなじ本芝で一晩に二件の殺し。関係(かんけえ)ねえかもしれねえが、なんかひっかかるのよ」

定町廻り、臨時廻り、隠密廻りを三廻りという。定町廻りも臨時廻りも六名ずつしかいない。南北町奉行所あわせても二十四名である。江戸の治安を、それだけの人数でたもっていた。

通常は、定町廻りをへて臨時廻りになる。隠密廻りも、定町廻りから優秀な者がえらばれる。持ち場でしか八丁堀(はっちょうぼり)の旦那として知られてないので、それでも支障はなかった。

その隠密廻りが殺害された。持ち場ではない琢馬までが呼ばれたのは、北町奉行所がこの一件に威信をかけていることをしめしている。

それからほどなく、真九郎は辞去した。

雨はやんでいた。

霊岸島は、八丁堀島の亀島(かめしま)川をはさんだ東にある。

古くは、蒟蒻島(こんにゃくじま)と呼ばれていた。湿地で、蒟蒻のように軟らかかったからだ。拝領した霊巌雄誉(れいがんゆうよ)上人が檀家の協力をえて埋めたて、道本山東海院(どうほんざんとうかい)霊巌寺を建立(こんりゅう)した。

いらい、霊巌島と呼称されていたが、明暦三年（一六五七）の大火で霊巌寺は焼失し、深川にうつった。

その明暦の大火で、木曾の山林を買い占めて莫大な利益をえた豪商の河村瑞賢が、万治三年（一六五九）に島を南北に二分する掘割を造った。新川である。瑞賢は、東廻りと西廻りの航路をひらいた人物として知られている。

島は、いつしか画数の多い〝巌〟から音がおなじ〝岸〟があてられて霊岸島と表記されるようになった。

大川河口に位置するため、上方からの下り荷の集積地であった。酒問屋や瀬戸物問屋など、表通りには大店の問屋が軒をつらねている。

つきあたり左かどに住まいがある和泉屋裏通りにはいった。

雲間から射してきた黄金色の西陽に眼をやったとたんに、真九郎は連想にとらわれた。

突拍子もない思いつきだ。

和泉屋は、間口が二十間（約三六メートル）、奥行は三十間（約五四メートル）もある霊岸島一の大店である。その離れに住むようになって四カ月たらずだが、裏通りの店の者たちとはすっかり顔馴染であった。

会釈をおくってくる店の者たちにかるくうなずきながら、真九郎は考えた。

迎えにでてきた雪江にもうなずき、居間の文机にむかい、半紙に書いてみた。眺めては修正し、清書した半紙を手文庫にしまった。

符合はする。帯に隠されていた紙切れの言葉を聞いたとき、脳裡をかすめた疑念の解にもなる。だが、あまりに突飛である。しばらくおいておき、琢馬に見てもらうとしても気がかわらなければだ。

雪江は、昼九ツ（正午）まで読み書きのほかに琴と生花を教えている。

真九郎も下谷御徒町にある筑後の国柳河藩十万九千六百石立花家の上屋敷道場で昼九ツまで稽古をつけている。

したがって、ふたりが中食の食膳をはさむのは昼九ツ半（夏至時間、一時十分）じぶんだ。

朝と夕とをじゅうぶんに食し、中食は茶漬けに一菜ていどである。

昨年の晩夏六月、ひそかに祝言をあげた翌朝、真九郎は雪江とともに今治城下を脱し、江戸にきた。そして今年の仲春二月、刺客に襲われた主の宗右衛門を救ったのがきっかけで、和泉屋の離れに住むようになった。

雪江は色が白い。裏通りの小店の者たちは、白百合のようなご縹緻だと噂している。

夫婦となって一年にもなるのに、いまだに娘じみたところがぬけずにいる。真九郎は、このごろはそれすらも愛おしいと思う。

真九郎は二十七歳、雪江とは七つ違いである。

表の格子戸が甲高い音をたてた。

「ごめんくださいまし。三浦屋にございます」

逼迫した声に、真九郎は箸をおいた。

雪江も、箸を膳にもどして怪訝な表情をうかべた。

居間の障子はあけてある。

廊下を行った平助が、すぐにもどってきて膝をおった。

「お食事ちゅうですすと申しあげたのですが、三浦屋さんがぜひともお目にかかりたいそうにございます」

「客間におとおししなさい」

「かしこまりました」

雪江が心配げに言った。

「一昨日見舞ったおりは、熱もさがったと喜んでおりましたのに、おゆみの容体が急変でもしたのでしょうか」

懸念は理解できる。しかし、ゆみの身に万一のことがあれば、三浦屋当人ではなく、使いの者をよこす。

「そうではあるまい。ゆみの身が案じられるなら、雪江もくるか」

「はい」

三浦屋は、北どなりの浜町（はまちょう）にある瀬戸物問屋だ。主の善兵衛（ぜんべえ）が、浪人三名に因縁をつけられて難儀（なんぎ）しているのを救ったことがある。

善兵衛が四十で、ゆみは十五歳。ひとり娘だ。色の白さは母親のきよゆずりで、二重（ふたえ）のおおきな瞳は父親似である。

平助がもどってきた。

「ご案内しました」

となりの客間にはいっていくと、善兵衛が畳に両手をついた。

「鷹森さま、お助けください」

見あげた顔面はこわばり、額に汗をうかべている。

真九郎は、善兵衛の正面にすわった。

あいだをおいて、雪江が膝をおる。

「いかがした」

「ゆみがかどわかされました」

雪江が息をのむ。

「いつだ」

「ついいましがたです。きよがひとりでもどってまいりました。そこの大神宮で、ゆみがかどわかされたそうにございます。どうか、お願いでございます、お助けください」

善兵衛をおちつかせねばならない。真九郎は、おだやかな口調で言った。

「まずは、なにがあったかを知らねばならぬ。くわしく話してくれ」

「はい」

善兵衛が、上体をなおして懐からだした手拭で額の汗をふいた。

「ゆみは熱もひき、明日からはお稽古に行けると楽しみにしておりました」

昼食をすませたあと、内儀のきよがゆみをつれて大神宮にお礼参りに行きたいと言った。

〝ちゅうじき〟に、武家は〝中〟を、庶民は〝昼〟の字をあてる。

病の快癒は、ひたすら神仏に祈願するしかなかった。霊岸島にあるおおきな寺社は、新川にめんした大神宮と亀島川ちかくの栄稲荷だけだ。大神宮は、正確には伊勢太神宮。大神宮、あるいは新川大神宮と呼ばれた。

天気もよいし、近道をすれば一町（約一〇九メートル）と離れていない。昼日中であり、すぐそこまでなので供の女中もつけなかった。

行くときはなにごともなかった。脇道から大神宮うらの林をぬけ、参拝をすませた。

帰りに林のなかまでくると、辻駕籠があった。

駕籠舁が腰をおろし、ふたりを見ていた。

きよは、ゆみをうながし、迂回しながら足を速めた。

駕籠を背にしてほっとするまもなく、周囲の木陰から四人のならず者がとびだしてきた。

ひとりがゆみに匕首をつきつけ、もうひとりが手拭で猿轡をして両手をまえで縛った。きよもまた、片手を背中にねじりあげられ、胸もとに匕首をつきつけられた。

あまりのことに、驚くいとまもなかった。

駕籠舁が、駕籠をかついでやってきた。

ゆみが恐怖に震える眼で見つめていた。きよが口をひらきかけたときだ。

――一言でもしゃべってみな。ぶすっといくぜ。

匕首をつきつけたならず者が、低い声で脅した。

四人とも、髷をゆがめ、胸もとをはだけていた。

ゆみが駕籠に押しこめられた。

——じっとしてろよ。じたばたしやがったら、容赦しねえからな。

駕籠がかつがれ、ならず者ふたりが左右を護るようにして、林から裏道へと去っていった。

きよの頭をしめていたのは、火急を報せ、一刻も早く娘を救うことであった。

ならず者が、酷薄なほそい眼で睨みつけた。

——三浦屋に言いな。娘をぶじに返してほしけりゃ、七ツ（四時四十分）までに二百両を西本願寺うらの橋をわたってもってきなってな。木っ端役人に報せたりしやがってみろ。娘の顔を二目と見られねえようにしてやる。わかったな。

きよは、必死の気力をふりしぼってうなずいた。

ならず者が片頬をゆがめて嗤い、匕首を懐にしまった。うしろで腕をつかんでいたならず者が突きはなした。

よろけたきよが踏みとどまったときには、ならず者ふたりは駕籠を追って駆け去っていくところだった。

「……鷹森さまにおすがりするしかないと思い、大番頭に理由を話してでてまいりました」

「ご内儀とおゆみがでかけるとき、誰ぞ表まで見送りにでなかったか」

「手前は奥におりましたが、番頭や手代の幾名かが店さきまで見送ったはずにございます」

「やはりな。……藤二郎には報せておらぬわけか」

善兵衛が身をのりだすようにした。

「鷹森さま、ゆみさえぶじなら、二百両など惜しくございません」

二百両あれば、裏長屋の住人なら十年は暮らせる。

西本願寺は、霊岸島の南どなりの築地（つきじ）にある。寺社地は寺社奉行の領分であり、境内（けいだい）にいるとわかっていても、町奉行所は手がだせない。寺社方がゆみの身の安全にどこまで配慮をはらうかも、保証のかぎりではない。

しかし、それでもなおかつ、無視されたとあっては、桜井琢馬や藤二郎がおもしろかろうはずがない。

そのことはあとで思案するしかない。

「わたしに同行してほしいわけだな」

善兵衛が、ふたたび畳に両手をついた。

「鷹森さま、手前ひとりでは心もとのうございます。お願いにございます、どうかお助けください」

真九郎はうなずいた。

「よかろう」

善兵衛が、泣きださんばかりの安堵の表情をうかべた。

「ありがとうございます。では、手前はさっそくにも二百両を用意し、駕籠でお迎えに参上いたします」

腰をあげようとする善兵衛を、真九郎は制した。

「待て。まだ一刻（二時間二十分）余もある。気持ちはわかるが、急《せ》くでない」

善兵衛がすわりなおした。

「おそらくは、でかけるご内儀とおゆみを見て、かどわかしを思いたったのであろう。早く助けてやりたいが、急いてはそのならず者どもが思うつぼだ。帰りのこともある。浪平《なみひら》から舟、屋根船のほうがよかろう。三浦屋さん、八ツ（二時二十分）の鐘が鳴ったら、きてくれ」

「かしこまりました。浪平には手前のほうから使いをだしておきます。鷹森さま、なにとぞ、よろしくお願いいたします」

善兵衛が、ふかぶかと低頭して立ちあがった。

三

昼八ツ（二時二十分）の鐘が鳴ってほどなく、善兵衛がきた。

したくはできていた。江戸へきて裏長屋暮らしをはじめたころ、普段着のために古着屋でもとめた木綿の単衣と袴だ。直心影流団野道場の師範代として出歩くにはためらいがあるが、用心棒にはふさわしい恰好である。

脇差をさし、鎌倉を左手でさげて戸口へ行った。

隅田堤での果し合いで、国もとからさしてきた大小を失ってしまった。いまは、和泉屋宗右衛門が購った二振りを所持している。いずれも刀工の業物である。その地にちなみ、備前、鎌倉、と名づけた。備前より一寸（約三センチメートル）短い鎌倉のほうが、そのぶんだけ軽い。

ちいさな菓子箱ほどのおおきさの袱紗包みを両手でしっかりと抱えている手代のほかに、鳶の者をふたりともなっていた。表通りの大店には、たいがい出入りの大工と鳶の者がいる。

善兵衛が、袱紗包みをうけとり、手代と鳶の者を帰した。

船宿の浪平は、越前堀にめんした大川にちかい銀町二丁目にある。

桟橋には屋根船や猪牙舟が舫われている。一艘の艫に、老船頭の智造がいた。

亭主と女将に見送られ、屋根船にのった。

越前堀から大川にでる。

大川河口へ斜めに流れこむ亀島川の正面に、人足寄場の石川島と、漁民が住む佃島がある。

江戸湊には、多くの菱垣廻船や樽廻船が帆を休めている。

八丁堀川の南岸が築地である。

屋根船が、築地鉄炮洲の本湊町と船松町とをわける掘割にはいった。

西本願寺うらまで、左、右、左と掘割のかどをまがりながら十町（約一・一キロメートル）余。西本願寺うらは、堀留になっている。対岸には、通りをはさんで備前の国岡山藩三十一万五千二百石池田家の中屋敷がある。

堀留へのかどにある備前橋をくぐり、智造が舳を右へむけた。

西本願寺は、この十五日に雪江とふたりで参拝におとずれた。

十二日、高輪の下屋敷茶室で主君に拝謁し、帰参を拝辞した。いよいよふたりで生きていくしかなくなったが、雪江はわかってくれた。

それで、稽古が休みの十五日に、まずは近場からと、ひろい西本願寺を見てまわって蕎麦(そば)屋で中食をとり、築地のはずれまで足をのばして築地川ごしに浜御殿(はまごてん)（浜離宮(はまりきゅう)）を眺めた。

白壁と青い空へなだらかにそびえる甍(いらか)、木々の緑。江戸湊につきでた優美なたたずまいに、ふたりでしばし眼をうばわれていた。

堀留のてまえに裏門への橋がある。

智造が、橋よこの桟橋に屋根船をつけた。

真九郎は、智造に桟橋から離れて待っているように告げた。

岸へあがる。袱紗包みをさげた善兵衛がついてくる。

築地は、明暦(めいれき)の大火で焼失した浅草の本願寺を移転するために埋めたてられた。東が江戸湊、西が三十間(さんじっけん)堀、南が築地川、北が八丁堀川だ。おおよそまんなか部分も内堀のように掘割でかこまれており、その一郭に西本願寺がある。町家はわずかで、周辺は大名屋敷と武家屋敷とでしめられ霊岸島とは比較にならぬほどに木が茂っている。

塀ぎわの松を見越しの松という。みごとな枝ぶりの松が、通りや白壁の塀に影をおとしている。

晩夏の昼下り、堀端の道は、両端に辻番所があるだけで、ひっそりとしていた。

真九郎は、善兵衛をうしろにして橋にかかった。

瓦塀のむこうでようすをうかがっていた若いごろつきが、片手でさっと裾をはらって左方向に消えた。髷を月代の片方によせ、襟をはだけた胸もとまで晒をまいていた。

橋をわたり、ならず者が駆けていったあたりに足をむける。

檜や杉の巨木のほかに、銀杏などが枝をひろげ、木洩れ陽が地面にまだらもようを描いている。

深閑とした林のなかをしばらく行くと、樹木のあいまに辻駕籠が見えた。駕籠舁ふたりがよこの地面に腰をおろしている。

杉の巨木の陰に、人の気配がある。眼をやらず、足取りもかえずにかぞえる。

六名だ。

左右にひそむふたりのまえをすぎ、駕籠との距離が十間（約一八メートル）ほどになった。

「おっと、そこまでだ」

杉の木陰から、ならず者ふたりと浪人ふたりがでてきた。

真九郎は、立ちどまり、善兵衛を左よこへ手招いた。背後の木陰からも、ふたりがでてきたのが気配でわかった。

髷をゆがめ、晒をまいた胸もとをはだけたならず者ふたりが左前方から、浪人ふたりが右前方からちかづいてくる。浪人たちの着衣はいずれも手垢にまみれていた。四人とも悪相である。

四人が、三間（約五・四メートル）ほどのところで立ちどまった。浪人たちが、よこにひろがって一間（約一・八メートル）ほどの間隔をおく。

酷薄な眼をした三十すぎの細面が頭だ。斜めうしろで、橋を見張っていた若いごろつきが右手を懐にいれている。

細面が、袱紗包みにちらっと眼をやって、善兵衛を見た。

「三浦屋だな」

善兵衛が、硬い声音でおうじた。

「さようにございます」

細面が、善兵衛から眼を転じて睨む。

「てめえはなんでえ」

真九郎は、無表情にこたえた。

「そのほうも、二匹ほど飼っておるではないか」

顔面にさっと朱を掃いた浪人たちが、刀の柄に手をやる。

怠惰な暮らしで体軀が崩れている。ふたりの技倆がなにほどでもないのを、真九郎は見てとった。

細面が、うすら笑いの一瞥をなげ、善兵衛に顔をむけた。

「待たせやがって。金子はちゃんともってきたんだろうな」

「むろんにございます」

「さっさとよこしな」

真九郎は、左手で善兵衛を制した。

細面が怒気を発する。

「てめえ、なんのつもりでえ」

「ゆみのぶじをたしかめてからだ」

細面が、口端に冷笑をきざんでふり返る。

「おがましてやんな」

駕籠舁のひとりが、いかにも不承不承といったようすで立ちあがり、被いをもちあげて駕籠のうえにのせた。

木洩れ陽が、駕籠のなかにさす。

両手が縛られ、猿轡もそのままだ。

ひとけのない林のなかである。二刻（四時間四十分）ちかくも縛ったままにしておくとは、十五の乙女にあまりにむごい仕打ちだ。

善兵衛が、声にならない呻（うめ）きを発し、胴震いをした。憤怒（ふんぬ）が、真九郎をかえって冷静にした。

驚愕（きょうがく）の表情をうかべ、隙だらけの姿勢で一歩、二歩、三歩とすすむ。浪人たちが侮蔑の眼差（まなざし）をなげる。

ゆみに異変のようすがないか、真九郎はつぶさに見た。

声をかける。

「おゆみ、だいじないか」

顔がゆがみ、うなずく両眼から涙がこぼれ、木洩れ陽に光った。

細面が催促する。

「さあ、そっちの番だ。二百両、ちゃんとあるかどうか見せてもらおうじゃねえか」

善兵衛がかたわらにきた。

真九郎は、口調に怒りをふくませた。

「まずは縛（いまし）めをとき、駕籠からだせ」

「そいつはならねえ。しばらくお江戸とおさらばすることにしたんでな。やい、三浦屋、てめえ、用心棒の言いなりか。娘が可愛けりゃ、明日の朝五ツ（七時二十分）にあと五百両もってきな。その袱紗包みをさっさとひろげねえかい。びた一文欠けずにあるんなら、残りの五百両と引換えに生娘のままで返してやらあ」

我を失いそうな善兵衛を、真九郎は左手で制した。

「承伏しかねるな」

「じゃがましい。先生がた、こいつを……」

みなまで言わせなかった。

彼我の距離は、さきほどの三歩で二間（約三・六メートル）をきっている。とびこみ、鎌倉を鞘走らせる。

あわてて刀を抜きかけたふたりの二の腕へ、雷光と化した鎌倉が奔る。反転。細面の顎したたに切っ先の棟をあてる。

浪人たちが呻き声をもらす。

若いごろつきが懐から匕首をだしかける。真九郎は睨みつけた。若いごろつきが右手をもどす。

細面の酷薄な眼が、背後にながれる。

真九郎は、冷たく言った。

「そのほう、命がいらぬとみえる」

切っ先をわずかにあげて突きだす。

細面が顎をひく。

「て、て、てめえら、なんもすんじゃねえ」

真九郎は、浪人たちに眼をやった。ふたりとも顔をゆがめて痛みをこらえ、二の腕をおさえている。

「三浦屋さん」

柄から左手を離して、よこをしめす。

善兵衛がきた。

左手をもどして切っ先を細面の顎にあてたまま、ゆっくりと弧を描いていく。

顎をあげ、片眼をとじた細面が、額に脂汗をにじませ、動きにあわせて躰の向きをかえる。若いごろつきが、懐の右手をにぎりしめて背後にしたがう。

駕籠を背にした。

五間（約九メートル）ほどのところで、残りのふたりが匕首をにぎっている。

真九郎は、細面を睨みすえた。

「ゆみに危害がないゆえ、命は助けてつかわす」

切っ先を一寸（約三センチメートル）ほどさげる。

「消えろ」

細面が、驚いたように眼を見ひらき、あとずさった。

「野郎、憶えてやがれ」

身をひるがえすなり、駆け去る。浪人ふたりと手下たちがあとを追う。

真九郎は、懐紙をだしてていねいにぬぐいをかけ、鞘にもどした。

「三浦屋さん、それはわたしがあずかろう。おゆみの縛めをといてやるがよい」

袱紗包みをさしだした善兵衛が、目頭をうるませて低頭し、駕籠に駆けよった。

駕籠舁ふたりが、地面に両手をつく。

「あっしらはかかわりございやせん。命か駄賃かと脅されて、やむをえずのせただけでやす。信じてくだせえ」

ひとりが必死の形相で懇願した。

真九郎はうなずいた。

「わかっておる」

手首を縛っていた手拭をはずした善兵衛が、猿轡もほどいた。

「怖かったろう。遅くなってすまなかったな。立てるかい」

もうひとりの駕籠舁が、駕籠のうしろから女物の草履をとり、ゆみのまえにそろえた。

善兵衛が、両手でゆみの右腕をささえる。

駕籠から頭をだし、ゆみがゆっくりと立ちあがる。が、立ちくらみがしたとみえ、左手で父親の腕にすがり、眼をとじてうなだれた。

善兵衛が心配げに訊く。

「だいじないか」

ゆみが、ちいさくうなずき、そのまま力なく頭をたれた。頰に猿轡の痕が残り、色白の顔が蒼ざめている。

駕籠舁が、立ちあがって腰をおった。

「お侍さま、よろしければ、お詫びのしるしにあっしらが駕籠でお送りいたしやす」

真九郎は訊いた。

「おゆみ、屋根船を待たせてあるが、歩けそうか。それとも、そこまでは駕籠で行くか」

ゆみが顔をあげた。

「歩きます」

かぼそい声だ。

「聞いてのとおりだ。そのほうらは行くがよい」

「へい。申しわけございやせんでした」

駕籠が去った。

数歩のところにある檜の巨木が、ちょうど腰かけられるくらいの高さに根を張っている。

「三浦屋さん、そこに腰をおろさせ、すこし休ませるがよかろう」

「ありがとうぞんじます。さあ、おゆみ」

ゆみが、檜の根に腰かけた。

陽が西にかたむきはじめていた。そのぶん、しだいに木洩れ陽がやわらかくなっていく。ときおり、そよ風がとおりすぎた。

ゆみの顔に、わずかずつ血色がもどってきた。頬の手拭の痕とともに、表情から怯えも消えた。

やがて、三度の捨て鐘につづいて夕七ツ（四時四十分）の鐘が鳴りはじめた。

善兵衛がゆみを見た。

「おゆみ、そろそろよいか」

「はい」

真九郎は、檜の根においていた袱紗包みをとった。

「これはわたしが持つゆえ、そのほうはおゆみのめんどうをみてやるがよい」

ゆみの足取りはこころもとない。うつむき加減で、ほつれ毛もある。善兵衛が、すぐにささえられるようにかたわらによりそっている。

林をぬけ、裏門から橋をわたった。

屋根船は西本願寺がわの岸によせられていた。智造が、棹(さお)をつかって桟橋へつける。が、こちらに眼をむけたりはしない。

真九郎は、和泉屋まえの桟橋へ行くように言った。

座敷におさまり、障子をしめる。

屋根船が桟橋を離れる。

真九郎は、小声で話しかけた。

「おゆみ、遅くなったのはわたしのせいだ。よくこらえていたな」

「お父さまが旦那さまにお願いして、かならず助けにきてくださると信じておりました」

かぼそくはあるが、声音に安堵と信頼がある。

「待たせてつらい思いをさせた。すぐには忘れられぬと思う。だがな、日がたつにつれて、それも遠いできごととなる」

真九郎は、いったん言葉をきった。

「嘘(うそ)ではない。そのためにも、早くつねの暮らしにもどることだ。明日(あす)、気分がすぐれぬのなら無理をせずともよいが、稽古にくる気があるのであれば、あとで藤二郎にたのんで迎えの者を行かせよう。そのまま待っているなら、帰りはわたしが送る。おゆみが安心できるまではそうしよう。どうかな」

ゆみは、うつむきかげんに眉根をよせる。が、ながくはなかった。

「はい。それでしたら、わたし、まいります」

「そうか」

真九郎は、笑みをうかべ、うなずいた。

智造が、あまり揺らさぬようにゆっくりと漕(こ)いでいる。それでも、掘割から江戸湊にでると、いくらか揺れ、船縁(ふなべり)に波があたった。

やがて、新川にはいり、和泉屋まえの桟橋についた。

和泉屋よこの脇道をぬけ、裏通りの小店の者たちの眼からゆみを隠すようにして格子戸をあけた。

すぐに雪江がやってきて、ゆみのぶじな姿に眼をうるませた。そして、肩を抱くようにして奥の六畳間につれていった。

真九郎は、善兵衛を客間に案内し、平助を呼んで三浦屋へ使いにやった。

善兵衛が畳に両手をついた。

「鷹森さま、お礼の言葉もございません」

「いや、おゆみにはわるいことをした。早く駆けつけてやるべきであった。許せ」

「とんでもございません。やはり、鷹森さまにおすがりしてよかったと思っております。ありがとうございます」

ほどなく、身なりをととのえなおしたゆみと善兵衛とを浜町の三浦屋まで送り、真九郎は塩町の菊次に行った。

藤二郎は見まわりからまだもどってなかった。きくに言付(ことづ)けをたのみ、四日市町へ帰った。

小半刻（三十五分）ほどして、藤二郎がたずねてきた。

真九郎は、客間でいぶかしげな表情の藤二郎と対した。年齢(とし)は三十八。眉が濃く、鼻筋がすっととおり、唇が薄い。浅黒く陽焼けし、ひきしまった男っぷりである。

「忙しいところをすまぬな。桜井どのは」

「へい。伝助(でんすけ)を供に御番所へむかいやした。で、お話というのはなんでやしょう」

「詫びねばならぬことがあるのだ」

真九郎は、昼間のできごとを語った。

藤二郎が、わずかに眉をよせ、黙って聞いていた。

顔をあげる。

「鷹森さま、気をつかっていただき、おそれいりやす。ですが、大事なのは、三浦屋の娘がぶじだってことで。寺社方が大勢で駆けつけたりすりゃあ、どうなってたかわかりやせん。あっしも、三浦屋さんには世話になっておりやす。朝の迎えはひきうけやした。足が速えし、愛敬のある顔をしてやすから、亀を行かせやす」

「かたじけない」

藤二郎が、眉間に皺をきざむ。

「それはよろしいんでやすが、鷹森さま、どうして逃がしなすったんで。その浪人二名とろくでなしども、動けなくしておいていただき、辻番に報せてもらえりゃ、お縄にできやした」

「考えぬではなかった。だがな、駕籠でゆみが見ておった。そうでなくとも惨いめに遭っておる。できれば血を見せたくなかったのだ。かともうして、あの者どもをとどめておくと、怯えたであろうしな」

「それで、二の腕を。そうとも知らず、不平がましいことを申しあげてしまいやした。勘弁しておくんなさい」

藤二郎が低頭する。

真九郎はなおるまで待った。

「船頭の智造が、どの方角に逃げたかを見ておるやもしれぬ」

「わかりやした。これから三浦屋に見舞に行き、そのあとで浪平へよってみることにしやす」

かどわかしは重い科（とが）だ。地元でやられた藤二郎には意地もあろう。しかし、ゆみを救え、三浦屋にも金子（きんす）の損失はなかった。

むしろ十五の乙女がうけた心の傷のほうが、真九郎は気になった。

四

五日後。

昼九ツ（正午）に稽古を終えた真九郎は、下谷御徒町の立花家上屋敷から霊岸島四日市町へもどってきた。

浜町の表通りから脇道をぬけて和泉屋裏通りにでると、あたりに異様な緊迫がたちこめていた。

三間（約五・四メートル）幅の通りの数箇所で、かたまって立ち話をしていたのが、いっせいに口をとざして、うかがう眼をむけてきた。

真九郎は、格子戸をあけた。

沓脱石に草履が二足ある。

「ただいまもどった」

雪江と、すすぎをもったとよがきた。ふたりとも表情をこわばらせている。

膝をおった雪江に、稽古着を包んだ風呂敷をわたす。

「藤二郎と亀吉が客間におります」

「わかった」

備前をはずして上り框に腰かける。とよがまえにきてかがみ、足を洗って手拭でふく。

備前を左手にさげて廊下にあがる。とよに風呂敷包みをあずけた雪江が、腰をあげてついてくる。

客間は障子が左右にあけてあり、廊下を背にして藤二郎が、斜めうしろに亀吉がいた。

はいっていき、上座にすわって備前を左脇におく。雪江が、躰二つぶんほどあけた右よこで膝をやや斜めにする。

真九郎は、誰にともなく言った。

「聞こうか」

雪江がこたえた。

「まずは、わたくしからお話しいたします」

弟子たちは朝五ツ（七時二十分）にくる。三浦屋のゆみもだ。この朝も、亀吉と手代が送ってきた。危難に遭った翌日からは、琴や生花の稽古がない日は文机で手習いをつづけ、真九郎が送っている。

朝四ツ（九時四十分）の鐘が鳴りおわってしばらくしてだった。戸口の格子戸が乱暴な甲高い音をたてた。

雪江は異変を察知した。

奥の六畳間では琴の稽古を、庭にめんした六畳間では文机で手習いをしている。いちばん年嵩（としかさ）の弟子に、みなをあつめるよう申しつけ、襖をあけて廊下へでた。

廊下のかどから無頼漢（ぶらいかん）があらわれ、叫んだ。

――親分、いやした。

――逃がすんじゃねえぞ。

無頼漢は土足であった。雪江は怒（いか）った。

無礼なっ。

急ぎ居間へ行く。居間のすみにたてかけてある薙刀（なぎなた）をつかみ、鞘をはらう。

足音もあらあらしく駆けてきた無礼者が、そのまま居間にとびこまんとする。

――エイッ。

石突（いしづき）（後部突端）で無礼者の水月（みぞおち）に一撃をいれ、呻くまもあたえずに胸板を突いた。

無礼者がふっとんで尻餅をつき、のけぞる。

ゴン。

頭が沓脱石に音をたてる。蛙（かえる）のごとくぶざまにひらいた両脚が斜めに倒れていく。

雪江は見ていない。廊下にでる。ふたりめの狼藉者（ろうぜきもの）が、匕首を逆手（さかて）にふりかぶって突っこんでくる。

ふたたび気合を放って右足を踏みこみ、狼藉者の左胸に石突をみまう。右足、右手をひき、切っ先を奔（はし）らせる。

右二の腕の袖が裂け、朱（あか）い一文字をひく。狼藉者が、呻き、顔をゆがめる。

――やりやが……。

薙刀を右上に振りかぶる。

狼藉者が、眼を見ひらき、庭めがけて跳ぶ。

左足を踏みこみ、薙刀に弧を描かせる。

――ヤァッ。

切っ先が臀を薙ぐ。

――ぎゃあーッ。

悲鳴をあげ、脚をばたつかせながら腰からおちていく。

三人めが、逆手の匕首をにぎりかえる。細面の悪相で、眼に険がある。睨みつけ、わめく。

――この女ッ。

――許しませぬ。

――ほざきやがったな。てめえ、ぶっ殺してやる。

――武家の屋敷へ土足で踏みこむ狼藉者、容赦しませぬ。

悪相が、眼をほそめる。

――おめえら、うしろへまわれッ。

背後の三名が、つぎつぎと庭へとびおりる。

そのとき、裏の枝折戸あたりに騒々しさがおしよせてきた。

野太い声が叫ぶ。

――手足の一つ二つおってもかまわねえぞ。

――おっ、ふてえ野郎どもだ。ど頭かち割ってやる。

睨めつけていた悪相が、狼狽のいろをうかべる。

――やべえ。ずらかれ。

悪相が、身をひるがえして駆け去る。うしろへまわろうとしてた三名が、廊下に跳びあがってつづく。

平助ととよの手柄だ。

ふたりとも、ゆみの危難を知っている。平助が、とよを和泉屋へ走らせ、みずからは裏のくぐり戸から藤二郎のもとへ駆けたのだった。

手に手に天秤棒をにぎった人足たちが、庭さきをまわってきた。

庭にはふたりが残っていた。月代におおきな瘤をつくったひとりが沓脱石ちかくであぐらをかいて上体をふらつかせ、もうひとりは臀から血を流してはいつくばっていた。

人足たちがふたりをかこみ、わずかでも身動きしようものなら、天秤棒でこづいた。

宗右衛門も、人足たちに前後を護られてやってきた。

雪江の薙刀は、屋敷内で縦横にふるえるように通常より一尺五寸（約四五センチメートル）短くした五尺五寸（約一六五センチメートル）の長さしかない。雪江は、一日おきに薙刀の稽古をつづけている。

真九郎は、雪江の技倆を知っている。喧嘩と剣術とはちがう。しかも雪江は、襲いきたならず者たちをいずれも庭さきに放りだし、相手の急所もさけている。屋敷を血で汚さぬためだ。留守ちゅうに襲撃された怒りはさることながら、雪江のおちつきと対応に、真九郎は満足と安堵をおぼえた。

藤二郎の家にいる四人の手先が駆けつけてきた。

やがて、藤二郎と亀吉をしたがえて琢馬がきた。藤二郎に命じて、ふたりに縄をうたせ、雪江からなにがあったかをかんたんに聞き、日本橋川にめんした八丁堀南茅場町にある大番屋へしょっぴいていった。

藤二郎が言った。

「あっしは、桜井の旦那があれほど怒ったのは見たことがありやせん」

睨み殺さんばかりの琢馬の迫力に、ふたりはたちまち口を割った。

真九郎はたしかめた。

「ゆみをかどわかした者たちだな」

ややまがあった。

「そのとおりで。近所にさぐりをいれ、おゆみがこちらに稽古でかよっているのを聞きだしたそうでやす」

ゆみをかどわかすだけなら、家を襲うよりも浜町からの脇道で前後をふさいだほうがかんたんである。人数はじゅうぶんにいるし、相手は亀吉と手代だけだ。背後からふいをつけば、亀吉に呼子を吹くいとまをあたえずにおさえられる。家が女と老人だけだとあなどったのか。それとも――。

真九郎は、西本願寺での捨てぜりふを想いだした。

「何者だ」

「鷹森さま、桜井の旦那が捕方とむかっておりやす。どうか、まかせておくんなさい。桜井の旦那にそうお伝えするよう申しつかりやした」

真九郎は、雪江に顔をむけた。

「茶をたのむ」

「はい」

雪江が立ちあがり、廊下に消えた。

「話がある」

真九郎は、藤二郎に言うと、腰をあげ、廊下から庭におりた。そして、庭のすみでふり返った。

「そのほう、なにを隠しておる」

藤二郎の眼がおちる。

「桜井の旦那が、かならずお縄にしやす」

言いわけじみた口調だ。眼を合わすまいとしている。

真九郎は、藤二郎を見つめた。

「駕籠を用意しておったはずだな。何挺だ」

「鷹森さま……」

「何挺だ」

藤二郎が、うつむいたままで指を二本だした。

「雪江もか」

「勘弁しておくんなさい」

「おきくがおなじめに遭ったとしよう。そのほう、なにもせずにほかの御用聞きにまかせるか」

ひと呼吸ほどのまがあった。

藤二郎が、顔をあげる。

「わかりやした。野郎どもは、奥さまを嬲りものにして、三浦屋の店さきに放りだすつもりだったそうでやす」

「そして、雪江に七百両もってこいとつたえさせるわけだな」

「今度は千両だそうで」

「なるほど。もどろうか」

内奥で、憤怒がふつふつと煮たってきていた。他の誰へでもなく、おのれ自身への怒りだ。

　薙刀を居間の壁にたてかけてあるのは、一日おきに稽古をするからだ。今回は、あやうくまにあったにすぎぬ。あの無頼漢どもの頭は、藤二郎が言うように両脚に疵をおわせて動けぬようにするか、下緒で縛り、辻番所までひっぱっていくべきであった。非情になりきれぬおのれが、真九郎は腹だたしかった。

　客間にもどってほどなく、雪江とよが茶をはこんできた。ふたりがいなくなるまで、真九郎は黙っていた。

　藤二郎が、ちいさく顎をひく。

「その者について教えてもらえぬか」

「浅草の甚五郎の子分で、芝の愛宕下あたりを縄張にしている神谷町の三次って野郎でやす」

「その甚五郎とは何者だ」

「江戸の香具師の元締で、浅草の顔役でございやす」

真九郎は、亀吉に顔をむけた。

「住まいをぞんじておるか」

藤二郎が顔色をかえる。

「鷹森さま、やめておくんなさい。甚五郎にゃ、子分がいってえどれほどいるか、あっしらにもわかりやせん。浅草の奴の家だけでも、数十人はいるはずでやす」

「亀吉、案内してくれ」

「親分……」

藤二郎が、首をふり、吐息をつく。

「しかたねえ。亀、おつれしてさしあげな」

「藤二郎、留守をたのまれてくれぬか」

「承知しやした。鷹森さま、お帰りをお待ちしておりやす」

藤二郎が、じっと見つめる。

「むちゃはせぬ。だが、それも、相手しだいだ」

真九郎は、廊下で雪江を呼んだ。

厨から雪江がでてきた。よくやったと言ってやりたかったが、藤二郎と亀吉がいる。

「でかけてくる。藤二郎に留守をたのんである」

雪江がうなずき、上り口までついてきた。

脇道から浜町の表通りにでたところで、真九郎は斜め一歩うしろにいる亀吉をふり返った。

「腹が減っては軍はできぬと申す。亀吉、どこぞで蕎麦でも食してまいろう」

「旦那、脅かしっこなしにしておくんなさい」

真九郎は、微苦笑をもらした。

「そのほうは、案内さえすればよい」

湊橋へいたる南新堀町一丁目の通りにある蕎麦屋ではらごしらえをした。

蕎麦屋をでて、霊岸島新堀の湊橋をわたる。

新堀をはさんだ三角形の島は、町名にちなんで箱崎と呼ばれているが、正式の名は永久島である。箱崎川に二つある橋の大川よりの名も永久橋という。永久橋正面には、御三卿田安家の一万三千坪余の下屋敷がある。

崩橋で箱崎川をこえて、汐留橋で行徳河岸を背にする。

亀吉が武家屋敷のあいだの道をぬうようにすすむ。

町家にはいっていくつものかどをまがり、両国橋西広小路にでた。斜めにつっきって、浅草御門から神田川に架かる浅草橋をわたる。

御徒町の三味線堀から流れてくる鳥越川に、二つの橋がならんで架かっている。鳥越橋だが、俗に天王橋という。わたった大通りが、浅草御蔵前通だ。大川岸に、三万六千余坪もある幕府の広大な浅草御蔵がある。

知行地のない旗本や御家人は、浅草御蔵で俸禄の米俵でうけとる。その代行と換金を商いとしているのが、御蔵前の札差たちである。

仲春二月と、仲夏五月と、初冬十月との三度の支給時期は、札差の者や大八車、人足などで混雑し、にぎわう。

御蔵前通を道なりにまっすぐ行けば、浅草寺の雷門がある。

雷門を正面に見ながらしばらくすすんだところで、亀吉が左におれた。

甚五郎の住まいは、東仲町にあった。間口十間（約一八メートル）ほどの二階建てだ。

「ここまででよい」

亀吉を帰し、真九郎はひろい土間にはいっていった。

「誰かおらぬか」

奥へつうじる廊下よこから五人でてきた。いずれも晒をまいた胸もとをはだけ、片手で裾をはらっている者もいる。

「なんでえ、なんでえ」

「甚五郎とやらはおるか」

「親分になんの用でえ」

先頭で威勢をはっている二十五、六の子分が眉をひそめる。

「おるのか。なら、案内いたせ」

真九郎は、草履をぬいであがった。

「やい、侍。てめえ……」

立ちふさがろうとした子分が言えたのはそこまでだ。

右手をとばして、てのひらと甲で両頬を張る。

――バシッ、バシッ。

手首をつかんでもぐりこみ、足払いをかける。浮いた子分の躰が回転し、背中から土間へおちていく。

「野郎ッ」

叫んだ子分の水月に拳を叩きこみ、ひとりの胯間を蹴りあげる。殴りかかってきたもうひとりの拳をかわして、頸に手刀をみまう。

「ぐえっ」

「うぐっ」

頸に手刀をうけた子分が、苦悶の声を発することすらできずにうずくまる。ほかのふたりもだ。

匕首を抜こうとしている残ったひとりにとびかかり、右手の甲に拳を叩きつけ、右腕を背中に思いきりねじりあげて襟首をつかむ。

「痛てて……」

「うるさい。さあ、案内しろ」

騒ぎを聞きつけ、階をどやどやと大勢が駆けおりてくる。奥からも十名ほどがとびだしてきた。

たちまち、二十数人の子分たちにかこまれた。多くは懐に右手を突っこみ、二階ではさらに足音が響いている。

真九郎は、つかんでいた子分を突きとばした。

懐紙を一枚抜いてうえに放り、左手で鯉口を切る。鎌倉を鞘走らせ、弧乱を舞う。枯れ葉をあいてに修行した剣である。懐紙を斬るなど児戯にひとしい。

刀身が鞘にもどったあとを追うように、八枚の紙がはらはらと舞いおちる。

雷光の剣舞に呆然となっている子分たちへするどい一瞥をながし、真九郎は満腔からの殺気を放った。

「刃向かう者は、容赦なく斬る」

この仲春二月から幾多の修羅をくぐりぬけてきた者が放つ殺気である。喧嘩慣れした子分たちがすくみあがる。

「どきな」

三十代なかばのがっしりとした体軀の男がでてきた。

「お侍、どなたさまかぞんじやせんが、ここは甚五郎の住まいでござんす」

「その甚五郎に会いにまいった」

男の眼が、背後へながれる。

「あれはなんの騒ぎで」

「礼儀を知らぬゆえ、教えたまでだ」

「そいつは申しわけねえことをしやした。あっしは松造と申しやす。ご案内しやす」

かこんでいた子分たちが前後に割れる。

三分の一ほどがさきに廊下を行き、残りが一間半(約二・七メートル)ほど離れてついてくる。

廊下を二度まがった。

つきあたりの庭にめんして左右に廊下がのびている。四間(約七・二メートル)ほどてまえで、松造が左がわの障子をあけてなかにはいった。

松造が、両手で庭がわの襖を左右にひらく。

神棚を背にして、四十すぎの男が単座している。まえに炭のはいってない長火鉢がある。

「おはいりになっておくんなせえ」

松造が、座敷をよこぎり、庭を背にして膝をおる。

甚五郎は正面をむいたままだ。色浅黒く、眉間に縦皺があり、するどい眼をしている。大柄ではない。が、たいした貫禄だ。

真九郎は、口端に皮肉な笑みをきざんだ。

座敷に足を踏みいれたとたんに、左から匕首を構えた子分が突っこんできた。

ひらりと身をかわし、足をだす。

子分がつまずき、頭から障子にとびこんでいく。障子紙が破れ、騒々しい音をたてて障子ごと廊下に倒れこむ。

甚五郎が、顔をむけ、見あげた。

「ひそんでるのは先刻承知ってわけですかい。わっちが、甚五郎でござんす」

「霊岸島四日市町に住まいする鷹森真九郎と申す。心あたりはあるか」

「いっこうに」

表情に変化はない。

真九郎は、冷然と言いはなった。

「こととしだいによっては、そのほうがそっ首、もらいうける」

三方向で子分たちが身構え、松造も右手を懐につっこんで片膝立ちになる。

甚五郎が、片頬に冷笑をうかべる。

「お侍（さむれえ）、まわりにどれだけの人数がいると思いなさる」

「どれほどおろうが、そのほうがまっさきに死ぬ」

甚五郎が、表情のない眼で見つめる。

「いい度胸をしていなさる。……おめえら、むこうへ行ってな」

となりの座敷から声がした。

「ですが、親分」

「言うことが聞けねえのか」

低く、すごみをきかせた口調だ。

子分たちが、廊下両側の壊れた障子をもって去っていった。

腰をあげた甚五郎が、庭がわの障子を背にしてすわる。松造がその下座にうつる。

「旦那、おすわりになっておくんなせえ。理由（わけ）をお聞かせ願（ねげ）えやす」

真九郎は、周囲の気配をうかがった。ひそんでいる子分たちはいない。腰から鎌倉をはずして甚五郎の正面に坐し、左脇におく。

「神谷町の三次と申すは、そのほうが手の者だな」

「三次の野郎がなにか」

真九郎は、甚五郎を見つめた。

怪訝ないろがあるだけだ。

ゆみのかどわかしと今朝のできごとを語った。

「野郎がそのようなことを……」

甚五郎が、まっすぐに見つめる。

「ぞんじやせんでした。が、わっちも浅草の甚五郎、それですますつもりはございやせん。留守ちゅうに殴り込みをかけられ、ご新造（しんぞう）さままでかどわかされそうになった。お怒りはごもっともでござんす。わっちの首で気がすむんでしたら、存分になさっておくなせえ」

真九郎は見つめかえした。

肚(はら)がすわっている。

眼に、微塵(みじん)の揺らぎもない。

このとき、廊下を多人数がちかづいてきた。

真九郎は鎌倉に手をやった。

松造が立ちあがり、障子をあける。

「おっ、そこか」

琢馬の声だ。

なくなった障子のところから、琢馬が鴨居(かもい)をくぐるようにしてはいってきた。

背丈が五尺九寸（約一七七センチメートル）余の真九郎も大柄なほうだが、琢馬は六尺（約一八〇センチメートル）ちかい。

子分たちを去らせた松造が、もとの座にもどる。

「どうやら、血の雨はふらずにすんだようだな」

甚五郎がぼそっと言う。

「北御番所の桜井さま」

琢馬が、甚五郎を睨む。

「ほう、おいらを知ってるのかい」

「知ってるってほどじゃござんせん」

琢馬が鼻で嗤(わら)う。

「そうかい。おいらも、おめえのことはたいして知らねえ。ところでてめえ、三次を匿(かくま)ってるんじゃねえだろうな。かどわかしの咎人(とがにん)だ。隠しだてしやがると、ただじゃあおかねえぞ」

「気がすむまでお捜しくだせえ」

琢馬が、怒声を発する。

「ふざけるんじゃねえ。てめえん家(ち)に匿うわけねえだろうが。どこぞの寺社地にひそんでるにちげえねえ。子分どもにようく言っときな、三次を匿ったりしやがったら承知しねえとな」

「うけたまわってござんす」

琢馬が、右よこにきて腰をかがめ、耳もとでささやく。

「おめえさんの感じとしてはどうだい」

真九郎は、甚五郎に眼をむけたまま小声でこたえた。

「知らなかったようです」

「そうかい。なら、帰らねえか」

真九郎は、うなずき、鎌倉をにぎって甚五郎に言った。

「邪魔をした」

ひろい土間から表にでると、亀吉が顔をほころばせて駆けよってきた。

真九郎は、笑みをうかべた。

「待っておったのか」

「へい。よくごぶじで」

琢馬が言った。

「まったくだぜ。あんまし肝を冷やさせねえでくんな。藤二郎が、おめえさんが血相をかえて甚五郎んとこにのりこんでいったって使いをよこしたんだ。で、ふっとんできたのよ。まにあわねえんじゃねえかと思ったぜ」

真九郎は頭をさげた。

「雑作をおかけしました」

「いいってことよ。歩きながら話してえ。よこへきてくんな」

真九郎はならんだ。

「三次の野郎、あのままとんずらこきやがった。ずらかる準備をしてた子分どもと浪人二名はお縄にした。こっちの者が周辺の町家にさぐりをいれてる。おっつけ、寺社方も動くはずだ。逃しはしねえ」

大通りにでて雷門を背にしたところで、真九郎は訊いた。

「桜井さん、芝の一件は、その後どうなりましたでしょうか」

琢馬が、首をふりかけて眉をよせ、顔をむける。

「思いついたことでもあるのかい」

「的はずれかもしれませんが、おいそぎでなければ拙宅までおこし願えませんか、お見せしたいものがあります」

「かまわねえよ」

きた道をもどる。

浜町から脇道にはいり、和泉屋裏通りにでたところで、うしろをついてきた亀吉が小走りでまえになり、格子戸をあけた。

「お帰りになりやした」

藤二郎が迎えにでてきた。

客間の上座に真九郎と琢馬がすわり、下座正面に藤二郎、わずかにさがって亀吉が膝をおった。

真九郎は、琢馬に顔をむけた。

「和泉屋を襲った浪人たちは偽名でした」

「ああ、憶えてる。それがどうかしたかい」

真九郎は、手文庫からとってきた半紙を畳にひろげ、描いてある図の説明をはじめた。

東西南北は四神でしめすことができる。すなわち、青竜、白虎、朱雀、玄武である。これに、春、秋、夏、冬の季節をあて、色では、青、白、赤、黒であらわす。その中心は陽であり、大地をも意味する黄が唐（中国）では皇帝の色である。

陽が昇る東は、色であらわすと青であり、季節であらわすと春になる。だから、人生の最初の季節を青春という。

和泉屋裏通りで黄色い西陽に眼をやったときに脳裡にうかんだのが、書付にあった〝黒子〟を〝ほくろ〟と読むのはまちがいで、あるいは符丁ではあるまいかということだった。〝ほくろ〟が目印なら、たとえば、顔のどこそこ、左右の腕なりも記したのではあるまいか。菊次で、そんな疑念が脳裡をかすめていた。

それで書きなおしたりしながら、しだいに考えをまとめた。

円の中心に〝黄〟と書き、上に〝黒〟、下に〝赤〟、右に〝青〟、左に〝白〟と記入し、円のそとがわに十二支と方位を書きこむ。そして、よこにはその組合せだ。

・黄震（東）、黄兌（西）、黄離（南）、黄坎（北）、黄巽（東南）、黄坤（南西、裏鬼門）、黄乾（西北）、黄艮（北東、鬼門）
・青寅、青卯、青辰
・白申、白酉、白戌
・赤巳、赤午、赤未
・黒亥、黒子、黒丑

「……考えうるかぎりを書いてみました。これほどはおらぬかもしれません。黄一人に幾組かの配下をおき、たがいによこのつながりを断てば、黄のひとりがお縄になっても、失うのはその組だけです。符丁で呼びあうことで、たがいの正体も隠せます。思いつきにすぎませんが、吉沢どのの書付の字は、〝ほくろ〟ではなく〝こくし〟と読むのではないでしょうか」

琢馬が腕をくんでつぶやく。

「方位と十二支との組合せかい。十干と十二支との組合せが干支だもんな。考えもしなかったぜ」

それっきり、沈黙がおちた。

廊下をちかづいてくる衣擦れの音に、真九郎は半紙を二つ折にしてかたわらにおいた。

雪江ととよが、二度にわけて食膳をはこんできた。

諸白を一口飲んだ藤二郎が、杯を食膳にもどした。

「鷹森さま、するってえと、信濃屋総左衛門がその黒子ってことになるんじゃありやせんか。吉沢さまに闇のことをばらしそうになったんで、押込み強盗にみせかけて店の者ともども始末された」

琢馬がこたえた。

「番頭と手代、下男までいちおう考えねえとならねえ。が、おめえの言うとおり、主の総左衛門だろうよ。だとすると、あの家捜しも納得がいく。闇の証となるものが隠されてねえか、調べたにちげえねえ」

藤二郎が眉間をよせた。

「待っておくんなさい。消えた下男はどうなりやす。一味じゃねえんでやすかい」

「奴らの用心ぶかさよ。総左衛門は、下男がてめえの見張りだとは知らなかったにちげえねえ。吉沢さんが闇一味と目星をつけたとも思えねえ。それなら、お奉行もごぞんじのはずだ。おそらく、裏切ろうとしているのがばれちまったんだろう。だが、吉沢さんが隠密廻りだとどうやって知ったのか。おいらたちとはちがう。こいつは、昔を洗ってみなけりゃならねえな。どっかでつながりがあるはずだ」

琢馬が、杯に残った酒を飲みほした。

「信濃屋はおいらの一件じゃねえが、吉沢さんの件がからんでるかもしれねえとなると、お奉行に申しあげ、総左衛門はむろんだが、番頭と手代(てでえ)、それに消えた下男もふくめて調べなおしてもらわなきゃあならねえ」

真九郎は訊いた。

「桜井さん、その消えた下男の年齢(とし)をごぞんじですか」

「いや、聞いてねえが……。そうか、年寄かもしれねえってわけだな」

「ええ。どのような理由からなのかは思いつきませんが、闇は和泉屋のおりも、府中(ふちゅう)の荒れ寺で下男に老人をつかっておりました」

「たしかめておくよ。これでいろんなことに合点(がてん)がいく。これまで、闇のことは噂にさえならなかった。御用聞きや手下(てか)のなかにゃ、臑(すね)に疵もつ者(もん)がかなりいる。蛇(じゃ)の道は蛇(へび)ってわけよ。裏街道の悪党(わる)どもが闇にかかわりがあるんなら、奴らが耳にしねえわけがねえ。が、昼間は堅気の商人なら逆だ、奴らが知ってるわけがねえ」

琢馬が眉をよせる。

「どうしたい。考えごとか」

真九郎はこたえた。

「闇の目的です」

琢馬が、いっそう眉をよせ、ややあって、つぶやいた。

「ちげえねえ」

半紙を指さす。

「同一人かどうかはべつとして、これだけのことを思案する素養があり、和泉屋のときのことを考えてもかなり悪知恵がはたらく。たんなる金目当てじゃねえかもしれねえわけか」

「ええ」

「ところで、その書付、おいらがもらってもいいかい」

「かまいません」

真九郎は、わたした。

琢馬が、四つ折にして懐にしまう。

「お奉行にお会いしなくちゃあならねえ。おいらは行くが、おめえたちはゆっくりしてってもいいぜ」

藤二郎がこたえた。

「いえ、あっしらもこれで」

琢馬がうなずき、刀を手にして立ちあがった。

真九郎は、上り口まで三人を送った。

客間はかたづけられていた。

廊下で平助ととよを呼び、客間へはいった。

ふたりがきて、廊下にかしこまる。

真九郎は、なかにはいるように言い、すわったふたりにねぎらいの言葉をかけた。そして、平助を使いにやり、宗右衛門を呼んだ。すこししてあらわれた宗右衛門にも、機転に感謝し、礼を述べた。

雪江には、よくやったとだけ言った。雪江は、ゆみを護ることしか頭にありませんでしたとこたえた。

その夜、寝所でよこになってほどなく、雪江のただならぬ気配に、真九郎は眼をあけた。

「あなた、震えが、とまりませぬ」

「どうかしたのか」

真九郎は跳ねおきた。

寝所のすみに、有明行灯がある。そのほのかな灯りのなかで、雪江が小刻みに震えていた。

真九郎は、よこにうつってあぐらをかき、首筋に腕をいれて抱きよせた。

雪江がしがみついてきた。

――はじめて人を刃にかけたのだ、無理もない。

「よくこらえていたな」

愛おしさがこみあげてきた。

第二章　影法師

一

和泉屋まえの桟橋で、真九郎は屋根船にのった。雪江のほかに、平助ととよをともなっている。留守宅は、宗右衛門にたのんだ。

初秋七月朔日。

朔日と十五日は道場も手習いも休みである。雪江の気分転換と、平助ととよへの礼をかねて向島まで行くことにした。

昨日、とよを古着屋へ行かせ、平助のをふくめて小綺麗な仕着せをもとめさせた。

老船頭の智造が棹をつかい、屋根船が桟橋を離れた。

朝の陽射しのなか、新川から大川にでる。両舷の障子はあけてある。雪江は瞳をかがやかせ、とよは頬を紅潮させていた。

大川は、もっとも上流にある吾妻橋をすぎると、呼称が隅田川となる。しかし、そう呼ぶのは向島のほうで、西岸の浅草では神田川から山谷堀あたりまでを浅草川と呼んでいた。川の流れでいえば、山谷堀から神田川までの浅草にめんした部分である。

固有名詞という概念が曖昧な時代であり、当て字も多い。名前はしばしば変更されるし、有力大名には松平の姓が椀飯振舞された。加賀の前田も、奥州の伊達も、薩摩の島津も、いずれも松平家である。

大川に最初に架けられた両国橋は、大橋という名称だった。武蔵の国と下総の国とをむすぶ（もしくは跨ぐ）ので両国橋との通称が正式名称となった。つぎに、新大橋が設けられ、三橋めが永代橋だが、これも当初は深川大橋との記載もある。上流に架けられた四橋めの吾妻橋も、もともとの名は大川橋であった。

俗称がいつしか正式名称となっていく。幕府が、江戸の治世にたいしてかならずしも杓子定規でなかったことをしめしている。

渡し船や艀船などの多くの舟が、川面をゆきかっている。

智造がゆったりと漕ぐ屋根船が、隅田川の流れを離れ、ちいさな入江にはいっていく。

木母寺ちかくの桟橋に、智造が屋根船をつけた。

真九郎は、竹屋ノ渡で待っているようにと告げた。

鐘ヶ淵にちかい江戸のはずれの隅田村に、木母寺はある。梅柳山木母寺という。その名のとおり、境内には松のほかに梅と柳が多い。

聖徳太子作とつたえられる阿弥陀如来像が安置されている。

しかしそれよりも、はるか平安の昔に、人買いにだまされてこの地で亡くなった哀れな梅若丸の伝説とその塚が、木母寺の名を知らしめ、参拝者をあつめていた。梅若丸と母親の話は、能の「隅田川」となった。

梅若丸の忌日である晩春三月十五日は、貴賤を問わず多くが参拝におとずれる。

平助もとよも、木母寺ははじめてであった。

雪江も、緑の多い景観に心をなごませている。

六千四百坪もある境内をゆっくりと散策しながら参詣をすませ、葦簀張りの出茶屋でひと休みして山門をあとにした。

残暑をとどめた陽射しが、南の空にかからんとしている。

一歩斜めうしろに雪江、そしてとよ、平助の順で、周囲に眼をあそばせながらのんびりと行く。

妻の実家への訪問など、武士が妻女とつれだつことはある。しかし、男女がならび歩くことはない。とよと平助も、ふたりだけなら、むろん父親である平助がさきで、とよがしたがう。が、いまのとよは、雪江の供である。

隅田川にめんした向島に最初に桜を植えさせたのは、四代将軍家綱である。八代将軍吉宗が、享保二年（一七一七）と同十一年（一七二六）に桜のほかに桃や柳も植えさせた。

そのころから、花見の名所として知られるようになる。しかし、向島に江戸の庶民が参集し、商家の寮なども建ちはじめたのは、安永三年（一七七四）に吾妻橋が浅草と本所とをむすんでからである。

そして、十一代将軍家斉の寛政元年（一七八九）、仲秋八月の暴風雨による洪水で損壊した新大橋下流の中洲埋立て地を取り払った土と、川浚いをした土とで、向島に堤を築いた。

翌二年、小梅村の水戸徳川家蔵屋敷から木母寺にいたる堤に桜並木がととのえられた。こうして、花見どきの隅田堤に人びとが蝟集するようになった。

しかし、現代の代表的な桜である染井吉野がつくられたのは明治初期である。あるいは、幕末ともいう。

この時代は、享和元年（一八〇一）に亡くなった国学者の本居宣長の有名な〝しきしまの大和心を人問はば朝日に匂ふ山桜花〟にあるように、山桜や彼岸桜などであった。

桜並木が、堤に影を描いている。陽射しはつよいが、数歩ごとに吹いてくるやわらかな川風が、涼をもたらす。

やがて、寺島ノ渡への小径をすぎた。

寺島村の堤と堤下で七人を相手に果し合いをしたのは、晩春三月の二十日だ。仲春二月から初夏四月にかけて、いくたびも刀をまじえ、多くの命を奪った。

初秋の空は高く澄みわたり、陽射しはあかるく、桜の緑が眼にまぶしい。

長命寺の境内で、名物の桜餅を食べた。

竹屋ノ渡から屋根船にのる。

吾妻橋は、長さが七十六間（約一三七メートル）。

浅草がわのたもとよこの桟橋に、智造が屋根船をつけた。

吾妻橋から雷門まで二町（約二一八メートル）たらず。藤二郎に教えてもらった蕎麦屋が、てまえの花川戸町にある。

中食をすませてから、浅草寺を参詣し、裏の奥山まで足をのばした。

奥山は境内の名称であって、山があるわけではない。上野山下、両国橋東西広小路とならぶ盛り場である。

智造が和泉屋まえの桟橋に屋根船をつけたのは、夕七ツ（秋分時間、四時）の鐘を聞いてほどなくであった。

翌二日。

この日から、雪江はふたたび教えはじめた。弟子もふたりふえ、二十二名になった。襲撃騒動で減るのではないかと懸念していたが、杞憂であった。

弟子が十六名になったとき、雪江はそれ以上ふやすのをしぶった。

ある夜、真九郎は宗右衛門に薬研堀の料理茶屋へまねかれた。往復とも屋根船であった。行きの屋根船のなかで、宗右衛門が、ご相談がと言い、弟子がふえ、謝礼が多くなるのを雪江が気に病んでいるのではないかと話した。

真九郎は初耳だったが、雪江は宗右衛門娘のちよを教えるにあたって謝儀の額が高すぎるとなかなか承知しなかったという。

国もとにて母はそんなにはいただいておりませんでしたと言う雪江に、宗右衛門はそうではございましょうがと説得したとのことであった。

それで、半年で二朱金三枚（八枚の十六朱で一両）で納得してもらったという。のちの文政七年に一朱金ができるが不評で、天保三年（一八三二）に鋳造されなくなり、天保十一年（一八四〇）に通用止めとなる。

三浦屋のゆみもその額であり、以降に弟子入りを願う者も当然おなじ額になった。読み書きの手習い代としては高すぎる。だからもっぱら琴の教授料である。それもあり、年長組に生花を教えることになったさいに、雪江は花代だけとゆずらなかった。

宗右衛門は、花代は年長組でまとめて払い、そのほかに冬の炭代を弟子筋でもたせていただきたいと願った。そして、手習所などでは謝儀のほかにやっていることにございます、とつけくわえるのを忘れなかった。

江戸では手習所だが、上方では寺子屋という。

年に一両弱。弟子十六名で年十二両。霊岸島に表店をかまえる商人だから払える。それもただ娘のためというより、和泉屋や三浦屋の件もあり、いざというときのためであろう。

家は廊下のつきあたりに後架（便所）と湯殿（風呂）があり、そのてまえの庭がわに六畳が二間ある。奥の六畳は二間（約三・六メートル）の押入つきだ。

琴の長さは六尺（約一八〇センチメートル）余。片方の押入の上下に五帳がおかれている。もう片方の押入の上段には三浦屋をふくむ三軒の瀬戸物問屋がもってきた花瓶がならび、下段には書の用具入れである。

ふつうの手習所には、天神机という専用の机がある。しかし、てまえの六畳間にあるのは、弟子がふえるつどにもとめた文机だ。

一度に琴を教えるのは、六畳間のひろさからして四名が限度である。宗右衛門の勘定では、雪江のものをのぞき、つめれば六畳二間に文机を二十四脚までならべられるはずだが、すると年に六両ふえ、十八両になってしまう。

宗右衛門が言った。

――奥さまは、それをお気になさっておられるのではないでしょうか。

真九郎の給金は年に三十六両。その半額である。

翌日、さりげなくたしかめると、雪江はそのとおりだと認めた。

真九郎は語りかけた。

昨夏、城下をたちのくおり、脇坂家も鷹森家も非常用の貯えのほとんどをふたりにもたせてくれた。そのおかげで、今治城下から江戸まで、当座の暮らしに不安をおぼえることなく旅ができた。

来秋には、雪江の妹の小夜が、大目付戸田左内次男の小四郎を婿養子に迎えて祝言をあげる。金子を貯え、脇坂よりちょうだいしたぶんからいくばくなりともお返ししようと言うと、ようやく愁眉をひらいた。

雪江は、弟子たちを三組にわけている。年若が一組と、年長が二組だ。教えるのは、朝五ツ（八時）から昼九ツ（正午）までの二刻（四時間）だ。読み書きのほかに、年長組に琴と生花を教授している。熱心な弟子が幾名もいて、たいがいは真九郎が上屋敷道場から帰ってくる昼九ツ半（一時）ちかくまでのこっている。たぶん、誰かがのこるならわたしもということになるのであろう。

生花は晩春三月から晩秋九月までだ。以前は五日おきだったが、弟子がふえて七日ごとになった。

江戸時代は、日の出が明六ツ、日の入が暮六ツの不定時法である。したがって、明六ツは、夏至の五時から冬至の七時まで二時間もの差がある。一年をとおしてかわらないのは、昼九ツ（正午）と暁九ツ（深夜零時）だけだ。一刻の長さは、一時間四十分から二時間二十分まで。それを二十四節気ごとの時差を計算して時の鐘を撞く。

日本橋石町をはじめとして十数箇所にあった時の鐘は、複数の時計をそなえて正確を期し、しかも撞く順番がきめられていた。

二日は、朝のうちは晴れていたが、下谷御徒町から帰るころには白く厚い雲がふえていた。夕七ツ（四時）の鐘が鳴り、陽が雲にかげってしばらくして、藤二郎がきた。

おつたえしたいことがあるだけだからと、土間で待っているという。

真九郎は、平助にうなずき、上り口へ行った。

藤二郎が辞儀をした。

「鷹森さま、三次が土左衛門で見つかりやした」

三次の死そのものは、意外ではなかった。

「くわしく話してもらえぬか」

真九郎は、廊下に膝をおり、藤二郎に上り框をしめした。

藤二郎が低頭して浅めに腰をおろす。

今朝、新大橋の橋桁に筵でくるまれた死骸がひっかかっているのを荷舟の船頭が見つけた。

月番は南町奉行所だが、昼になって、死骸が三浦屋の娘ゆいをかどわかした三次だと判明し、北町奉行所の扱いとなった。

三次は、簀巻にされて荒縄でがんじがらめに縛られ、猿轡がかまされていた。躰のあちこちに、鬱血した打ち身の痕があった。

身動きがとれぬようにして、生きたまま川に投じて溺死させる。博徒あたりがみせしめにやる残忍な殺しかただ。

捕縛された子分らの話では、三次は月内にどうあっても二百両そろえないとならないと焦っていたという。てっとり早く大枚をつかもうと物色していて、番頭や手代に見送られている三浦屋の母娘を見つけ、尾行したのだった。

「……桜井の旦那は、浅草の甚五郎のところへ行きやした。鷹森さまと三浦屋には報せておくようにってことでやす。ゆみの迎えはどうしやしょうか」

真九郎は考えた。

「ようすを見てきめるゆえ、いましばらくはつづけてもらえぬか」

「承知しやした。あっしはこれで」

藤二郎が腰をあげた。

「ご苦労であった」

真九郎も、甚五郎のしわざに相違あるまいと思った。

三日後の五日。

昼八ツ（二時）の鐘が鳴ってすこしして、平助が居間まえの廊下に膝をおった。

「旦那さま、厨のほうに四十くらいのおかたがお会いしたいとお見えになりました。お名をお訊きしたのですが、先日浅草でお目にかかった者だとおつたえしていただければおわかりになるはずだとおっしゃっております。いかがいたしましょう」

雪江が表情をこわばらせる。

あの日、琢馬たちが帰ったあとで、浅草の甚五郎のことを話した。だから雪江を安心させるため、朔日は甚五郎の地元である浅草寺まで足をのばしたのだった。

笑みをうかべてうなずき、平助に顔をむけた。

「表にまわるように申し、客間に案内しなさい」

「かしこまりました」

平助が辞儀をして立ちあがる。

真九郎は、顔をもどした。

「案ずるな。なにをしにまいったか、会うてみるとしよう」

表の格子戸が開閉してほどなく、平助がもどってきた。

真九郎は、客間にはいった。

正面の上座にすわり、甚五郎を見つめる。

地味な縦縞の着流しに羽織姿の甚五郎は、いかにも商家の主ふうであった。身なりは商人であり、目つきも浅草の家で対したときより柔和である。が、何者か承知しているからかもしれないがおのずとかもす貫禄がある。

甚五郎が、睫毛ひとつうごかすでなくやや眼をおとしぎみにじっとしている。

真九郎は訊いた。

「なに用かな」

「まずは、わっちのような者に表からのお出入りをお許しいただき、お礼を申しやす」

「客だ。当然であろう」

「恐縮にござんす。三次の野郎は、すぐさま絶縁いたしやした。知らぬこととはいえ、とんだご迷惑をおかけしやしたことをお詫びいたしやす」

　甚五郎が低頭した。

「あの者は、簀巻の土左衛門で見つかったそうだ。桜井どのが、そのほうのもとにまいったと聞いたが」

　背筋をのばした甚五郎が、不敵な笑みを頬にきざむ。

「お上のご威光を笠にきた八丁堀ふぜえがなにをほざこうが、屁とも思いやせん」

　真九郎は皮肉で応じた。

「ほう。たいしたものだな」

　甚五郎が苦笑いをうかべる。

「旦那に見栄を張ることではございやせんでした。お許しくだせえ。お邪魔しやしたのは、三次の野郎が、なにゆえあのようなことをしでかしたのかをお話しするためでござんす。野郎は、賭場に借金があったようで。六月のすえまでに、とりあえず二百両を返さなきゃならなかったとのことでござんす。縁を切りやしたから、もうわっちの身内じゃございやせん。賭場の貸元がみせしめにやったんでございやしょう」

「桜井どのがそれを信じたのかな」

「旦那、寺社方ならともかく、わっちは八丁堀に義理はございやせん。ご迷惑をおかけしやしたから、旦那にお話ししてるんでござんす」

三次が、返済の延期をたのみにのこのこと貸元のところにあらわれたのであれば、ありえなくはない。それよりも、親分である甚五郎に借金を願うほうが、はるかにありうるように思える。いや、だからこそ、かえって甚五郎にだけは知られたくないということも考えられる。

「なるほど。では、そういうことにしておこう」

甚五郎が、口端に微苦笑をうかべる。

「お聞き願えてえことがござんす。いますこしよろしいでやしょうか」

「かまわぬが、教えてもらえぬか」

「なんでござんしょう」

「三次は執念ぶかいほうか」

甚五郎が、眉根をよせかける。

「そのことでごさんすかい。野郎は、陰ではすっぽんの三次と呼ばれておりやした。旦那は、子分たちのめえで奴の顔を潰しやした」

「やはりそういうことであったか。では、聞こうか」

甚五郎が、まをおいた。

「旦那、甚五郎は親代々(でえでえ)の名でござんす。わっちは、好きこのんでこの稼業をやっているわけではござんせん。親の跡を継ぎ、やむをえずこんな渡世(とせえ)をしているようなわけで。つぎの甚五郎は、子分にゆずる腹づもりでござんす」

真九郎は、語を継ごうとする甚五郎を手で制した。

「茶を用意させよう」

廊下にでて雪江を呼んだ。

座にもどると、甚五郎がつづけた。

「おそれいりやす。ですが、子がねえわけではありやせん。柳橋(やなぎ)をわたった大川とのかどの平右衛門町(へえもんちょう)に〝川仙(かわせん)〟って船宿がございやす。芸者だった女房にやらせておりやす。むろん、女房は知っておりやすが、七つになる娘は、ほかの商い(あきな)が忙しいので三日に一度くれえしか帰(けえ)ってこれねえのだと思っておりやす。ご新造(しんぞう)さまが、読み書きの手習いと琴をお教えしておられるとうかがいやした。来年あたりからと考(かんげ)えておりやしたが、あきがあるんでしたら、わっちの娘もおひきうけいただけやせんでしょうか。むろん、わっちのような者(もん)が、このようなことをお願(ねげ)えするのは筋違(すじちげ)えってことはじゅうじゅう承知しておりやす」

「親がどのような生業(なりわい)をしておろうが、子に罪科(つみとが)はない。茶をもってきたら訊いてみよう」

　真九郎は、ひと呼吸おいた。

「いろいろ調べたようだな」

「申しわけございやせん。旦那、秘事ほどもれやすくできておりやす。八丁堀に付け届けをするんは、なにもお大名や商人だけとはかぎりやせん」

「憶(おぼ)えておこう」

　真九郎は、ふと興味をおぼえた。

「すると、芝(しば)の島津家蔵屋敷ちかくで殺された武士のことも知っておるのか」

「誰が殺(や)ったかまでは知りやせんが、殺られたのが北の隠密廻りってことでしたら知っておりやす」

　雪江ととよがきた。

　真九郎は、茶をおいた雪江にとどまっているよう手で合図した。雪江が立ちあがり、斜めよこにすわりなおした。

「これにおるは浅草の……」

「鷹森さま」

甚五郎がさえぎった。

「ご無礼をいたしました、お許しください。手前は、柳橋で川仙という船宿をいとなむ仁兵衛と申します」

いくらか肩をおとして背をまるめぎみにしている甚五郎に、真九郎は感心した。

「器用なものだな」

「かれこれ八年余になります。こちらさまでは、川仙の仁兵衛でとおさせていただきたくぞんじます。娘は仁兵衛しか知りませんので」

「聞いてのとおりだ。七歳になる娘の弟子入りを願っておる」

「旦那さまがご承知でしたら、わたくしに異存はござりません」

甚五郎が低頭した。

「ありがとうございます。女房の名はみつ、娘ははると申します。明日にでもさっそくご挨拶に伺わせたいとぞんじますが、よろしいでしょうか」

「昼の八ツ（二時）すぎでしたらかまいませぬ」

「そのようにさせていただきます」

　雪江が退室した。

　甚五郎が、肩と背をなおす。

「旦那、わっちがおたずねするのはこれっきりにしやすので、ほかのお弟子筋にご迷惑(めえわく)をおかけするようなことはございやせん。わっちのような者(もん)を客としてあつかってくださり、さきほどは、娘に罪科はないとおっしゃっていただきやした。甚五郎、感じいっておりやす」

「習い事のこまごましたことは和泉屋にめんどうをみてもらっておる。それは承知しておいてくれ」

　甚五郎が笑みをうかべる。

「和泉屋の主との関係(かんけえ)も、隅田堤の七人斬りのことも、永代(ええたい)橋での六名(めえ)を相手にしたはでな立回りも知っておりやす。旦那は、闇って称しておるみょうな連中とかかわりができたようで」

　真九郎は、驚愕(きょうがく)を隠し、眉をひそめぎみにして甚五郎を見つめた。

「そのほう、かの者どもがことを知っておるのか」

「知ってるってほどじゃござんせん。旦那、わっちはお江戸に出入りする香具師(やし)をたばねておりやす。香具師は六十余州をわたり歩きやすから、各地の親分衆ともつきええがございやす。ご公儀はひた隠しにしておりやすが、十年ほどめえに箱根で御用金八千両が奪われたことがございやす。そのとき耳にしたのがはじめてで。あれはおかしな連中でござんす」

甚五郎が鼻で嗤う。

真九郎は訊いた。

「どのような意味かな」

「わっちのような者のところでさえ、うごく金子は半端じゃござんせん。そのために、そろばんのできるのを雇っているほどで。屋台骨がでかくなるほど、かかる入用もふえてめえりやす。連中が、噂どおりに上方にまで手をひろげてるんでしたら、かなりの人数をかかえておるはずでござんす。わっちにはかかわりがねえんで聞きながしておりやすが、ご大層な名を騙ってるわりにゃあ、忘れたころにまた耳にするくれえで。噂ってものは尾ひれがつくもんでござんす。連中についちゃあ、わっちは話半分に聞いておりやす」

そうであろうかと思いながら、真九郎は茶を飲む甚五郎を見ていた。

甚五郎が茶碗をおいた。

「旦那、お礼を申しやす。女房もわっちも、娘にゃあ堅気の暮らしをさせてやりてえと願っておりやす。わっちで役にたつことがございやしたら、川仙まで使いをくだせえ。舟を迎えにさしあげやす。ご無礼させていただきやす。ごめんなすって」

低頭した甚五郎が、腰をあげ、でていった。

いかにも俠客然としている。こちらからかかわりをもつ気はないが、最初の出会いといい、どこか心惹かれる男だと、真九郎は思った。

二

三浦屋のゆみは、亀吉が迎えにいき、昼九ツ半（一時）前後に真九郎が送っていく。十五日の稽古休みをはさんで、真九郎はゆみと手代をさきに行かせるようにした。最初の日、ゆみはしばしばふり返った。

毎月、十日と二十日と晦日は、代稽古にでている高弟たちが団野道場につどい、たがいに研鑽をして酒席につく。

その日は、亀吉のほかにもうひとり手先をつけて送り迎えをすることになっている。

二十日、真九郎は師の源之進に二十二日と二十三日の夕七ツ（四時）にくるよう言われた。

団野道場にかよいはじめて一年がすぎた。

直心影流における初伝は〝兵法究理之巻〟である。〝切紙〟と称していたものを、七代目の山田平左衛門が巻物か折本にして伝授するようになり、そう名づけた。

兵法究理之巻は、初伝とはいえ、直心影流ではそれだけで道場がひらけるほどである。

真九郎は、立花家上屋敷道場へ代稽古にかよいはじめたころにちょうだいした。

二十二日と二十三日の両日、真九郎はいったん帰宅してゆみを送りとどけ、中食をとったあと、斎戒沐浴し、浪平から猪牙舟で両国橋本所がわの桟橋まで送ってもらい、亀沢町の道場に行った。

誰もいない道場で、師から口伝を受け、直心影流の中伝である〝目録〟をちょうだいした。

これで、直心影流の極意すべてを得たことになる。高伝の〝免許〟は、技ではなく人品が流派の奥義にかなうか否かによってあたえられる。ゆえに、いっそう技を磨き、品格を高めることにつとめねばならない。

二十三日、帰路についたのは、夜五ツ（八時）をまわってからであった。

竹の柄のついた小田原提灯と稽古着を包んだ風呂敷をもち、団野道場をあとにした。

たいせつな目録は、袱紗で包み、万が一にもおとしたりせぬように懐ふかく襦袢のあいだにしまった。

回向院のよこをとおって両国橋にむかう。

国富山回向院は無縁寺である。明暦三年（一六五七）の初春一月、江戸のたいはんを焼きつくす大火があった。その死者十万人余を葬り、塚を築いて弔うために建立された。

初夏から残暑のころまでの両国橋東西広小路は、屋台などの夜見世でにぎわう。

とくに、仲夏五月二十八日の川開きには花火が盛大に打ちあげられ、仲秋八月二十八日の川仕舞いの日まで、雨でもふらぬかぎり夜になっても人出が絶えることはない。

町人や武士だけでなく、年頃の娘たちも涼をもとめて広小路を散策していた。

真九郎は両国橋にかかった。長さ九十六間（約一七三メートル）。川面を吹く初秋の風が、肌に心地よい。

両国橋西広小路の両側には、柳橋と薬研堀という料理茶屋が建ちならぶ一郭がある。座敷には遅くまで灯りがあり、通りには朱塗りの常夜灯、婀娜な芸者たちがゆきかっている。

が、真九郎は苦手である。広小路はにぎやかで、こちらはあでやかだ。

広小路をよこぎって町家にはいった。人通りがすくなくなり、武家地にかかると、まったく人影が絶えた。

かどをいくつかまがって、浜町川へむかう。

浜町川の大川ちかくは、両岸に大名屋敷や幕臣の屋敷がならび、昼間でも人通りがすくない。

正面の川岸に辻番所がある通りを左におれた。

二十間（約三六メートル）ほど前方を、宗匠頭巾をかぶった老人が、ぶら提灯の柄をにぎって杖をつき、とぼとぼと大川方面へむかっている。浜町河岸のほうからは、武士がやってくる。こちらは千鳥足だ。提灯がゆれ、酩酊しているのが遠目にもわかる。

灯りはそれだけで、向こう岸にも人影はない。

老人との距離が、十五間（約二七メートル）ほどになった。左によって、足もとのおぼつかない武士とすれちがおうとしている。

ふいに、白刃がほとばしった。

ぶら提灯がおちていく。

武士がよろめく。

踏みこんで反転した老人が、武士の背を袈裟に斬りおろす。

武士が口をおおきくあけた。が、叫び声を発することもなく、まえのめりに倒れる。

瞬時のできごとだ。

刺客が、血振りをくれた細長い直刀を右手にさげ、こちらを睨んでいる。老人の身のこなしではない。得物は仕込み杖で、手練である。

ぶら提灯と武士が手にしていた小田原提灯が燃えあがる。炎が、刺客の顔を照らし、通りに二つの長い影法師を曳く。

目尻に皺、眼光するどく、頬がこけ、痩身。さきほどまで肩をおとして背をまるめぎみにしていたが、背筋をのばしたいまは身の丈が頭巾をいれて五尺四寸（約一六二センチメートル）ほどだ。

つっぷしている武士は、ぴくりともしない。うごいているのは、二つの炎だけ。

刺客が、仕込み杖の鞘をにぎる左手に柄をあずけ、懐から手拭をだした。ゆっくりとぬぐいをかけた刀身を、鞘にもどし、手拭も懐にしまう。

じっと睨みつけている。負けずに睨みかえす。

居合遣いと刀をまじえたことはない。かすかに白刃を眼にしただけであった。動きを追うことすらできなかった。

隠密廻りの吉沢は、一刀流の遣い手だったという。杖をついた無腰の老人に油断したのだ。いや、おのれも、仕込み杖を鞘走(さやばし)らせるまで気配を感取できなかった。

いまは、懐に目録を保持している。挑んでくるなら死力をつくすしかないが、刺客からは殺気らしきものがうかがえない。

炎に照らされた刺客の顔に、冷笑がうかぶ。

身をひるがえし、駆け去る。

真九郎は追わなかった。眼の端に、河岸の猪牙舟と船頭をとらえていた。

刺客が、河岸を駆けおり、桟橋から猪牙舟にのった。腰をおろす。船頭が棹をあてる。

猪牙舟が川面をすべっていく。

真九郎は、踵(きびす)を返して辻番所へいそいだ。

辻斬があったと告げると、のんびりとしていた辻番ふたりがとびだしてきた。

真九郎は指さした。

二つの蠟燭(ろうそく)の炎と、提灯の骨からたちのぼる白い煙。そして、よこたわっている黒っぽい人影。

「報せてくる」

ひとりが駆けだした。

残ったひとりが、驚愕を顔にはりつかせて見つめつづけている。

真九郎は、辻番の顔から川上の小川橋のほうに眼をやった。

夜五ツ（八時）を小半刻（三十分）あまりすぎたというに、ぶら提灯をもった手代と、商家の内儀らしきふたりづれが、橋をわたっている。

ようやく我に返った辻番が、顔をむけ、見あげた。

「お侍さま、お名をお聞かせください」

真九郎は名のった。

「霊岸島の和泉屋離れにお住まいになっておられる鷹森真九郎さま……」

よこをとおりすぎる手代と内儀に、辻番があわてた。

「待て、待て。どこへ行く」

手代がこたえた。

「はい。そこの浜町河岸に迎えの舟がまいることになっております」

内儀は、ととのった面差しで、三十路前後だ。頤の右に黒子がある。

ちらっ、ちらっ、と流し眼でうかがっている。

真九郎は、気づかぬふりをして対岸に顔をむけた。

辻番が言った。

「そいつはならねえ。そこで辻斬があった。もどって川の反対がわを行ってくれ」

「つ、辻斬っ」

　手代の声がうらがえる。

　ふたりの気配が去るまで、真九郎は対岸に眼をやっていた。

「お待さま、なかでお待ちください」

　真九郎は辻番に顔をむけた。

「そのほう、霊岸島塩町の藤二郎と申す御用聞きをぞんじておるか」

「知っておりますが、それがなにか……」

「たのまれてくれぬか」

　真九郎は、小田原提灯の火を消し、風呂敷包みとともに辻番所のなかにおいた。そして、懐から巾着（小銭入れ）をだした。

「藤二郎に、辻斬があったことと、それがしがここにおることを報せてきてもらえぬか」

　四文銭を十枚だす。

「ですが、ここを留守にするわけには……」

　辻番の眼が、逡巡にゆれる。

　さらに五枚くわえる。六十文。屋台の二八蕎麦が十六文である。

「霊岸島までひとっ走りではないか。ここはそれがしが見張っておる」

辻番が意を決し、手をさしだす。わたすと、にぎりしめて駆けだした。

しばらくして、報せに走った辻番がもどってきた。月番は南町奉行所だ。数寄屋橋御門内の南町奉行所より、八丁堀のほうがはるかにちかい。あるいは、近場にある御用聞きの住まいまで走ったのかもしれない。

真九郎は、もうひとりには霊岸島まで使いに行ってもらったのだと告げ、巾着から四文銭を五枚だした。辻番が、心得顔でうなずき、うけとった。

使いにやった辻番が息をきらして駆けもどってきたすぐあとで、八丁堀同心が御用聞きと手先三人をしたがえてあらわれた。

三十代なかばの同心が、辻番所へきた。

「辻斬を見たってのはおめえさんだな」

「さようです」

「すまねえが、まずは大小を見せてもらえねえか」

真九郎は承知し、鞘ごと腰の大小をはずしてわたした。

同心が、作法どおりに刀身を見て、鞘にもどす。

「気をわるくしねえでくんな。お役目なんでね」

真九郎はうなずき、大小を腰にもどした。

同心が言った。

「くわしく話してもらいてえ」

真九郎は語った。

老いた町人に扮して仕込み杖の居合を遣ったことに驚いたようだが、表情にそれ以上の意味は読みとれなかった。

「あとでまた訊くかもしれねえから、待っててもらいてえ」

同心が辻番所をでていった。

やがて、数人の気配がちかづいてきた。琢馬の声が聞こえる。顔をのぞかせた。

「よっ。話はついたぜ、帰ろうか」

真九郎は、小田原提灯に火をもらって風呂敷包みを手にした。辻番所のよこに、弓張提灯を手にした藤二郎がいた。同心に目礼して、待っている琢馬とならぶ。

藤二郎が斜めまえになる。

辻番所へ声がとどかないほどに離れたところで、真九郎は言った。

「桜井さん、雑作をおかけしました。かたじけない」

「なあに、気にしなさんな。斬られたのが勤番侍なら御番所の扱いだが、直参なら目付だ。どっちにしろ、月番は南よ」

辻斬があった場所をすぎ、浜町河岸も背にした。

真九郎は訊いた。

「桜井さん、さきほどのおかたは」

「南の定町廻りで、桑原っていう」

「辻斬のことでなにかおっしゃっていませんでしたか」

「いや。どうかしたのかい」

「わたしが話した居合の件は、南町奉行所にはつたわっていないわけですね」

「ああ。あれは、どうあっても北で……」

琢馬が、ふいに立ちどまり、躰をむける。

「おめえさん、まさか」

真九郎は首肯した。

「身なりは老いた町人で、仕込み杖の居合抜きでした」

「おめえさん、それを知っていながら……」

顔がこわばる。

「おめえさんを用心させるほどの腕ってことか」

「十五間（約二七メートル）ほど離れ、腰をかがめぎみにしておりました。それが、手から離したぶら提灯が地面におちるまえに、脾腹だと思うのですが、斬っておりました」

「ああ。脾腹と背を袈裟に斬られてた。つまり、おめえさんがわからねえくれえに疾かったってことか」

「抜き打ちの脾腹は見えませんでした」

琢馬が絶句した。

ややあった。

「歩きながら聞かせてくれ」

語り終えると、琢馬が訊いた。

「そいつは、いくつくれえに見えた」

「おおよそ、四十から、なかばくらいかと」

「今度会えばわかるかい」

「おそらくは」

琢馬がつぶやく。

「おめえさんが思いとどまるほどの遣い手となると、うかつに手出しはできねえ。今夜は遅（おせ）え、お奉行には明日（あす）だ」

浜町川突端の川口橋（かわぐち）をわたって箱崎川（はこざき）ぞいにすすみ、行徳（ぎょうとく）河岸から崩橋（くずれ）、湊橋（みなと）とこえて霊岸島にはいったところで、琢馬が言った。

「その提灯、おいらに貸してもらえねえか」

「料理茶屋でもらったものです。さしあげます」

「そうかい。藤二郎、おめえはこの旦那を送って帰（けえ）ってくれ」

「承知しやした」

琢馬が片手をあげ、足早に去っていく。

真九郎は、藤二郎にも礼を述べた。

翌日の昼すぎ、真九郎は古里の師へ目録をちょうだいしたむねの書状をしたためた。

三浦屋のゆみが一度もふり返らずに帰れるようになった。真九郎は、ゆみにつたえ、亀吉の迎えはやめさせた。

ひと月は二十九日か三十日で、この年の七月は三十日が晦日だった。二十九日も、ゆみはふり返らずに帰ることができた。

真九郎は、来月からはいちおうやめるが、心ぼそいときはいつでも言うがよいと店（たな）の土間で言った。ゆみが、はいとこたえ、迎えにでてきた善兵衛と内儀が、畳に両手をついた。

その昼下り、平助を使いにやり、宗右衛門にきてもらった。目録を得たことを告げ、師と高弟だけで酒席をもつので、薦被り（四斗樽、約七二リットル、約七二キログラム）一樽を明日の夕刻までに団野道場にとどけてもらいたいとたのんだ。

かしこまりました、と宗右衛門がわがことのように喜んだ。

雪江の弟子には、新川をはさんだ四日市町と銀町の酒問屋の娘が五人いる。四日市町は新川の北岸に一丁目から四丁目まであり、南岸は銀町の一丁目と二丁目がある。和泉屋があるのは一丁目だ。

弟子入りのさいに、いずれも四斗樽をとどけてきた。もらい物を右から左へと余所へまわすわけにもゆかないので、宗右衛門にあずけてある。

翌日、立花家上屋敷から団野道場に行き、持参した弁当を食して道場にでた。夕七ツ（四時）からは高弟だけで研鑽する。

「それまで」

団野源之進が稽古をとめた。

「真九郎、弧乱を見せてもらえぬか」

「かしこまりました」

竹田作之丞の弧乱については、以前に話した。しかし、これまで見たいと言われたことはない。

竹刀と防具をかたづけ、ふたたび道場にあつまる。

真九郎は、腰に鎌倉をさし、源之進と高弟たちから離れて立った。

息を吸って、はき、とめる。

鎌倉を鞘走らせ、青眼、八相と、三度弧乱を舞った。

六人いる高弟のなかでは、真九郎がもっとも新参である。それでいて、目録を伝授された三人めだ。内弟子でもある師範代の吉岡喜三郎もいまだ得ていない。むろん、喜三郎をふくむ全員が目録伝授を知っている。それを嫉視する者などいないはずだが、真九郎は師の配慮であろうと思った。

鎌倉を鞘にもどすと、源之進をのぞく五名は驚きをあらたにしたようであった。

高弟六人が井戸で汗をぬぐい、着替えて給金をもらい、居間に行くと、湯殿で汗を流した源之進が上座についていた。

七人ぶんの食膳が三脚ずつならべられ、二脚には豪華に盛りつけられた幕の内弁当があった。残りの一脚に、銚子と杯がある。

古参の者から左右に三人ずつむかいあってすわった。真九郎は末座である。

源之進が口をひらいた。

「真九郎、今朝、霊岸島の百膳という仕出屋がきて、内弟子と奥のぶんまでふくめて人数を訊いたそうだ。三浦屋の注文とのことだが、心あたりはあるか」

宗右衛門のさしがねであろうと、真九郎は思った。船宿の浪平と仕出屋の百膳も、娘が雪江に弟子入りしている。

「ございます。じつは……」

雪江が弟子をとっていることはみなが知っている。真九郎は、ゆみの最初のかどわかしについてだけ語り、ようやく不安げなようすをみせることなく帰れるようになったと話した。

「礼は無用だと申したのですが」

源之進が、笑みをうかべる。

「それでひと月も送っておったわけか。真九郎らしいな。そういうことだそうだ。酒も真九郎の差入れだ。馳走になろう」

源之進が、銚子をとって諸白を注ぐ。

みながならう。

正面の朝霞新五郎が、銚子を食膳においてぼやいた。

「摩利支天は、ひいきをしているとしか思えません」

最年長の小笠原久蔵が訊く。

「新五郎、なにが言いたい」

「鷹森さんは、それがしよりひとつ年上なだけです。にもかかわらず、それがしの周辺では波風ひとつたちません」

「それは、波風のほうで新五郎にかかわると厄介だとさけておるのだ。おぬしは血の気が多いからな」

「ちがいない」

右列の上座にいる水野虎之助が同調した。

「ところで、真九郎、あれを弧乱と名づけた由来を教えてもらえぬか」

真九郎は、枝から舞いおちる枯れ葉や烈風にのって飛来する落ち葉をあいてにした古里の叢林での修行を語った。

虎之助が源之進に上体をむけた。

「先生、たびたびお聞きしておりましたが、竹田先生の剣はさきほどの真九郎の剣よりも疾(はや)かったのでしょうか」

源之進が、箸をおき、なつかしげな表情をうかべた。

「無類の疾さだった。いまの真九郎の話を聞いていると、今治城下でさらに磨きをかけたようだ」

源之進が、虎之助から眼を転じた。

「真九郎、はじめて見せてもらった。みごとな太刀捌(たちさば)きではある。が、わたしには流れすぎるように思える」

小笠原久蔵が身をのりだした。

「先生、わたしには流麗と賞してもいいほどに思えましたが」

「たしかにそのとおりだ。だがな、いかな急流とて巌(いわお)にぶつかれば流れを転ずる」

師の言葉が、雷鳴のごとく貫いた。鳥肌がたつ。

「真九郎にはわかったようだな。多人数を相手にしたとしよう。その者たちがおのれより技倆(ぎりょう)が劣るのであれば、思うさまに弧乱をふるうことができよう。が、ひとりでもおのれと拮抗(きっこう)する技倆の者がおればどうなるか。八葉のつぎは十葉、十二葉があり、いっぽうで、三、五、七葉もある」

みなが、姿勢を正して師の言葉に耳をかたむけた。

夜五ツ（八時）の鐘が鳴ってほどなく、団野道場をでた。

両国橋のにぎわいをすぎたところで、真九郎はひとりになった。

町家の通りは、人影がまばらだ。両国橋西広小路から米沢町の通りにはいって一町（約一〇九メートル）も行かぬうちに尾けてくる者に気づいた。

まがりかどでちらっと眼をやる。

十五間（約二七メートル）ほどの間隔をおいたふたりづれの浪人だ。ひとりが竹の柄のついたぶら提灯をさげている。

通りが、町家から武家地になり、人通りが絶えた。

真九郎は、背後のふたりに気をくばりながら歩をすすめた。

浜町川の辻番所から、辻番ふたりが会釈を送ってきた。

顎をひいてこたえ、左におれる。

辻斬があった浜町河岸をすぎる。川口橋へまがりながらちらっと背後をうかがう。

やはりおなじ距離でついてくる。

行徳河岸から崩橋をわたる。湊橋までは一町（約一〇九メートル）たらず。通りもひろい。とうに酒気はぬけている。

背後を見る。

ふたりが、歩調を減じることなく崩橋へまがった。

月はない。が、満天の星がある。右は日本橋川下流の霊岸島新堀。左は箱崎町一丁目。表店はすべて戸締りがされ、あたりは深閑としている。

中背がぶら提灯をもち、片方は大柄だ。

真九郎は、たちどまり、ふり返った。

ふたりが崩橋をおりてくる。

「それがしに用か」

「問答無用」

言いはなった中背が、ぶら提灯をよこへ放りなげる。

真九郎は、小田原提灯を左斜め前方へ、稽古着の風呂敷包みを左よこへ投げた。

ふたりが抜刀。

鎌倉を抜き、青眼にとる。

ふたりが、左右にひらきながらいっきに間合をつめてくる。ともにかなりの遣い手だ。

同時に斬りかかられると不利。

左の中背のほうへ動く。

中背が、そうはさせじと小手とみせかけ薙ぎにきた。

とびのいてかわし、左に走る。

敵の狙いは挟撃だ。

真九郎は、ふたりとの間隔が等距離にならず、片方が眼の端から消えぬよう動きまわった。裂帛の気合が交差し、躰がすれちがい、刀身のぶつかりあう甲高い音がいくどとなく夜陰の静寂を裂く。

片方を牽制しながらであるためにじゅうぶんに踏みこめず、ふたりに浅手をおわすことしかできなかった。

おのれも、相前後して斬りかかってきた片方の切っ先をかわしきれずに左の二の腕にかすり疵をうけた。

提灯はとっくに燃えつき、二本の蠟燭と星明かりだけだ。

霊岸島新堀と箱崎川とのかどに、しだいに追いつめられつつある。中背は右の肩さきに、大柄は左の脾腹と右の二の腕に疵をおっている。

甲乙つけがたい腕だ。

真九郎は、おおきく三歩さがって八相に構えた。

ふたりが摺り足で迫ってくる。

同程度の技倆の者が同時に斬りこんできても、遅速はある。攻勢に転じて決着をつけるには、弧乱にかけるしかない。

「ヤエーッ」

直心影流の気合を発し、ふたりのあいだにとびこむ。

弾(はじ)き、かわし、流し、弾き、中背の小手を撃ち、反転しながら胴を薙ぎ、大柄の斬撃を身をひるがえしてかわしざま、下方からの袈裟懸けをあびせる。

後方にとび、残心(ざんしん)の構え。

ふたりが、呻き声をもらし、倒れる。

肩でおおきく息をする。

鎌倉をさっと斜めに奔(はし)らせて血振りをくれる。懐紙(かいし)でていねいに刀身をぬぐい、鞘にもどす。

箱崎町の表店は、かかわりあいをさけ、静まりかえっている。

ふたたび、肩で息をして、叫びたい思いをこらえる。

阿修羅(あしゅら)が、魔道(まどう)にひきずりこまんとしている。いったい、いつまでつづくのだ。

倒れているふたりをまわりこんで風呂敷包みをとる。燃えている二つの蠟燭を踏み消し、湊橋に足をむけた。

湊橋をわたってまっすぐ行く四日市町への帰路ではなく、左におれた。南新堀町(みなみしんぼりちょう)一丁目と二丁目のあいだで右にまがってすこし行けば、菊次がある塩町の裏通りだ。

刀をまじえ、人を斬るつど、内奥ふかく漆黒の空洞を穿たれるかのごとき思いにとらわれる。

しかしいっぽうで、ふたりの剣客が何者かとの疑念が脳裡を占めている。

すぐさま思いうかぶのは、二十三日に浜町河岸であった辻斬と闇とのつながりだ。

だが、ふたりは待ち伏せではなく、尾けてきた。闇が、居合遣いから人相と背恰好を聞いて真九郎だと推察した。

ありえなくはない。が、喉にからみつくようですっきりしない。

もうひとつが、国もとの鮫島兵庫である。主君が上府のおりは城代をつとめる国老という重職の身にありながら、兵庫はなにごとかを画策している。

四年まえの文化二年（一八〇五）の仲秋八月、雪江の兄である脇坂小祐太は、暴風雨の見まわりで川に突きおとされて死んだ。背後で糸をひいたのが鮫島兵庫ではないかと、真九郎は考えている。

小祐太とはおない年で、同時に召しだされて出仕した。そして、真九郎もまた、雪江と国もとを逐電せざるをえなかった。それも、おそらくは兵庫の策謀による。

考えられるのは、兵庫の外孫である柿沼吉之介の一件だけだ。主君の内意で大目付の戸田左内に命じられ、城下近郊の百姓娘を凌辱していた吉之介の悪行をあばき、上意討ちにした。

兵庫は、江戸留守居役であった甥の大久保孫四郎に命じて真九郎を害せんとした。孫四郎の切腹によってその件には決着がついたと思っていたが、兵庫があきらめずにあらたな刺客を放った。

国もとでは目付をしていた。兵庫が奸計を弄してまで放逐したのは、脇坂小祐太の一件が発覚するのを怖れてではないかと考えたこともあった。

が、すぐに、自惚れがすぎると、おのれをいましめた。

国もとにいたころは、小祐太の死が陰謀がらみだとは夢想だにしなかった。それを知ったのは、江戸にきて偶然にも和泉屋の一件にかかわったからだ。

孫への偏愛からの執念ならば老醜というほかない。しかし、闇がしかけてきたとするよりも、兵庫だととらえるほうが理にかなっているように思える。

菊次よこの路地にはいる。

格子戸をあけておとないをいれると、居間の障子と見世との境の板戸があいた。

「鷹森さま。……いってえ、どうしなすったんで」

廊下にでてきた藤二郎が言い、きくも板戸のところで驚いた顔をした。

考えごとをしていて気づかなかったが、血は止まっている。しかし、左袖(そで)が裂け、鬢(びん)もほつれているのが耳にかかる髪の毛でわかる。

「箱崎町の崩橋ちかくに、浪人の死骸が二つある」

藤二郎が、表情をひきしめ、きくに顔をむけた。

「亀を呼びな」

きくが、ふり返って亀吉を呼ぶ。

やってきた亀吉に、藤二郎が言った。

「亀、鷹森さまのお荷物をおとどけしてここにいるからとお伝(つて)えし、いそいで桜井の旦那をお呼びしてきな」

「へい」

風呂敷包みを手にした亀吉に、きくが弓張提灯をわたす。

「すまぬな」

真九郎は、礼を言った。

気づかわしげな亀吉が、おおきくうなずき、格子戸をしめて駆け去った。

「おきく、すすぎの用意と、おめえは疵の手当てだ」

「あいよ」

真九郎は、鎌倉をはずし、廊下に腰をおろした。

藤二郎が客間の障子を左右にあけ、女中がすすぎをもってきた。板戸をしめたきくが、廊下から居間に消える。

真九郎は、客間のいつものところに膝をおった。

きくが女中に手盥(てだらい)をもたせてはいってきた。

真九郎は、左袖を肩までたくしあげた。一寸五分(ぶ)（約四・五センチメートル）ほどの疵が斜めにはしっている。疵口は乾いた血でふさがれ、痛みももうない。

きくが、しぼった手拭で流れた血の跡をふきとった。そして、焼酎(しょうちゅう)で疵口を消毒してから膏薬(こうやく)を塗り、晒(さらし)でまいて縛った。

「夜分に雑作をかける」

「いいえ」

きくがほほえむ。

「その疵なら障(さわ)るとも思えません。気つけに一杯どうです」

できれば茶にしてもらいたかったが、真九郎はこたえた。

「そうだな。すこしにしてもらえぬか」

きくが、藤二郎を見た。

「桜井の旦那がきてからにする」

うなずいたきくが廊下にでる。手盥をもった女中が、膝をついて障子をしめた。

藤二郎が言った。

「お話は、桜井の旦那がおいでになってからうかがいやす。それにしても、さっきは驚きやしたぜ」

真九郎は訊いた。

「自身番にとどけておらぬ。死骸をそのままにしておいてよいのか」

「今日は晦日で、明日になりゃあ、月番がかわって北町の扱いになりやす。まずは桜井の旦那のお考えを聞いてみねえとなりやせん。すでに誰かが見つけてるんなら、そんときはそんときでやす。鷹森さまは、ここで桜井の旦那をお待ちになってるんでやすから、逃げ隠れしてるってことにはなりやせん」

真九郎は首肯した。

霊岸島から亀島川をわたれば八丁堀島だ。菊次から琢馬の組屋敷まで、おおよそ十町（約一・一キロメートル）ほどである。

きくが、食膳をもってきた。

しばらくして、琢馬がきた。提灯の火を吹き消した亀吉が見世へ去り、女中がすすぎをもってきた。

琢馬が、腰の刀をはずして廊下に腰かけ、藤二郎に顔をむける。

「まだ誰も行かせてねえんだな」

「へい。お待ちしておりやした」

「明日は八朔だ。何人かやって、死骸がまだあるんならちかくの自身番にはこばせておきな。明日の朝いちばんでおいらが行くからと伝えてな」

「承知しやした」

藤二郎がでていった。

八朔は幕府の重要な式日である。この日、徳川家康がはじめて江戸城にはいった。在府の大名は、総登城し、白帷子に長裃姿でこれを祝う。

琢馬が上座につく。

もどってきた藤二郎が、障子をしめた。

琢馬が言った。

「まずは聞かせてもらおうか」

ふたりとも、十日と二十日と晦日に団野道場へ行っているのを知っている。両国橋西広小路から米沢町の通りにはいってほどなくふたりに尾けられているのに気づいたことから崩橋までを話した。

琢馬が訊いた。

「顔に見覚えはねえんだな」

「ありません」

「道すがら考えてたんだが、ひとつがおめえさんと国もととの因縁よ。上意討ちしたのは老職の孫だと話してたよな」

真九郎は首肯した。

和泉屋の一件にけりがつき、琢馬に闇の探索について助勢をたのまれたおりに、問われるままに姓名はふせて鮫島兵庫と柿沼吉之介との関係と、吉之介がなにをなしたかを話した。

琢馬がつづけた。

「もうひとつが、こねえだの辻斬だ。これについちゃ、またあとで話すが、おめえさんに面を見られてる。だがな、あれから十日たらずだ。どうやっておめえさんの身許を知ったかが謎だ。ほかに心あたりはあるかい」

「いいえ。わたしも、そのいずれかであろうと思っております」

遠くで夜四ツ（十時）を告げる捨て鐘が鳴りはじめた。

三度の捨て鐘につづいて、時の数だけ鐘が撞かれる。四ツは四回だ。

この鐘が鳴り終わると、すべての町木戸がしめられる。通行するには木戸番にくぐり戸をあけてもらわねばならない。

見世との板戸があき、きくが食膳をもった女中ふたりとはいってきた。

菊次も、夜四ツの鐘であらたな注文はうけない。残っている客も、小半刻（三十分）前後でひきあげる。女中たちは、すべて町内に住んでいる。

女中ふたりがいなくなり、きくも琢馬と藤二郎に酌をして見世へ去った。

一口飲んだ琢馬が、杯をおく。

「本芝(ほんしば)の信濃(しなの)屋から消えた下男だがな、無口な奴だったらしい。口入(くちいれ)屋もわからねえ。そもそも、口入屋をとおしたのかどうかさえもな。だがな、いっしょに働いてた下男がとなりの下男に話してる。歳(とし)は五十八で、身よりはいねえそうだ。おめえさんの読みどおりだったってわけよ」

「口入屋をとおしたのだとすると……」

「そういうこった。その口入屋も闇の一味ってことよ。主の総左衛門(そうざえもん)だがな……」

もとは、浅草山谷町(さんやちょう)で古着屋をやっていた。そのころ、吉沢は定町廻りで、外神田(そとかんだ)と浅草が持ち場だった。

十数年まえ、総左衛門が日光参拝に行ってる留守に火事があった。総左衛門のところが火もとで、内儀と子ども三人、奉公人も何人かが死んだ。

すべてを失った総左衛門は、失火の責めをおって二十日の押込（監禁刑）をうけた。

そして、江戸を去り、上方へ行った。

九年まえに、江戸にもどってきて、本芝一丁目で古着屋をはじめた。番頭と手代は上方からともなってきている。

消えた下男の名は初造で、古着屋をはじめてまもなく雇われている。

浅草の甚五郎の話では、幕府の御用金八千両が奪われたのが十年ほどまえである。それを元手にして、闇の仕組みをつくりはじめたのではないかと、真九郎は思った。

「どうかしたのかい」

琢馬が訊いた。

「いや。失礼しました。ちょっとほかのことを考えていたものですから」

琢馬が、杯に残った諸白で喉をうるおし、笑みをうかべた。

「おもしれえことがわかってきた。信濃屋は、店構えのわりにゃ、諸国をまわる大勢の担売りが出入りしていた。ところがよ、そいつらについて書かれたものがなにひとつ残ってねえだけじゃなく、押込みのあとで面だした奴がひとりとしていねえ。それとな、信濃屋の一件と、浜町河岸の辻斬の一件とが、みょうなところでむすびついてきた。斬られたのは伊東って名のお徒目付だ。百俵五人扶持の御家人なんだが、吉原じゃあ稲葉って名のってる。見世の者は、ご大身のお旗本が身分を隠すために粗末な衣服できてるんだと思いこんでたそうだ。柳橋だと人目があるんで、いつも浜町河岸まで送らせてた。こう言やあ、察しのいいおめえさんのこった、わかったろう」

真九郎はうなずいた。

「身分不相応の遊興。役儀がらみで耳にしたことか、みずからが調べたことを報告せずに、その相手を強請っていた」

伊東の吉原がよいは、何年もまえからである。よほどの大身でないかぎり、強請っていた相手はひとりだけではあるまい。

身内は母親だけで、下男をひとり使っていた。

あの日、母親と下男とが屋敷で殺され、家捜しがされていた。

夕方、武士とその妻女、草履取りと挟箱をもった中間ふたりの四人が屋敷にはいっていくのを、ちかくの屋敷勤めをしている下女が見ている。

「……その妻女ってのが三十見当なんだが、綺麗だったってことだ。それとな、信濃屋が押込みにへえられるめえに、手代を供にした商家のめっぽう色っぽい内儀が近所の店の者に見られてる。それまで見かけたことはねえそうだ。おもしれえのは、伊東の屋敷にへえった妻女と、年齢、背恰好、人相が一致する」

途中で、真九郎は想いだした。

「もしや、その女には頤の右よりに黒子があるのでは」

琢馬が愕然となる。

「おめえさん、なんでそれを知ってる」

真九郎は、ひと呼吸おき、辻番に名のっているときに、町人の恰好をしたそのふたりづれがちょうどとおりかかったことと、手代と辻番とのやりとりを想いだせるかぎり話した。

琢馬が、眉間をよせ、腕をくみ、眼をおとす。

ややあって、藤二郎が言った。

「桜井の旦那、よろしいでやしょうか」

「かまわねえよ、言いな」

「和泉屋の一件がありやすから、闇は、鷹森さまのお名も、団野道場の師範代ってことも知ってるにちげえねえと思いやす。辻斬の面を見たのは、鷹森さまだけで。桜井の旦那もおっしゃっておられたように、あれから幾日もたっておりやせん」

「ああ。これで、今夜の一件は闇の線がつよくなったってことだ。吉沢さん、信濃屋、伊東の一件がすべてつながったことになる。これまでの辻斬で似た女を見た者(もん)がいねえか、こいつも調べねえとな」

真九郎は思った。女の目的もだ。

女が一味だとすると、なにゆえあの場にいたのか。刺客の腕からして、仕損じることはほぼありえない。女の眼差(まなざし)がわずらわしいので、対岸に顔をむけようとしたとき、小川橋のしたに猪牙舟の舳(みよし)を見たような気がする。が、影になっていたので、さだかではない。

考えられることのひとつは、信濃屋の老下男がそうであるなら、刺客もまたあの女に監視されていたのではないか。

悔やまれるのは、手代と女の顔をろくに見てないことだ。

琢馬が訊いた。

「また考え(かんげ)ごとかい」

「女と手代をもっとはっきりと見ておくべきでした」

「黒子を憶えてたじゃねえか。それでじゅうぶんよ。ん……」

琢馬が眉間に皺をきざむ。

「どうかなさいましたか」

「いや。黒子、吉沢さんの書付はその女のことじゃねえよな」

真九郎は、琢馬の懸念をさっした。

思いついたのは真九郎だが、琢馬は北町奉行に報告しているはずだ。いまさら〝こくし〟ではなく、やはり〝ほくろ〟だったとなれば、とんだ勇み足である。

真九郎はうなずいた。

「そう思います。それでしたら、〝芝〟と〝用心〟の意味がわかりませんし、そうではなく女とわかるようなことを記したと思います」

「たしかにそうだな。さて、ご妻女が心配してるにちげえねえ。今夜のことはおって連絡する。ひきあげるとしようぜ」

真九郎はうなずいた。

藤二郎が琢馬に訊く。

「お送りさせやしょうか」

「もう遅え。提灯を貸してくんな」

藤二郎がきくを呼んだ。

新川二ノ橋のてまえで、琢馬と別れた。琢馬は、亀島橋をわたって八丁堀へ帰る。

真九郎は、和泉屋の横道から裏通りへおれた。横道も裏通りも、すべて戸締りがされ、つきあたり左にある真九郎の家からだけ、行灯が通りに格子戸の影をなげている。

手をかけると、心張り棒がしてあった。

「お帰りなさいませ。ただいまあけます」

平助だ。

格子戸があけられた。

土間にはいり、真九郎は言った。

「そこで待っておったのか」

「へい。不用心ですから」

「すまなかったな。明日は朝稽古をよすゆえ、戸締りをしたらゆっくりと休むがよい」

「ありがとうございます」

雪江がきた。

裂けた左袖に眼がいく。

真九郎は、ちいさくうなずいた。

廊下の雨戸はしめられ、寝所には蚊帳が吊ってあった。きがえてから雪江に鬢と髷に櫛をいれてもらい、この夜のことを語った。

三

仲秋八月。

ゆみの最初の稽古日に、真九郎は浜町の三浦屋まで送っていった。主の善兵衛に幕の内弁当の礼を述べるためだ。

善兵衛はかえって恐縮した。

六日の夕刻、亀吉が琢馬の言付け(ことづ)をもってきた。七日の暮六ツ半(七時)まえに浪平にきてもらいたいが都合はどうだとのことだった。

真九郎は承知した。

七日、落日の残照も消え、宵にはいったばかりの道を、真九郎はぶら提灯をもって銀町二丁目の浪平に行った。

琢馬は、さきにきていた。

案内された二階の座敷は、床の間つきの二十畳であった。四方に雪洞(ぼんぼり)がおかれ、琢馬が窓を背にしている。

女将(おかみ)が、廊下で辞儀をして襖(ふすま)をしめた。

「そこにすわっててくんな」

　琢馬が下座をしめす。

　真九郎は、鎌倉を右手にもちかえた。

　下座にすわって右脇に鎌倉をおくと、琢馬が笑みをうかべた。

「さすがだな。まもなくお奉行がお見えになる。お忍びだからそのつもりでいてくれ。お奉行のことは……」

　真九郎は首をふった。

「申しわけありません」

「あやまることはねえよ。昨日、呼ばれ、おめえさんと内密に会いてえと言われただけで、おいらも知らねえから理由は訊かねえでくんな。崩橋の二名は、お奉行に言われて無縁仏として始末した。たぶん、そのあたりの話じゃねえかと思う。で、お奉行のことだが……」

　小田切土佐守直年。町奉行職の役高とおなじ三千石。五十五歳。寛政四年（一七九二）初春一月十八日、大坂町奉行から北町奉行に転任。

　前任の初鹿野河内守信興は、前年の晩冬十二月二十日に急死。切腹ともいう。

　このとき、後任として最初に名があがったのが、火附盗賊改の長谷川平蔵宣以であった。下馬評もそうであったし、当人もその気でいたようだ。

それをくつがえしての就任である。長谷川平蔵のような派手さはない。しかし、いたずらに刑を重くするよりも軽くしたほうが民心にかなうと考えた篤実誠実な名奉行であった。

歴代町奉行の在任期間は、かの大岡越前守忠相が十九年六カ月で三位、小田切土佐守は十九年三カ月で四位である。

ほどなく、廊下に人の気配がした。足のはこびから、男ふたりだとわかった。真九郎は、膝に両手をおき、かるく低頭した。

襖があき、土佐守が入室してきた。廊下に膝をおっていた亭主が、辞儀をして襖をしめる。

土佐守が、上座につき、左脇に刀をおく。

琢馬が言った。

「お奉行、鷹森真九郎どのにござります」

真九郎は、畳に両手をついて低頭した。

「お初に御意をえます」

「一度会うてみたいと思うておった。面をあげよ」

「おそれいりまする」

真九郎はなおった。

土佐守は、年齢よりも老けて見える。鬢にも白いものが眼につく。町奉行職は激務である。それを十七年も勤めている。手腕を高く評価されている証左だ。

「過日、ご老中(ろうじゅう)が松平(まつだいら)壱岐守(いきのかみ)さまをお屋敷にお招きになった」

「………」

思いもかけぬ主君の名に、真九郎は緊張した。

「案ずるにはおよばぬ。壱岐守さまに、そなたが出奔(しゅっぽん)するにいたった経緯(いきさつ)をご下問のためだ。まずは存念を質(ただ)したい。武士の本懐は主君の馬前に死するにあると思うが、いかがじゃ」

叱責の口調ではない。

「おこたえいたしまする。私情にて国もとをたちのきました。女々しい振舞いとの指弾は甘受いたしまする」

「いずれ帰参がかなうようにしようとの壱岐守さまのお言葉を拝辞したそうだが、たとえお許しがあっても帰参せぬ覚悟であったのか」

「仰せのとおりにござりまする」

「壱岐守さまに留守居役の不始末を報せたはそなたであろう」

「………」

「まあ、よい。いまひとつ訊きたい。そなた、この半年たらずで幾名の命を奪ったか知っておるか」

たしかにそのとおりだ。ふりかかる火の粉とはいえ、人の命を奪いすぎている。真九郎のなかには、諦念と慣れへの怖れがあった。

「先夜の二名をくわえまするると、二十一名にござります。それがしが手疵をおわせたがゆえに、あとで一味に殺された者をふくめると二十三名になりまする。……隅田堤のおりは必死にござりました。相手の技倆があきらかに劣りますれば、手疵をおわすだけですますこともかないまする。しかしながら、遣い手には覚悟のうえでかからぬと不覚をとることになりかねず、忸怩たる思いにござりまする」

土佐守が、ややまをとった。

「望む返答がえられたゆえ申したきことがある。したが、他言無用。桜井もだ。約定してもらいたい」

真九郎は、右脇の鎌倉をとって左腰にさした。

左手人差し指で小柄をおしだして鐔の小柄櫃からぬきとり、鯉口を切る。琢馬も、表情をひきしめ、おなじくしている。

眼があい、うなずく。

同時に小柄で刀を叩(たた)く。

乾いた音が、余韻を曳く。武士が刀にかけた誓い、金打(きんちょう)である。

真九郎は、小柄をもどして鎌倉を左腰からはずし、右脇においた。

土佐守が満足げにうなずく。

「さるご老中のお屋敷に、老中、若年寄(わかどしより)、寺社奉行、勘定奉行、大目付、南北町奉行がひそかに参集した。右筆(ゆうひつ)抜きでの評定のためだ」

寺社地は寺社奉行、代官支配地は勘定奉行の領分である。ご府内外を問わずということになる。しかも、右筆抜きとは記録にとどめぬを意味する。まさに秘中の秘である。

「そなたが描(か)いた闇の仕組みは卓見だと思う。みなさまがたも同意見であった。あれは、ひかえなどはあるのか」

「桜井どのにおわたししたもののみにござりまする」

「では、披瀝(ひれき)したかたがた、桜井とそなたのほかにあれについてぞんじおる者はおらぬのだな」

真九郎は琢馬を見た。

琢馬がこたえる。

「手の者二名が見ております」

「その二名には固く口止めしておくように。今後は、たとえ御番所内においてであってもあれについて触れてはならぬ。このこと、しかと申しつけておく。にしても、何年も以前からこのような者どもが蠢動しておったを知らずにいたは、町奉行として慚愧にたえぬ失態である。この者どもは、ご公儀の威信にかけて根絶せねばならぬ。したが、ご府内に闇と称する者どもがおることを認めるわけには断じてまいらぬ。この者どもは、見つけしだい根絶やしにしてゆく。お膝元を騒がす不逞の輩、闇とかかわりのある者は、身分、理由のいかんを問わず死罪。これが、その夜の評定での決定じゃ。他言無用はここまで」

右筆さえおかずに決した秘事をなにゆえ明かすのか。真九郎は、おおよそのなりゆきを察した。

土佐守の眼差がやわらかくなる。

「桜井から聞いたと思うが、ゆえに、崩橋の二名は無縁仏として始末した。そこで相談だが、そなたはすでにふかくかかわっておる。この者どもは、これからもそなたの命を狙いつづけるであろう。闇の根絶は、そなたとて望むところのはずじゃ。国もとでは目付をしておったとのこと。桜井からも申してあるそうだが、闇の探索に力をかしてもらえぬか。そなたについては、月番にかかわりなく不逞な浪人どもの一件の継続として北御番所の掛とし、琢馬がその任にあたる。ご老中をはじめとしてみなさまがたご承知のうえでの町奉行としてのたのみだ。ただ働きをしろとは申さぬ。なにか望みがあれば聞くが、受けてはもらえぬか」

真九郎は、畳に視線をおとし、思案した。

すでに、首までどっぷりとまきこまれている。

「かしこまりました。それがしについてはなにもござりませぬが、ひとつだけ、かないますものならばお願いの儀がござりまする」

「申してみよ」

「妻の母親の実家は、四百五十石のお旗本にござりまする」

土佐守の顔に驚きがはしった。

ようやくみせた表情の変化だった。

真九郎は待った。

だが、驚きだけで、咎めるようすはうかがえなかった。真九郎は、安堵し、つづけた。

「どのようなお役目に就いていたかはぞんじませぬが、先代のおり、配下の者が酒席で同輩と口論のあげく刃傷沙汰におよび、片方が手疵をおったとのことにございまする。監督不行届きで小普請組入りとなり、いらい、そのままにございまする」

　土佐守が、得心したかのようにかすかにうなずく。

「名を聞こうか」

「当代は寺田八郎左衛門、嫡男が平十郎と申しまする。当年二十三で、中西派一刀流をなかなかに遣いまする。お屋敷は、神田駿河台にござりまする」

「神田駿河台に屋敷がある四百五十石の旗本、寺田八郎左衛門、嫡男が平十郎だな。約定はできぬが、おうかがいしてみよう。にしても、隅田堤のおりも多くの仕官話を聞きもせずに辞退したそうではないか。そなた、無欲よな」

「妻とふたり、不自由なく暮らしておりますれば」

　土佐守が、やわらかな眼差で見つめる。

　ややあった。

「壱岐守さまが惜しむわけよ。……なろうことなら一献かたむけたきところだが、役儀多用ゆえそれもかなわぬ。入用なものがあれば、桜井に申せ。あとのことは、琢馬より聞くがよい」

　真九郎は、膝に両手をおいて低頭した。

琢馬が送っていった。

襖はあいたままだ。

土佐守の依頼が、想定した闇の仕組み図を描いたゆえであることは明白である。みずからまねいたこととはいえ、のっぴきならぬ立場においこまれてしまった。

真九郎は、心底(しんてい)を覗(のぞ)いた。

日々平穏な暮らしではなく、おのれのどこかにこの結果を望むものがあったのではないか。

沈思する。

もどってきた琢馬が、頭をかがめるようにして鴨居をくぐったところで、おおきく伸びをした。

「初(しょ)っぱなはどうなることかと思ったぜ。それにしても、ご妻女の母上がお旗本のご息女だったとはな。知らなかったぜ。おっと、そのことで想いだしたことがあるが、そいつはあとだ。こうもだだっ広いとおちつかなくていけねえ。藤二郎んとこへ行くとしようぜ」

真九郎は、うなずき、右脇の鎌倉をにぎって立ちあがり、左手にもちかえた。

刀を右脇におくのは、害意なきをしめす貴人への礼儀である。さらなる礼節をしめしたきさいは背後におく。

亭主と女将に見送られて浪平をでた。

琢馬は弓張提灯、真九郎は小田原提灯だ。

料理茶屋でもらったときには屋号が記されていた。雪江が、提灯屋を呼んで、鷹森の家紋に張りなおさせた。

ならんで、大川にちかい三ノ橋をわたる。

琢馬が言った。

「おめえさん、ご妻女とおれん家のが、毎月二十日に菊次で中食をとってるのを知ってるかい」

雪江は、きくにたのまれて、生花の日は菊次にも生けに行っている。菊次のぶんもふくめて、花代は弟子たちの商家が頭数で割っている。雪江が礼金を断ると、せめてと菊次で料理を馳走してもらうことになったという。

「生花の謝礼だそうです。おきくが奥さまをお誘いしたと聞きました」

「そうかい。知らなかったはおいらだけか。まあ、いいやな。それで、あれが機嫌よくしていてくれるんなら、ありがてえくれえだ」

北新堀大川端町の表店のくぐり戸から、みずからぶら提灯を手にした初老の男がでてきた。かよいの番頭であろう。

立ちどまり、ていちょうに腰をおる。

琢馬が顎をひく。

すれちがい、番頭が遠ざかっていく。

「それと、こいつはおめえさんだけの胸にしまっておいてくれってことで、お奉行からのお言付けがある。島津家蔵屋敷のめえは芝の田町一丁目なんだが、そこにあるちいさな小間物屋の主が、がきふたりの首を絞めて殺し、女房と首をくって死んだ。座頭金に手えつけ、とりたてに難渋したあげくのことだ。吉沢さんは、闇のほかに、座頭の金貸しも調べていた。連中の悪辣さは町人ばかりじゃねえ、お旗本や御家人も難儀してる。その座頭の住まいが、本芝三丁目となりの入横町にある。吉沢さんがなにゆえあそこにいたか。つまりは、そういうこった」

「わかりました」

菊次から客のにぎわいがつたわってきた。路地におれ、琢馬が格子戸をあける。

「おいらだ」

琢馬につづき、真九郎は提灯を消して土間にはいった。

居間から藤二郎がでてきた。きくが板戸をあける。

琢馬が言った。

「すすぎはいらねえ。飲ましてくんな」

「へい」

藤二郎が、客間の障子を左右にひらく。

きくが顔をひっこめて板戸をとざすと、見世のにぎやかさがくぐもった音になった。

いつもの座についてほどなく、きくと女中ふたりが食膳をはこんできた。

きくが去り、静かになったところで、琢馬が藤二郎に顔をむけた。

「こちらの旦那のとこで見せてもらった闇の図のことだがな、おおっぴらにしちゃあならねえ。亀のほかに知ってる者（もん）はいるかい」

「おりやせん」

「あとで亀にたしかめ、口止めしておきな」

「承知しやした」

「それとな、これからもこの旦那は狙われると考（かんげ）えねえとならねえ。でもって、例（れえ）の不逞（ふてえ）の浪人どもにかんする一件のながれとして、月番にかかわりなくおいらが受けもつことにきまった。おめえも、そのつもりでいてくれ」

「わかりやした」

琢馬が顔をむけた。

「黒子の女だがな……」

とりあえず昨年までのぶんを調べなおしただけでも、武家地か町家かによって身なりにちがいがあるが、供をつれた三十歳くらいの別嬪が三件の辻斬の前後にちかくで見られている。さらにさかのぼっているとのことであった。

「わからねえのは、女の役割よ。信濃屋が見張られてたように、居合遣いもそうじゃねえかと思ったんだが、それだと辻斬のめえに見られてるのがわからなくなる。ほかに考えられることがあるかい」

「いいえ。わたしも見張り役ではないかと思っておりました」

琢馬が、左手で顎をなでる。

「あらためて訊いたそうだが、本芝で女を見た近所の者は、手代の顔は憶えちゃいねえ。伊東の件を調べてるお目付でもおんなしだそうだ。女の色香に眼をうばわれ、誰も野郎のほうはろくすっぽ見てねえ。おめえさんはどうだい、手代のことで想いだせることはねえかい」

真九郎は想起した。

「女より一寸五分（約四・五センチメートル）あまり身の丈がありました。女が下駄で、男が草履。ですから、おおよそ五尺三寸（約一五九センチメートル）。顔は面長で、なで肩、衣服は薄鼠色のありふれた縦縞でした。それと、商家の者にしてはいささか陽焼けしていたように思います。申しわけありません、ちらっと見ただけで、あとは対岸に顔をむけていたものですから」

琢馬が首をふった。

「気にすることはねえ。それでもおめえさんがいちばん憶えているほうだ。そいつと話した辻番にしてからが、もう一度会ってもわかるかどうかって ぬかしやがったそうだ。まっ、辻斬があったんで動転してたんだろうがな。頤の右に黒子がある三十前後のあだっぽい別嬪。藤二郎の手下に、その女を捜させてるとこよ。お目付をふくめて、ほかでめぼしい女が見つかったら、おいらに報せがくることになってる。そんときゃ、おめえさんに面をたしかめてもらいてえんだ」

「承知しました」

「浜町河岸で辻斬をのせた猪牙舟についちゃあ、まだなんにもわからねえ」

「闇が船宿をもっているってことは」

「そいつも手分けしてあたってはいるが、船宿ぐるみとなると、容易じゃねえ。それとな、信濃屋についても、さらに判明したことがある。山谷町でも、やはり担売りを使って日光道中や奥州道中で手広く商いをやっていたようだ。総左衛門は商いに熱心で、しばしば京や大坂に古着の仕入れに行ってたってことだ。ところが、その留守ちゅうに、女房が不義密通をしてたらしい。その相手ってのが……おめえさん、千住宿に行ったことはあるかい」

「いいえ、ございません」

千住は、奥州への要地であり、〝千住勤番〟がおかれている。不義密通の相手は、その上役だったらしい。総左衛門は、むろん知らなかった。

「……押込になってるときに、しゃべった奴がいたらしいんだが、それがどうも勤番の者のようなんだ。奥歯にものがはさまったようで、おいらもいらつくんだが、古い話で、噂しかあつめられねえからなんだ。そいつは、上役にふくむものがあったのかもしれねえ。商家の土蔵に押し込められてたんだが、途中で人がかわったそうだ。そのめえに、勤番の者が蔵の戸前で、なかの総左衛門となにやら話しているのを、手代が見てる。で、総左衛門は上方へ消えた」

火事ですべてを失ったうえに、内儀の不義密通を教えられた男の絶望と怒りを、真九郎は思った。

江戸へもどってからも独り身をとおし、近所づきあいもしなかった。

不幸な経緯があるからとて、人が悪事にはしるとはかぎらない。むしろ多くは、それでもけなげに生きている。

これから、似たような話をいくつも聞くことになるかもしれないと、真九郎は思った。

四

半月がすぎた。

辻斬については、真九郎が話した人相書きの高札が立ててある。しかし、いずれも人違いだったりではかばかしくないと、昨日も亀吉が琢馬の言付けをもってきた。

北町奉行所の隠密廻りが殺害されたにもかかわらず、一件はまるで進展していない。

真九郎は、小田切土佐守の苦衷を思った。

この日は、未明からの小雨が江戸の空を灰色に塗りこめていた。

ひと雨ごとに、秋がふかまっていく。

上屋敷道場から帰ってくると、弟子たちの迎えの者が誰もおらず、土間の沓脱石に草履が二足あるだけだった。

雪江とすすぎをもったとよがきた。

腰をおろしたかたわらに、雪江が風呂敷包みをうけとってすわった。そして、ひそめた声で言った。

「寺田の伯父上と平十郎どのがまいっております」

それで弟子たちは帰したのであろう。

「わかった」

「それが、あなたにお会いするまではお茶もいらぬと、下座でお待ちです」

真九郎は、困惑げな雪江に笑顔をむけた。

「案ずるな」

だが、内心では驚きをきっしていた。

下座で待つからには礼であり、叱責であれば上座にいるはずだ。あるいはと期待してはいたが、まさかこれほど早くにことが成就（じょうじゅ）するとは予想外であった。

同時に、肩に重石（おもし）も感じた。

真九郎は、とよに風呂敷包みをわたした雪江をともなって客間にはいった。

寺田八郎左衛門が下座なかほどで廊下を背にし、平十郎はその斜めうしろにいた。見あげるふたりの表情に困惑がある。

「お待たせして申しわけございませぬ。寺田さま、どうかあれへ」

上座をしめした。

八郎左衛門が首をふった。

「いや、まずは話をうかがってからだ。雪江、そなたもすわってくれ」

真九郎は、雪江をうながして上座にすわった。

「鷹森どの、さっそくだがお教え願いたい。来月より平十郎が小姓組へ御番入（出仕）することとあいなった。ご支配さまからの呼出しがあり、そのように仰せつかった。むろん、ありがたく拝受したが、こたびのお役は若年寄さまじきじきのお声がかりとのこと。しかも、若年寄さまよりのお言付けでは、礼ならば鷹森真九郎どのに申すようにとのことでござった。いったいどういうことでござろうか。不服があって申しておるのではない。驚愕しておるのだ。鷹森どのは、どなたか若年寄さまをごぞんじなのか」

小姓組は、将軍家が他行するさいに御輿の警護を任とする。書院番とならぶ番方（武官）の花形である。

思いもせぬ抜擢だ。八郎左衛門ばかりでなく、平十郎までもが顔に緊張をただよわせているのも、無理からぬことであった。

破格の取立てといい、あえて言付けを託したのは、闇にたいする決意がなみなみならぬものであるのを知らしめるためだ。同時に、浪平で土佐守と会ったのは内密であり、対応をためしてもいるのだ。

真九郎はあたりさわりのない説明をした。

「寺田さまもごぞんじのような事情があって、わたしと雪江はここに住まうようになりました。過日、北町奉行の小田切土佐守さまより、なにか褒美の所望があれば申せとのお言付けをいただきました。返事をお待ちでしたので、ご相談もせずに失礼とはぞんじましたが、平十郎どのがことをお願いいたしました。縁戚の者と申しあげておきました。土佐守さまが若年寄さまに言上してくだされたのだとぞんじます」

神田駿河台の屋敷を雪江とふたりでたずねたおりに、命を狙われている宗右衛門を護(まも)るために和泉屋の離れに住まうようになった経緯(いきさつ)は話してある。

「そうであったのか。……鷹森どの、かたじけない。このとおりだ」

八郎左衛門と平十郎が畳に両手をついた。

「寺田さま、平十郎どのも、どうかおなおりください。……雪江、祝いだ。酒のしたくをたのむ」

「はい」

眼をうるませていた雪江が、立ちあがった。

真九郎も腰をあげた。

「寺田さま、どうぞ上座へ。平十郎どのはこちらへ」

戸口がわをしめした。

得心したふたりが座をうつり、真九郎は下座にすわった。

平十郎がようやく笑みをうかべた。

「鷹森さま、お礼の言葉もありません。このご恩は終生忘れませぬ。あとさきとなってしまいましたが、目録をちょうだいなされたとお聞きしました。おめでとうございます」

真九郎は、驚いて平十郎を見た。

平十郎が笑みをひろげる。

「学友で団野道場にかよっているのが何人かおります。鷹森さまの強さと剣の疾さは評判です」

「平十郎どのが中西派一刀流の遣い手であることを土佐守さまにおつたえしてくださるよう、定町廻りにおたのみした」

「鷹森さまに恥をかかせぬよう、いっそうの修行にはげみます」

八郎左衛門が、懐紙で鼻をかみ、目頭をぬぐった。

「鷹森どの、話したことはなかったが、寺田の家はもと五百石で、父は新番組頭であった。みずから刃傷沙汰におよび、逆に手疵をおった者がさるおかたの一族でな……」

八郎左衛門の顔が、口惜しさにゆがむ。

それで逆恨みをかってしまい、お咎小普請入りとなっただけでなく、減石までされた。

権力は、往々にして恣意によってゆがめられる。

いったん眼をとじた八郎左衛門が、晴れやかな笑みをうかべた。

「それもこれも、昔のことだ。平十郎が上様のお側ちかくにお仕えする。これで家名がたつ。亡き父も、どれほどお喜びであろう」

八郎左衛門が顎をもたげ、涙をこらえるようにふたたび瞼をとじた。

雪江ととよが食膳をはこんできた。

小普請組には、三千石未満の旗本の無役の者と御家人とが編入されている。かなりの数にのぼり、お咎小普請である寺田家の出仕がかなうのは、ほとんど稀有な僥倖にちかい。

寺田家がお咎小普請であったことが、雪江の母の静と脇坂彦左衛門との婚儀にも関係していた。恬淡としたところのある八郎左衛門が、雪江とともにおとずれた二度めに語ってくれた。

婚儀は家と家とのむすびつきである。たいがいは、同格前後の家柄のあいだで相手を探す。身分ちがいの婚儀は、通常はありえない。幕臣の息女が大名の家臣へ嫁ぐこともである。

よほどの持参金つきでもないかぎり、お咎小普請の息女を好んで娶ろうとする家はない。静は三女で、寺田家では上ふたりを嫁がせるだけでせいいっぱいであった。しかし、仲介の労をとる者があり、静はいったん伊予松山の松平家江戸詰家臣のもとへ養女にだされ、彦左衛門と夫婦になったのだった。

小田切土佐守が、驚き、そして得心した表情をうかべたのはそのあたりの事情を察したからだ。

旗本が、息女を陪臣に嫁がせたとなると、処断の根拠になる。小田切土佐守のようすにその懸念を払拭できたからこそ、真九郎は話したのだった。

八郎左衛門と平十郎は、一刻（二時間）ほどで帰った。

翌日も、終日小雨がふりつづいた。

つぎの日は、雲ひとつない秋晴れだった。

真九郎は、いつものように昼九ツ（正午）すぎに下谷御徒町の立花家上屋敷をでた。

下谷は、寺社の門前町をのぞくと、大名屋敷と幕臣の屋敷ばかりである。正門まえの通りをはさんで、やはり忍川からひいた掘割にかこまれた出羽の国秋田藩二十万五千八百石佐竹家の上屋敷がある。

正門まえの丁字路を、真九郎はまっすぐにすすんだ。

佐竹家上屋敷のかどを左にまがると、正面に三味線堀がある。不忍池からの忍川は三味線堀までで、大川までの下流は鳥越川と呼び名が変わる。

三味線堀まえを右に行った通りを向柳原という。その通りを行って神田川を新シ橋でわたるのが、いつもの帰路である。

ちょうど中食じぶんであり、それでなくとも人影のすくない武家地はまったく人通りがなかった。

立花家上屋敷の正門から三町半（約三八二メートル）ほどもある横長な佐竹家上屋敷のかどをまがる。

深編笠の武士が、いそぎ足でやってくる。

通りはつねにまんなかをすすむ。かどもおおきくまがる。不意打ちをさけるためだ。剣に生きる者の心得である。

深編笠も、やはりまんなかをちかづいてくる。

たがいに左がわに一歩よる。武士がすれちがうさいの礼儀だ。たがいの右がわなら、鞘があたるおそれはない。が、抜打ちもできる。

深編笠の左よこをとおりすぎようとしたせつな――。

左手の風呂敷包みを深編笠へ投げ、左よこへ跳ぶ。宙で鯉口を切る。右手を柄へ。左足、右足が地面をとらえる。

が、風呂敷包みを両断した深編笠の刀は、すでに鞘にもどっていた。

「かわしたのはおぬしがはじめてだ」

「面体(めんてい)を隠した者には用心しておる」

「ふん」

深編笠に隠れた居合遣いの眼が、ちらっと三味線堀のほうへはしる。

「おぬしのおかげで動きづらくなった。いずれ、この礼はさせてもらう」

三歩あとずさる。

踵を返して足早に去っていく。

胸を張り、背筋をのばしているので、浜町河岸ちかくで扮していた老人よりひとまわりおおきく見える。

真九郎は、肩越しにふり返った。

天秤棒(てんびんぼう)の両端に盤台(ばんだい)を吊った魚売りが小走りでやってくる。

上方では担売りを棒手振というが、江戸では魚売りのみを棒手振といった。

両断された風呂敷包みをひろい、埃をはらって小脇にかかえる。

魚売りが怪訝な表情でとおりすぎた。

まさに間一髪であった。寸毫の殺気さえ感じなかった。かわしえたのは用心していたからだ。

道は、佐竹家かどで丁字路になっている。居合遣いが立花家上屋敷の方角へまがった。いそげば、さきまわりできなくもない。

周囲に気をくばりながら帰路をとった。

霊岸島四日市町の家にもどり、居間にはいった真九郎は、佐竹家上屋敷よこで斬りかかられたとだけ告げた。

「またもや、あの者たちの一味ですか」

真九郎は首肯した。

雪江が、ほそい眉を曇らせ、首をふった。

中食のあとの茶を喫し、居合遣いがなにゆえひと月もたってからふいにあらわれたのかを考えた。

しばらくして、表の格子戸が開閉した。

「いるかい」

琢馬だ。

真九郎は、かすかに眉をよせ、廊下にでて厨の板戸をあけた平助を制した。

土間に立つ琢馬に、いつもの柔和さはなかった。

「ちょいとそこまでつきあってもらえねえか」

「お待ちを」

寝所の刀掛けから鎌倉をとり、雪江に言った。

「見送りはよい」

「行ってらっしゃいませ」

表で待っていた琢馬にうながされ、ならんで脇道にはいった。

菊次よこの路地は半間（約九〇センチメートル）しかないが、和泉屋の脇道は一間（約一・八メートル）幅だ。これだけあれば、大八車もゆとりをもってとおれる。が、それよりも、火事にそなえてであろう。道幅のぶんだけ、類焼をまぬがれやすい。

琢馬が言った。

「おめえさんは、なんともなかったようだな」

「さきほど、そのことを考えていました」

琢馬が、するどい眼光をむけた。

見ずとも、一重の眼が刃になっているのがわかる。

「なんかあったのか」

「下谷御徒町の佐竹家上屋敷よこの通りで、深編笠をかぶった例の居合遣いに襲われ、あやうくかわしました。魚売りがあらわれたので、かの者は足早に去っていきました」

「おめえさんも狙われたのか。……浪平にしようかと思ったが、大神宮のほうがいい。あそこの裏なら、誰にも聞かれず話ができる」

表通りから鳥居をくぐり、社殿裏手の林にむかった。木洩れ陽が射し、木の葉がすぎゆく秋風とたわむれている。

小径をはずれ、林のなかにはいる。じゅうぶんに離れたあたりで、琢馬が立ちどまった。

琢馬が、ちかくの木に背をあずけた。真九郎は、一間半（約二・七メートル）ほど離れた木でむかいあった。これで、たがいの背後が監視できる。

「三日めえのことだ……」

昼下り、横川にめんした南本所出村町よこの法恩寺で、御用聞きの手先が殺された。そのとき、境内の木陰で担売りがひと休みしていた。

担売りによると、三十路くらいの別嬪が境内にはいってきた。いかにも大店の内儀ふうであったが、あとになって考えてみると、それにしては供がいないし、花や手桶をもってなかったので墓参りでもない。

本堂の横手に女の姿が消えると、尻っぱしょりに股引姿の男が山門からあらわれ、女のあとを追っていった。

担売りは、男が悪さをするつもりではないかと気になった。それくらい、色っぽい女だった。

ところが、ふたりが消えたあたりで男の悲鳴があがった。

おっかなびっくり行ってみると、女と侍が裏の霊山寺のほうへいそぎ足で去っていくところだった。侍は、横幅があり、がっしりとしていた。

ちかくに塒があるに相違ないと、徹底した探索がおこなわれた。

翌日も、つぎの日も――。

昨日の夕刻、本芝一丁目にある煙草屋の主が殺された。

蓑笠をまとってほっかむりをした者が、通りから駆けこんでくるなり、主の腹に匕首を突き刺して逃げていった。

あっというまのできごとだった。

おなじころ、浜町川の小川橋ちかくの辻番所で、辻番ふたりが心の臓を一突きにされて死んでいるのが見つかった。

北町奉行所から目付へ急報が行き、伊東家ちかくの屋敷の奉公人である下女の安否を確認すべく徒目付が走った。

だが、下女は傘をさして町家へ買物にでかけたまままいまだにもどっていなかった。

北町奉行所もくわわり、周辺への探索が開始された。

やがて、下女がでかけたころ、深編笠をかぶった武士が、笠に合羽姿の中間ふたりに長櫃をかつがせていたのを見たとの報告があつまりだした。

そして今朝、佃島の浜に長櫃がうちあげられているのを、漁師が見つけた。下女は首を絞められていた。

「……奴ら、浜町川に舟を待たせてやがった。途中で辻番ふたりも殺ったにちげえねえ。お奉行も悔やんでおられる。これで、女の面を憶えてるのは、おめえさんひとりになっちまった。よもやとは思ったが、気になったんでな」

表情に、敗北が色濃くにじむ。

「桜井さん……」

琢馬がさえぎった。

「わかってる。言わねえでくれ。わかってるんだ。……与力、同心、小者、御用聞き、手先。どっかから洩れたにちげえねえ。さもなきゃあ、これほど手際よく始末できるわけがねえ」

それもある。しかし、真九郎が考えているのはちがうことだった。

「そうは思いません」

「なぐさめようってんなら、気持ちはありがてえが、いらねえよ。おいら、それほどやわじゃねえ」

真九郎は訊いた。

「それでしたら、なにゆえあの者たちはひと月も待ったのでしょうか」

「…………」

琢馬が眉間をよせる。

「手先が殺された二日後に、いっせいに顔を見られた者の始末にかかった。なにゆえでしょう」

琢馬が、いったんひらきかけた口をとざし、左手で顎をなでた。

真九郎は待った。

「おめえさんが言いてえのは、こういうことだな。おいらたちは女を捜してた。が、女はそのことを三日めえまで知らなかった。以前から闇とつながりのある者(もん)がいるんなら、とっくに報せてるはずってわけか。……たしかにそうかもしれねえ。だがな、わずか半日で三件、四名(めえ)だ。あざやかに殺(や)られすぎてる。それに、奴ら、下女には気づいたとしても、煙草屋についちゃあ知らなかったはずだ。金(かね)に眼がくらんだ奴がいるかもしれねえ」

「煙草屋の主は、町奉行所の者に何度も訊かれ、女を見たこと、しかもそれが美しく、はっきりと憶えているなどと、周囲に吹聴(ふいちょう)してなかったでしょうか」

首をかしげた琢馬の顔が、しだいにやわらぐ。

「ありえねえことじゃねえな。そうなら、お奉行がもっとも案じていなさることが杞憂(きゆう)ってことになる。ありがとよ。あとでお奉行にお話しする」

「桜井さん、法恩寺でのことを聞いていて思ったのですが、かの者たちは、誰ぞが動くおりには備えの者がおるのかもしれません」

琢馬が、またしても顎に手をやる。

「尾(つ)けられてるのがわかって、法恩寺に誘いこんだんだろうとは思ってた。なるほどな、備えか、それなら辻褄(つじつま)があう」

顎から左手を離してほほえむ。

「信濃屋について、さらにわかったことがある。ひとつは、上方からようやく報せがとどいたんだが、総左衛門は浅草山谷町で商いをしてたころの伝手をたよって、大坂の古着問屋で担売りをしてた。番頭と手代は叔父と甥の間柄で、当時は手代と丁稚だった。てえした額じゃねえが、叔父が店の銀子をちょろまかした。暖簾に疵がつくってんで、お上には届けねえでふたりを追いだしちまった。となると、ほかの店じゃ働けねえ。……くたびれてきたぜ、おめえさんもそこにすわってくんねえか」

真九郎はうなずいた。

懐から手拭をだして敷く。鎌倉をはずしてあぐらをかき、膝のうえにおいた。

琢馬はじかにすわり、柄を左肩にもたせかけた。

「でな、途方にくれたふたりに、総左衛門が、江戸に帰って古着屋をやりてえがいっしょに行かねえかって助け船をだした。総左衛門は、いい担売りだったらしい。だが、稼ぎはしれてる。商いをはじめるために暮らしをきりつめていたとしてもだ。ふたりを雇ったこととい、このあたり、きな臭えと思わねえかい」

「たしかに。金蔓がいたと考えるべきでしょう」

「ああ。そう考えたほうがすっきりする。それとな、本芝の信濃屋に出入りしてた振売りや客に、あらためてあたったようだが、まとめるとこうなる。総左衛門は、店にくる客は番頭と手代(てでえ)にまかせ、てめえはもっぱら担売りの相手をしてた。それに、しばしば仕入れで上方に行ってる」

琢馬が、眼で問いかける。

真九郎はこたえた。

「諸国をわたり歩く古着の担売り。関八州(かんはっしゅう)からあつめた浪人たち」

「そういうことよ。だからといって、古着の担売りをかたっぱしからしょっぴくわけにもいかねえがな。もうひとつ。山谷町の信濃屋にいたもと奉公人が見つかった。総左衛門は、上方へ仕入れに行ってる留守ちゅうの見まわりをたのみ、吉沢さんが気軽にひきうけてくれたんで感謝してたそうだ。上方から帰(けえ)るたんびに、京土産を店の者(もん)にとどけさせてる」

真九郎は、脳裡でまとめながら言った。

「いろいろなことがはっきりしてきたように思えます」

「そうだな。おめえさんの考え(かんげ)から聞こうか」

「まずは、総左衛門は上方で闇とのかかわりができた」

「おいらもそう思う」

「座頭の金貸しを調べていた吉沢どのは、総左衛門と出会った。吉沢どのが屋号に眼をとめてはいったとも考えられますが、わたしは通りでだったと思います。ちかくの蕎麦屋なりにはいって、浅草いらいの消息を聞いた吉沢どのは、総左衛門が上方で担売りをしていたのを知り、闇の噂を耳にしたことがないかと訊いたのではないでしょうか」

「ああ。ふたりっきりでなけりゃあ、口にできねえ。つづけてくんな」

「ただ……」

「わかってる。総左衛門を怪しんでたんなら、表情を見逃しはしねえ。吉沢さんは、身のうえを知ってる。おのれの考え（かんげ）に沈むか、ほかを見てたんじゃねえのか」

　真九郎は、うなずいた。

「そうですね、そうだと思います。吉沢どのが知っているのは実直な商人だったころですから。総左衛門は、驚き、そしてまよった」

「あとはおいらに話させてくんな。総左衛門は、もとは堅気の商人だ、根っからの悪党（わる）じゃねえ。また商いをはじめる元手（もとで）ほしさに足をつっこんだんじゃねえかと思う。それがぬきさしならなくなり、しでえに怖くなってた。そこへ、吉沢さんがあらわれた。ふたりは二度か三度、会ったにちげえねえと、おいらはにらんでる。吉沢さんにゃあ昔の恩義もある、総左衛門は黒子（こくし）って名を聞いたことがあるって話した。てめえのことじゃねえようにな」

真九郎は首肯した。

「そのとおりだと思います。総左衛門の関心は、密告したら助かるかどうかにあった」

「そんな総左衛門のそぶりを、吉沢さんは怪しいと思った。書付に〝本芝〟じゃなく〝芝〟って書いたのも、湯屋（銭湯）あたりで、万一誰かに見られたばあいのことを考えてだ。はじめてつかんだ手掛りだ、用心のうえにも用心しなくちゃならねえ。たぶん、そのどこかで、消えた下男が気づいた。そして、吉沢さんは、総左衛門の使いをよそおった下男に鹿島明神に呼びだされた。そんなとこだったんじゃねえかと思うぜ」

「下男は、ふたりのつなぎのつけかたを、さぐりあてたのかもしれません」

「ありうる。隠密廻りだ、吉沢さんはいろんな奴をつかってたはずだ。ふたりとも殺されたと知って、びびっちまったのかもしれねえ。今度の一件もある。穴んなかにもぐりこみ、とうぶんでてこねえだろうよ。おいらたちの推測でまちげえねえとは思うが、消えた下男を捕まえねえかぎり知りようがねえ。どっちにしろ、女の顔を知ってるのはおめえさんひとりになっちまった。吉沢さんを殺ったと思える奴とも、二度も会ってる。言うまでもねえだろうが、用心してくんな。さて、行くとするか」

秋の陽は西にかたむき、林をわたる風もひんやりとしていた。

鳥居から通りにでたところで、北町奉行所へむかう琢馬と別れた。

真九郎は、辻斬の一件いらい、通りかかると会釈をおくってくるようになった辻番ふたりの顔を想いだした。

責められる筋合はない。理屈のうえではそうだ。が、自責の念が痼のごとく沈澱していった。

女ばかりでなく、居合遣いの刺客と対峙し、炎に照らされた面体を見ている。佐竹家よこでは、礼をさせてもらうと言っていた。身辺にいっそうの警戒をはらわねばならない。

さらには、小田切土佐守がさっそくにも若年寄に働きかけて寺田平十郎をお役に就けてくれたにもかかわらず、おのれはなにもしていない。

二日後。

川仙の娘はるは年若組だが、琴を習いたいというので昼九ツ（正午）からのこっている弟子にまじって稽古をしている。終わるのを待っている船頭の徳助に、真九郎は仁兵衛に会いたいとの言付けをたのんだ。

一刻半（三時間）ほどして、徳助が迎えにきた。

徳助は、六尺（約一八〇センチメートル）余の巨漢である。横幅があり、相撲取かと見まがうほどだ。しかも、鼻腔がまるくふくらんだまさに鬼瓦のような顔をしている。

だが、あたりを睥睨しているかのごときぎょろ眼が、笑ったとたんに目尻がおちる。さがるのではなく、文字どおりおちてしまう。声も、男にしては甲高い。だから、無口で、無愛想だ。

いつも、表の格子戸を開閉し、おとないもいれずに黙って土間に立っている。ほかにそのような者はいないので、徳助だとわかるのだった。

真九郎は、したくをして、上り口に行った。

「待たせたな」

徳助が首をふった。

「まいろうか」

うなずいてふり返り、格子戸をあける。

和泉屋まえの桟橋から猪牙舟にのって大川にでたところで、真九郎は訊いてみた。

「徳助、そのほう、歳はいくつだ」

返事がない。

真九郎は、首をめぐらせた。

徳助が、親指から中指までの三本を立てた。

真九郎は顔をもどした。

いくぶんからかってみたい気分になった。

「いますこし若いと思うておったが、そうか、三十三になるのか」

とたんに、艪のあつかいが乱暴になり、舳が左右に揺れた。

「ちがうのか。なら、三十かな」

猪牙舟が、機嫌よく水面をすべる。

夕七ツ（四時）の鐘が鳴り、両国橋をすぎた。

柳橋の浅草がわが平右衛門町である。神田川をすぎた大川ぞいに、船宿の桟橋がならんでいる。徳助が、そのひとつに猪牙舟をつけた。

川岸には塀がなく、そのまま庭になっている。

真九郎は、岸で待った。

猪牙舟を舫ってあがってきた徳助が、ぺこりと辞儀をしてさきに立つ。

仁兵衛こと甚五郎は、母屋とは廊下でつながった十五畳の座敷で待っていた。真九郎は、鎌倉をはずして左手にもち、座敷へはいった。

甚五郎が上座をしめす。

真九郎は、膝をおり、左脇に鎌倉をおいた。

「よくぞおはこびくださいました」

「うむ。そのほうにたのみがあってな」

「のちほどおうかがいいたします。みつがご挨拶をしたいと申しておりますので、お許し願います」

真九郎はうなずいた。

ほどなく、みつが女中とともに茶をもってきた。

弟子入りを願いにきたおりに一度会っている。柳橋の芸者だったというが、商家の内儀のごときつつましやかな清楚さだ。

挨拶をして去るみつの衣擦れの音が消えるまで待ち、真九郎は茶を喫した。

「力をかしてもらいたきことがあるのだが、あらかじめそのほうの身に危害がおよぶおそれがあるを申しておかねばならぬ」

仁兵衛が甚五郎になった。

背筋をのばし、低い声をだす。

「旦那、それを聞いて腰がひけたんじゃあ、男がすたりやす。ここは呼ばねえかぎり誰もちかづきやせん。よろしければ一献さしあげてえのですが、いかがでござんしょう」

「かまわぬが、他聞をはばかる話だ」

「でしたら、手酌ってことでお願えしやす。すぐに用意させやす」

甚五郎が座敷をでていった。

仁兵衛が甚五郎になったとたんに、躰がひとまわりおおきくなる。背筋をのばすだけだが、おのずとそなわった貫禄である。

真九郎は、手入れのゆきとどいた庭と、幾多の舟がゆきかう大川を見ていた。おおきな船宿ではない。が、庭をたっぷりととったぜいたくな造りだ。

やがて、船宿主の仁兵衛が、女中ふたりに食膳をもたせてもどってきた。

女中たちが、杯に酌をして一礼し、去った。

仁兵衛が杯をおく。

「お礼を述べさせていただきます。奥さまが、十日と晦日の昼の一刻（二時間）、おはるに読み書きを特別にお教えくださるとうかがいました。琴の稽古もお許しいただいております。ありがとうございます」

「おなじ組の者の技倆をそろえるために、両日の昼八ツ（二時）からの一刻はそうすると申していた」

「行儀作法までお教えいただいております。ありがたくぞんじます」

仁兵衛が甚五郎になる。

「旦那、うかがわせておくんなさい」

真九郎は、浜町河岸の辻斬と頤に黒子のある女について語り、佐竹家上屋敷よこの通りで襲われたことを話した。そして、居合遣いの風貌と、女のほかに、侍とすくなくとも中間の恰好をしたのがふたりいると告げた。

「……わたしはこう考えた。そのほうは、あるいは両町奉行所をたしたよりも手の者をうごかせるのではないかとな」

「なにをすればよろしいので」

「浜町川の辻斬だけでも、おそらくは二艘(そう)の猪牙舟を用意しておったはずだ。わたしは、一味が船宿を所持しているのではないかと考えている。怪しげな船宿がないか、それとなくさぐってもらえまいか。それと、できればその女を捜してもらいたい。ただし、見つけても、女だとあなどってはならぬ」

甚五郎が、杯の酒を干し、あらたに注ぐ。

「旦那、わっちは、お上(かみ)がなにをなさろうとしているか、気をくばってなきゃあなりやせん。岡っ引どもが、血眼(ちまなこ)になってその女を捜しているのは知っておりやす」

言外の響きと表情とが、ほかのことも承知していると告げていた。

「たのみごとをしてすまぬが、話せぬこともあるのだ」

真九郎は、苦渋の口調になるのを隠さなかった。

甚五郎がかすかにうなずく。

「ようござんす。旦那のお命が狙われてるとあっては、他人事ではございやせん。これまでは聞きながしておりやしたが、闇についても耳にへえったことはお報せいたしやす」

小半刻（三十分）ほどのち、真九郎は徳助の猪牙舟で大川をくだった。

はるか相模の空が、薄紅にそまりつつあった。

第三章　運命

一

襲撃に遭っていらい、雪江は夕餉のしたくをとよにまかせ、庭で薙刀の稽古に連日はげんでいる。

形の稽古のあと、木薙刀にもちかえ、真九郎が木刀で相手をする。それが日課となった。

神田鍛冶町の美濃屋に、真九郎はおなじ寸法の薙刀をもう一振りとどけさせた。

薙刀の一振りは廊下にめんした居間の壁にたてかけ、あらたな一振りは奥の六畳間の押入にある。

この家はさしあげたと宗右衛門に言われている。それでも、宗右衛門に断り、出入りの大工にきてもらい、すぐにつかめるように掛けと留めをつくらせた。

真九郎もまた、初秋七月の晦日に師の源之進に指摘されてのち、未明の稽古で弧乱のくふうをはじめていた。これまでは疾さしか念頭になかった。

その疾さと流れに、遅速と曲折の変化をくわえる。疾くするのではなく、あえて遅くする。なかなか思うようにいかなかった。

晩秋九月朔日は更衣である。

この日から八日までは、袷をきる。足袋をはき、衣服が綿入りの小袖（絹）か布子（木綿）になるのは、九月九日の重陽の節句からだ。

陰陽では、奇数が陽の数字であり、重なる日を祝う。すなわち、一月一日（元日）、三月三日（上巳）、五月五日（端午）、七月七日（七夕）、九月九日（重陽）である。なお、五節句では、一月は元日ではなく七草粥を食する七日（人日）である。

さらに、九は陽の数字でもっともおおきい。めでたさもひとしおである。真九郎の名も、それにちなむ。

雪江の弟子がさらにひとりふえ、二十四名になった。そのうち、娘ふたりをかよわせている商家が三軒ある。

弟子には、十七歳になる年頃の娘がふたりいる。宗右衛門が、あとはふたりが嫁ぐまで待ってもらうしかございませんと、にこやかな顔で言った。いちじは憔悴しきっていたが、日がたつにつれて、以前の宗右衛門にもどりつつあった。

六日、真九郎と雪江は、出仕の内祝いに寺田家に招かれた。

朝のうちに、宗右衛門にあずけてある薦被り（四斗樽、約七二リットル、約七二キログラム）一樽を、和泉屋の大八車と人足をつけて平助にとどけさせた。

重陽の節句は、菊の節句、あるいは菊花の宴ともいう。庭の棚に、染井村の花屋がもってきた菊の鉢がある。

九日の宵、真九郎は宗右衛門を招いた。

古来、中国では菊は長寿の妙薬とされてきた。この日は、邪気をはらって長寿を願い、菊酒を飲む。

杯をかたむけたところで、宗右衛門がふいに落涙した。

親の長寿を子が願う。娘と倅を想いだしたのであろうとは思ったが、同情はかえって悲しみをふかくするだけだ。

真九郎は、なにも言わなかった。

一件いらいの宗右衛門の変化は、涙もろくなったことだ。

宗右衛門は、気をとりなおして談笑し、半刻（一時間）あまりで帰った。

ある。

十日は、代稽古にでている高弟が団野道場につどう。師の源之進にも高弟たちにも、初秋七月の晦日に襲われたことは話していない。闇のことをふくめ、町奉行所の秘事である。

高弟たちが、このひと月あまりで真九郎の剣に凄みがくわわってきたと評した。

四人の高弟とともに団野道場をあとにしたのは、夜五ツ（八時）すぎだった。

両国橋からはひとりになる。

真九郎は、帰路をわずかにかえた。以前は両国橋西広小路を斜めに行って米沢町にはいっていたが、この日は大川ぞいを薬研堀へむかった。

町家は、灯りを節約するためにほとんどが夜五ツ（八時）から五ツ半（九時）には寝る。それ以降で通りに灯りが洩れているのは、食の見世くらいである。

しかし、浅草はずれの吉原と料理茶屋があつまる一郭だけは、深更まで灯りがある。

半町（約五五メートル）余で堀留になっている薬研堀の大川下流は武家地である。両国がわの堀端には朱塗りの常夜灯があり、船宿や料理茶屋があつまっている。酔客や芸者たちでにぎやかだ。

真九郎は、薬研堀に架かる元柳橋をわたった。

灯りが揺れる水面には、多くの屋根船や猪牙舟が浮かび、岸では柳の枝が夜風とたわむれている。

料理茶屋からながれてくる三味の音や、人通り、そして灯も、元柳橋をすぎて武家地にはいったとたんに、遠くかすかになる。

夜陰の静寂が武家地を覆っていた。

大川ぞいをまっすぐに行く。

一町（約一〇九メートル）ほどさきで、辻番所の灯りが通りに洩れている。左手にもつ小田原提灯のほのかな灯りのほかには、ふくらみはじめた上弦の月と雲間の星とがあるだけだ。

大川からの夜風が、ちかづく冬のけはいを研いでいる。

辻番所のかどを右におれる。

二町（約二一八メートル）ほどさきの丁字路を左にまがると、いつもの帰路である。そのてまえに、右におれる道がある。武家地に細長くくいこんだ若松町の通りだ。そこが、これまでの道筋だった。

左の大名屋敷も右の旗本屋敷もひっそりとしている。

若松町まで十間（約一八メートル）あまりのところで、真九郎は歩調をゆるめた。

左手でにぎっている小田原提灯の柄と風呂敷包みのむすびめとを、すぐさま放りだせるようにわずかにもちあげる。

背後の辻番所は大川にむいている。自身番屋があるのは、若松町の右どなりの横山同朋町の通りで、二町（約二一八メートル）ほど離れている。つぎの辻番所は、丁字路を左におれた大名屋敷のかどまで行かないとない。

真九郎は、通りのまんなかから大名屋敷の白壁塀によった。若松町とのかどにひそんでいる気配がある。

ひとり、もしくはふたりだ。

かどまで五間（約九メートル）あまりになった。

ひとり。が、殺気を発していない。待ち伏せなら、かなり遣える。誰かを待っているのであれば、提灯がある。

真九郎は立ちどまった。

人影がかどからのっそりとでてきた。

巨漢だ。六尺二寸（約一八六センチメートル）弱。川仙の船頭徳助よりも大柄である。

肩が盛りあがり、胸板厚く、横幅もある。

三十代なかば。角張った顔。眉は太く、眼は窪み、鼻は団子、への字にゆがんだ口。

まさに、容貌魁偉。

巨漢が野太い声をだした。

「なにゆえ道筋をかえた」

真九郎は、無表情にこたえた。

「大川の秋風に誘われたまで」

巨漢が鼻で嗤う。

「ふん、味なことを。おぬしの気まぐれのおかげで、提灯もないのにさきまわりをせざるをえなかったわ」

「それがしと承知のうえだな」

「むろん」

「名のってもらおうか」

「冥土への土産にするのか。美しい妙齢の娘ならともかく、男の名など、地獄の閻魔も喜びはすまい」

「そこもとなら閻魔のかわりができよう」

「笑わせてくれる。血がたぎっておるのだ。よけいなものをかたづけて早く抜け。おぬしが命、尋常な勝負でもらいうける」

真九郎は、警戒をおこたらずに塀ぎわに風呂敷包みをおいてむすびめの隙間に小田原提灯の柄をさした。

　ゆっくりと背をのばす。

　巨漢が抜刀。体軀にふさわしい長刀だ。鎌倉の刃渡りは、二尺三寸（約六九センチメートル）。巨漢が抜きはなった刀身は、三尺（約九〇センチメートル）ほどもある。

　間合は長きに利があるが、疾さは軽きに分があり、懐では短きが至便だ。

　巨漢が、まっこう頭上の右上段に構えた。袂がすべり、丸太のごとき二の腕があらわになる。額に皺をきざんで眦をけっし、名人の位にとることで圧倒せんとしている。

　真九郎は、青眼に構え、切っ先を巨漢の眉間につけた。

　巨軀から殺気がほとばしり、摺り足で迫ってくる。

　真九郎は、弧を描きながらの慎重な足はこびで塀ぎわを離れた。

　通りのまんなかで対峙。

　彼我の間隔、二間（約三・六メートル）。小田原提灯と、夜空にある上弦の月が、三尺の白刃をにぶく照らす。

　無言の睨みあいがつづく。

　やがて、煌々と輝いていた月が、雲に翳りはじめた。

「キエーッ」

巨漢が、裂帛の気合を放ち、白刃が夜気を斬り裂く。

真九郎は後方に跳んだ。

弾くはかなわず、受けるは愚。

巨漢が、踏みこみ、三尺を反転させる。下方からの袈裟懸け。

これも身をひるがえしてかわす。

八相からの袈裟、胴への一文字、小手――。

かわし、見切り、右半身、左半身、反転と動きまわり、三尺の斬撃を正面から受けることなく、叩き、すべらせ、かわしつづける。

武家地の静寂を、刀身のぶつかりあう音が切り裂く。大名屋敷も旗本屋敷も、かかわりあいをさけ、黙したままだ。

「おのれ、ちょこまかちょこまかと。猿のような奴だ」

雲間にでてきた月光が、巨漢の額を照らす。顔面を朱にそめ、汗がういている。肩も、わずかに上下しはじめている。

いかに巨軀をほこり、丸太の腕に膂力があろうと、刃渡り三尺の刀を渾身の力でふるいつづけるには限りがある。

真九郎は無傷だが、巨漢は左の袖口したと右の二の腕上部が裂けている。が、切っ先がかすっただけの疵だ。

巨漢が、左足を半歩踏みだし、やや左半身となって左上段に構えた。頭上高く刀身を右斜めにとり、左拳が左足の真上にある。

狙いは袈裟の一撃。

真九郎は、下段にとり、刀身を返した。

そのまま睨みあう。

巨漢が鼻腔を膨らませ、眦を裂く。

「オリャーッ」

悪鬼の形相でとびこんできた。三尺の刀身が大気を裂く。

「ヤエーッ」

後の先。大気を突き破らんばかりの気合を発して踏みこむ。遅速。鎌倉が剣風を曳く。

雷光ではなく風。

太刀筋は、受け、あるいは弾く動き。そう思わせ、刀身よりも疾く左拳を頭上高く突きだす。左肩に襲いきた三尺の刀身が鎬を滑りおちていく。

巨漢が体勢を崩す。

右足を踏みこみざま反転。鎌倉が月光をはじいて弧を描く。肩から脾腹へ、巨漢の背を切っ先が奔る。着衣が裂け、肉と骨が石榴の実と化す。

「ぎゃあーッ」

絶叫が轟く。が、巨漢が踏みとどまり、踵を返して刀をふりかぶる。

「きさまーッ」

がらあきの胴を一文字に薙ぐ。

「うぐっ」

すばやく身をかわして落下する白刃をさける。

巨漢がつっぷす。

鎌倉に血振りをくれて懐紙でていねいにぬぐい、鞘におさめる。

いいようのない虚しさが暗雲のごとくに内奥をみたさんとしている。肩でおおきく息をする。

一度、二度、三度。

国もとにいたころは平穏であった。いや、そうではない、なにも知らなかっただけだ。

江戸へでてきて一年余。仲春二月いらい、かぞえるのもいやになるほど刀をふるっている。

——これがおのれの運命なのか。

真九郎は、口中で独語した。

塀ぎわから小田原提灯ごと風呂敷包みを手にして埃をはらう。すでに何度めか、またしても胸腔いっぱいに息を吸ってはく。

内奥の錘をひきずり、帰路をたどる。

通りのまんなかを、四周に気をくばりながら歩く。

かどを四回まがる。正面の川岸に、辻番所がある。顔見知りになった辻番ふたりが、刺客一味に殺された。

辻番所まえの丁字路を左におれる。

浜町川ぞいの道を大川へむかう。夜はもともと人影のすくないところだった。それが、浜町河岸ちかくで辻斬があり、さらには辻番ふたりが刺殺され、まったく絶えてしまった。

河岸に一艘だけあった屋根船が、桟橋を離れた。

障子越しの灯りが、水面に揺曳しながら去っていく。

あとは、大川を背にした辻番所からの灯りが、塀のかどをうきあがらせて浜町川ぞいの通りに影の線をひいているだけだ。

川口橋をわたると、五町（約五四五メートル）ほどさきの汐留橋のてまえまで辻番所はない。箱崎川ぞいの道は、塀越しの樹木が夜空を隠すほどに枝をひろげている。

浜町河岸にいた屋根船が、永久橋てまえの桟橋によこづけされた。座敷から舳へ提灯を手にした侍があらわれ、桟橋におりた。

船頭が棹をつかい、屋根船が離れる。

岸にあがった侍がもつ弓張提灯が、こちらにむけられる。

「またか」

浜町河岸で待っていた。巨漢があらわれればよし。さもなくば、さきまわりする。ほかに考えようがない。

叫びたいほどの狂おしさと諦念とが渦をまき、内奥ふかく澱んでいく。あからさまにしかけ、挫けさせる。それが策なのだ。

帰りを待っている雪江を想い、気力をふりしぼる。

――さけてとおれぬ道なら、斬りひらいてゆく。

歩調をおとし、ゆっくりと息を吸ってはくのをくりかえす。

箱崎川をはさんだ対岸は、御三卿田安家の一万三千余坪もある下屋敷の塀だ。川ぞいの道も、行徳河岸までは武家地である。昼間でも、人影がすくなく寂しい場所だ。

痩身中背の侍が、掘割に架かる橋をわたったところで川岸によった。

五間（約九メートル）ほどてまえで、真九郎は立ちどまった。

痩身中背が乾いた声で言った。

「惣十郎を斃したようだな」

「さきほどの大兵のことか」

「籤をひいたのだ、どちらがさきにおぬしとやるかでな」

「名を問うても無駄であろうな」

痩身中背が、こけた頬に冷笑をきざむ。

「おぬしに名のる名はもたぬ。したくをしろ」

痩身中背が、足もとに弓張提灯をおき、懐からだした紐で襷掛けをした。

真九郎は、川岸の石垣に風呂敷包みをよせて小田原提灯をさした。

宵の川風に、提灯がゆれる。晩秋九月も中旬。夜風は冬の刃を研ぎはじめている。

下緒は五尺（約一五〇センチメートル）。襷掛け用に七尺（約二一〇センチメートル）の紐を懐にしまってある。

襷をむすびながら、雑念を払拭。心底の迷いは死に直結するだけだ。

たがいに刀を抜く。

痩身中背が駆けだす。

応じて走る。

たちまち距離がちぢまる。

下方からの片手斬り。

弾き、腰に鎌倉を奔らせる。

痩身中背がよこっとびにかわす。青眼にとり、無言の気合を放って突っこんできた。

弾きあげ、鎌倉に弧を描かせて胴を狙う。

痩身中背が受けて撥ねあげ、小手にきた。

真九郎は、後方に跳んだ。

疾い。これまで相手にしてきたなかではもっとも疾い。うごきも俊敏だ。

鎌倉を八相にもっていく。

痩身中背が、腰をおとして脇構えにとる。刀身を隠して相手の脇下を狙う陽の構えである。

「なるほど。惣十郎の剛剣を疾さで制したか」

「あれだけの長刀、いつまでもふるえるものではない」

「たしかにな。おのが剛力にたよりすぎるのが、あやつの欠点であった」

たがいに、摺り足になる。

腰をおとした痩身中背が、眼をほそめ、喉を睨みすえている。

真九郎は、臍下丹田に気をためた。敵ではなく、そのむこうに眼をやる。眼にたよると、そのぶん遅れる。ゆえに、見るのではなく、感取する。

左半身にとった痩身中背の左足踵がうちへ。

踏みこむ。

疾風の一撃がぶつかる。

一合、二合、三合、四合……。

早鐘のごとく連続する甲高い音が静寂をつんざく。

五合め。鎌倉が小手を撃ち、下方からの逆袈裟、一文字の連続技で胴を薙ぐ。

「くっ」

痩身中背が声をもらす。

残心の構えから躰をよこにむけ、八相にもどす。左手首ごと弾きとばされた痩身中背の刀が、地面におちた。

痩身中背が、驚愕に眼を見ひらき、膝をつく。

「この、おれが、合わせ、きれ、なんだ。いま、のは、なんだ」

「弧乱」

「こ、らん」

瘦身中背の上体が前方へ倒れる。

真九郎は、鎌倉に血振りをくれ、残った懐紙で刀身をぬぐい、鞘にもどした。

あやうかった。

ほっとしたとたんに、疑念にとらわれた。瘦身中背の侮蔑しきった表情と、おぬしに名のる名はもたぬとの言葉にである。

博徒の用心棒を生業としている浪人たちのすさんだ剣とはあきらかにちがう。大兵も瘦身中背も、まっとうな遣い手だ。崩橋のふたりもそうであった。

真九郎は、不忍池で刀をまじえた馬上甚内を想いだした。

襷掛けをはずして風呂敷包みをとりにもどる。

小田原提灯の蠟燭を吹き消して、ふたたび風呂敷包みの埃をはらう。

入堀に架かるちいさな橋でも、たもとまではなだらかな坂になっていてまるみをおびている。したをとおる荷舟のためだ。

川風で倒れぬよう石垣のかどにおかれた瘦身中背の弓張提灯には、紋も屋号もなかった。

提灯には家紋か屋号をいれる。無紋の提灯は貴人が忍びでもちいるときくらいである。

正体をあかさぬため、周到に用意している。

小田原提灯をちいさくして、はずした蠟燭とともに懐にいれる。風呂敷包みを左の小脇にかかえて弓張提灯をもった。

痩身中背の腕からほとばしった返り血が、袴の裾に散っている。辻番所のある汐留橋へむかわずに、永久橋をわたった。

永久島は、大川ぞいに大名屋敷がならび、箱崎川ぞいに箱崎町の一丁目と二丁目がある。箱崎町の通りをまっすぐ行けば湊橋だ。

湊橋をわたって左におれ、塩町へむかう。

藤二郎もきくも、初秋七月晦日のように驚いた表情はみせなかった。

驚いたのは真九郎のほうだ。

二箇所で襲われたことを語ると、桜井琢馬が、つぎもどこであろうが辻番所や自身番屋には報せずにまっすぐここへくるはずだと話し、対応を指示していた。

たしかにそのとおりであった。報せたばかりに、辻番ふたりが犠牲になった。だから、万一のことを思い、崩橋のたもとで斬りあったときも、自身番屋へはよらずに菊次へきたのだった。

琢馬は、あとの始末はするので、今後ともそうするようにとの言付けを残していた。

「……ですから、後始末はあっしが何名かつれてめえりやす。それより、鷹森さま、お顔の色がすぐれやせんが」

「いつまでつづくのかと思ってな」

藤二郎の顔に同情がうかぶ。

「お察しいたしやす」

土間に立ったまま話していた。

きくはすぐに見世にもどり、藤二郎は廊下に膝をおっている。

真九郎は、気をとりなおし、廊下においた弓張提灯を指さした。

「手掛りにはならぬと思うが、残しておくわけにもゆかぬゆえ、もってまいった」

「桜井の旦那が、今宵の二名も無縁仏で始末しやすから、それは不要でございやす。おもち帰りになっておくんなさい。遅いので、奥さまがご心配なさってると思いやす」

「夜分に雑作をかけるな。では、たのむ」

「かしこまりやした」

真九郎は、藤二郎の家をあとにした。

気になるのは、痩身中背の嗤笑と、残した言葉だ。しかけてきたのが闇ならなおさらのこと、たとえ国もとの鮫島兵庫だとしても、理解できぬ言いようである。

二

翌日は雨だった。

さきほどまでのあわただしさのせいで気づかなかったが、遅い中食の食膳をはさんだ雪江がいつになく沈んだ表情だった。

朝はつねの顔で見送った。だから、昨夜のことではない。この半年余で、雪江は多少のことでは動じなくなった。襲撃されたときのおちついた対処でも、それはわかる。

真九郎は訊いた。

「うかぬようだが、どうかしたのか」

「小夜から文がとどきました」

それっきり黙ってしまった。妹の小夜は、雪江とは二つちがいである。

真九郎はうながした。

「それで」

「国もとのことをいろいろと書いておりました。父は、堅固に登城しておるそうにござります。家のみなさまもおかわりないとか。……あのう、あなた、おめでとうございます、姉上さまが男児をご出産なされたそうにござります」

兄の太郎兵衛(たろうひょうえ)には、一女一男の子がある。嫡男につづいて次男が生まれたことになる。

真九郎は察した。

子をなさぬ嫁は去れという。夫婦(めおと)になって一年余、雪江が子ができぬのを気に病んでいるらしいようすに気づいてはいた。

箸をおき、眼を伏せている雪江に語りかける。

「子は神仏からの授かりものだ。気長に待つとしよう」

雪江が、眼をあげ、寂しげな笑みをうかべた。

「はい」

真九郎は、雪江の心の負担をのぞかねばと思った。

「よきおりだから、わたしの考えを話しておきたい。わたしは浪々の身だ。臣(しん)は二君(じくん)に仕(つか)えずという。たとえ声をかけてくださるようなことがあっても、仕官する気はない。わたしは、雪江さえいてくれればそれでよい。できぬのなら、それは神仏のおぼしめしだ。ふたりで生きていこう」

ふいに、雪江の唇がゆがみ、目頭に涙がたまる。

真九郎は狼狽(ろうばい)した。

「待て。雪江に泣かれてはこまるのだ」

「そのようにやさしい言葉をかけてくださるからにございます」

「すまなかった。約束する。もう言わぬ」

「いやにござります」

「しかし、つまり、その……」

「ぞんじませぬ」

ついに大粒の涙がこぼれた。

真九郎は、あわてて立ちあがり、懐から手拭(てぬぐい)をだして雪江のそばにすわった。

「わるかった。たのむ、泣かないでくれ」

さしだした手拭をうけとり、雪江が涙をふいた。

両の目頭にかわるがわる手拭をあてていた雪江が、ようやく顔から離しておりたたんだ。

「もうだいじょうぶにござります」

「そうか、うん、よかった。すまぬことをした」

真九郎は食膳にもどった。

「あなた、眼が赭くなっておりませぬか」

　雪江がいずまいをただして眉をあげた。真九郎は身をのりだした。薄茶色の瞳が、かすかに藤色がかっているような気がする。

「いや、いつもとかわらぬ」

　雪江が、にっこりとほほえむ。

　いくらか頰を上気させている雪江の顔を見ながら、真九郎はこの変化の激しさにはとてもついていけぬと内心で首をふった。

　真九郎は、兄だけで姉も妹もいない。母は口数がすくなく、つねにひかえめだった。子どものころの記憶にあるのは、父と兄だけだ。

　物心がついてからは、学問と剣の修行にうちこむ日々を送ってきた。父に言われるまでもなく、おのれを律し、修練せねば、生涯部屋住みの身として兄に厄介をかけることになる。次男であるみずからの立場をわきまえていた。

　脇坂の家にかよいはじめたころ、雪江は十五の乙女にすぎなかった。他家の若い娘と口をきいたことのなかった真九郎には、雪江と小夜のあかるい笑顔は新鮮だった。そして、気がつくと、乙女だと思っていた雪江が、さなぎが蝶に変身したかのごとくに美しい娘になっていた。

真九郎は、雪江と出会うまで女性に思慕の念をいだいたことがない。

雪江が涙を流すと、甘酸っぱいような、それでいて、なにか胸が苦しくなるような居心地のわるい思いがするのだった。

まえにもおなじようなことがあった。

――二度と子について触れてはならぬ。

真九郎は、心底に銘記した。

中食を終えて茶を喫したあと、真九郎は礼状をしたためた。朝のうちに、寺田家から出仕祝いの返礼の品がとどいていた。

雨のなかすまぬが、と平助に言い、礼状をもたせて神田駿河台の寺田家へ使いにやった。

すこしして、雪江もとよに花束と鋏をもたせて菊次に花を生けに行った。

居間の障子をしめ、真九郎はあらためて室内を見まわした。

寝所の襖はあけてある。寝所は押入つきの六畳、居間は七畳半だ。そこに簞笥などの家具がおかれ、すっかり住まいらしくなっている。

闇との死闘はこれからもつづき、国もとの鮫島兵庫の件もある。真九郎の身に万一のことがあれば、雪江は琴や生花、手習いの師匠として生きていくことができる。

それがあればこそ、後顧(こうこ)の憂えなく敵にたちむかうことができる。未練かもしれないが、正直な思いであった。

――それにしても……。

痩身中背が発した言(げん)は不可解である。やむをえぬとはいえ、多くの命を奪ってきた。ために恨みをかうことはあっても、侮蔑される憶(おぼ)えはない。

息をふかく吸いこんで瞑目(めいもく)し、雑念をはらおうとしたとき、表の格子戸があいた。

「奥さまっ」

日本橋長谷川町(はせがわちょう)に住む大工の女房のたねだ。

沓脱石(くつぬぎいし)にすすぎと手拭がある。客があったときのために、雪江が用意をさせてでかけた。

ほどなく、たねが廊下をどたどたとやってきた。いつもより、いっそうけたたましい歩きかただ。

「奥さま、どこですか」

障子があき、たねがぎょっとしたように眼をまるくする。

「わっ、びっくりした。驚かさないでくださいよぉ。いるならいるって、ちゃんとおっしゃってくださらなくちゃ」

真九郎はこたえた。

「いるよ」

「やだ。……あれっ、旦那さまでも冗談を言うことがあるんですね。あたし、はじめて聞きました」

「そうであったかな」

「そうですよ」

「おたねのせいであろう」

右手でぶつようなしぐさをして、抗弁する。

「やめてくださいよ。それじゃ、まるであたしが冗談ばっかり言ってるように聞こえるじゃありませんか。それより、奥さまは」

廊下に立ったままだ。

真九郎は言った。

「おたね」

「はい。奥さまは」

「申すゆえ、まずはすわってもらえぬか。それでは話しづらい」

「えっ、あっ」

たねが、驚いたように自分を見おろした。

「あたしったら、立ったままなのも忘れてしまって。失礼させていただきます」

障子を左右にあけたたねが、敷居をまたいで膝をおり、見あげた。

濁りのない澄んだ眼をしている。小柄で顔がまるく、歳は三十三。江戸にでてきて日本橋長谷川町の裏長屋に住まいしていたころ、さんざん世話になった。

「雪江は、とよをともなって菊次に花を生けに行っておる。ほどなくもどるはずだ。わたしは客間にうつるから、ここで待つがよい」

「待ってください」

真九郎は、あげかけた腰をもどした。

「旦那さまにも聞いてほしいんです」

「なにかな」

「うちのひと、三十九なんです。来年には四十になるんだし、そろそろなってもいいかなとは思うんです。でも、喜んじゃっていいものかどうか。どう思います」

たねは、いつになく真剣な表情だ。

真九郎は、さとすように言った。

「おたね、それでは返答のしようがない。なにがあったかを、はじめからきちんと話してもらえぬか」

「ですから、うちのひとは大工で、名は留七っていうんです。棟梁の右腕で、いい大工なんです。酒好きなのが玉に瑕なんですけど。そんでね、旦那さま。棟梁がまた、うちのひとに輪をかけた酒好きで、とうとう痛風で歩けなくなっちまったんです。棟梁は、子どもがいないんです。で、いずれはうちのひとにってことになってはいるんですが、大工が歩けねえんじゃあ仕事にならねえから、明日からはおめえが棟梁をやれって言われたんだそうです」

真九郎は、たねのまるい顔に、怒りとも困惑ともつかぬ表情がよぎるのを見た。

「なるほど。それで、留七はどう申しておるのだ」

たねが身をのりだす。

「旦那さま、聞いてください。ひどいんですよ。雨で仕事にならないでしょう。呼ばれて棟梁のところに行って帰ってきたんですが、おらっちにゃまだ荷が重えって頭かかえてるんですよ。でもって、あたしがなんにも言ってないのに、うるせえ、口だしすんじゃねえってふて寝しちゃったんです。だから、あたし、ご相談しようと思って」

真九郎は、たねの顔からいったん庭の雨に眼をやった。

雨が音もなくほそい糸をひいている。

眼をもどす。

「なあ、おたね。上に立つ者は、下におる者すべてのことを考えねばならぬ。これからはおまえが棟梁だと言われ、留七はとまどっておるのであろう。わたしがこう申していたとつたえてくれぬか。しばらくは棟梁の代わりをするがよい、とな。どうすればよいかを思案したうえで、毎日、棟梁のもとにかよい、指示をあおぐのだ。さすれば、おのずと棟梁として考えられるようになる。病（やまい）は、棟梁にとっては口惜しいことだ。おたね、嬉（うれ）しくともいまは顔にはださず、留七が心身ともに棟梁になりきる日まで見まもってやるがよい」

たねが、唇をひきむすび、おおきくうなずいた。

「旦那さまがそうおっしゃっていたと、さっそく話してきます。おじゃましました」

たねが腰をあげる。

「雪江を待たずともよいのか」

「忘れないうちに帰ります。奥さまには、あらためてお話ししにきます。旦那さま、ほんとにありがとうございました」

たねが、ぺこりと頭をさげ、廊下を足早に去っていった。

真九郎は、日本橋長谷川町に住んでいたころを想いだした。

隣家と壁一枚をへだてただけの裏長屋では、隠しごとはできない。裏長屋の者たちは、あけすけであるぶんだけ表裏がなかった。喜怒哀楽をすなおに面にだす。留七のような出職の者は天気に一喜一憂し、女房たちは、喧嘩はするが根にはもたず、たがいに助けあい、あけっぴろげだった。

格式と体面とをおもんじる武家とは、格段のちがいである。和泉屋の離れに住むようになり、真九郎は、裏長屋で出会った町人たちの暮らしのほうが、あるいは人としてあるべき姿なのかもしれないと考えていた。

ほどなく、雪江が帰ってきた。

居間にきて、膝をおるのもそこそこに言った。

「あなた、桜井さまが藤二郎のところにおいでいただきたいとのことにございます」

「わかった。さきほどたねがきておった。留七が棟梁になるそうだが、くわしくは帰ってから話す」

・

真九郎は、着流しの腰に備前をさし、表にでて蛇の目傘をひらいた。

いつやむともしれず蕭々としてふりつづける雨が、晩秋の江戸を灰色にそめ、町家を濡らしている。

雨がふると人通りが減る。百姓には恵みの雨だが、商人や大工、日銭稼ぎの振売りには、長雨は生活にひびきかねない。

路地にはいって格子戸をあけると、菊次との板戸からきくだけでなく弟の七五郎も顔をみせた。

きくとひとつちがいで二十七歳になる七五郎は、姉に似た面差しのいい男っぷりである。左顎に、庖丁で斬られたちいさな疵痕がある。深川にある料理茶屋の板場にいたころ、同輩との喧嘩でおったものだ。

そのとき駆けつけてきたのが、ちかくを見まわっていた藤二郎である。

喧嘩は、藤二郎がうちうちに処理した。それが縁で、情けと気っぷと男っぷりの御用聞きとして町家の年増や粋筋の女たちを騒がせていた藤二郎と、深川一を謳われた美人芸者のきくとが所帯をもつことになったのだった。

七五郎が歩みよってきて辞儀をした。

「鷹森さま、使いをありがとうございやした。ふたりほどつれて、さっそくにも行ってめえりやした」

「七五郎がわざわざ出向いてくれたのか。それはかたじけない」

「とんでもございやせん。あちらさんは大量に仕入れるのに、その仕入れ値以下でもかまわねえって言ってやしたが、奥さまが仕入れ値でって決めやした。それでも、こっちとしては申しわけねえくれえに儲けさせてもらったようなもんで。生きのいい魚をずいぶんと手にいれやした。いま料理をこせえながら捌いてますんで、すぐに刺身にしておだししやす」

七五郎ときくが見世へ去った。

真九郎は、いつもの座についた。

琢馬が、笑顔にいぶかしげな表情をとどめて訊いた。

「なんの話だい」

真九郎は説明した。

上屋敷道場から帰ってくると、土間のすみで老船頭の智造が沈んだ顔をしていた。浪平の娘と百膳の娘は、智造が舟で送り迎えをしている。ふたりとも熱心で、真九郎が帰るまで琴の稽古をつづけている。

迎えにきたとよに風呂敷包みをわたし、智造にわけを訊いた。

百膳が材料を仕入れたあとで二組も注文の断りがあったという。片方は四十五人ぶんだが、もう片方が百二十人ぶんだ。

未明から雨がふっていた。にもかかわらず、確認をおこたったのは、百膳の迂闊である。

日持ちのするものはいいが、魚などの生ものの始末にこまっているのだという。浪平と百膳とは古いつきあいであり、智造のうかない顔はそのせいであった。

真九郎は、平助を呼び、おいでいただきたいと宗右衛門につたえさせた。

宗右衛門が、さっそくにも手代を残りの弟子の商家へ使いにやった。真九郎は、平助を菊次へ行かせた。

雪江がとよをともない、智造に送迎してもらうことにして、わずかでもひきうけるために百膳に行った。

途中で、きくが女中ふたりとともに食膳をもってきた。諸白は燗がしてあった。この日は、雨のせいで冬になってしまったかのような肌寒さだった。

琢馬が、杯を食膳にもどし、笑みをこぼした。

「なるほどな、それでひと肌脱いだってわけかい」

「百六十五人ぶんです。はたしてどこまで役にたったか」

真九郎は、刺身にわずかな山葵をのせ、醬油につけて食べた。

山葵は、古くから伊豆や各地で栽培されていたようだ。室町時代後期には、わさびおろしもできていた。江戸中期には、ちいさなちり取りの形状をした銅製のわさびおろしが造られている。棘のこまかい片方では山葵や生姜などをおろし、棘の粗い片方は大根用だ。

「おめえさんは、どうもおのれのことがよくわかってねえようだな。和泉屋だけでも、下働きをふくめ奉公人は六十名くれえいるはずだ。まあ、そいつはあとの楽しみにしてくれ。それよか、みょうなことがあるんだ。浅草の甚五郎が、例の頤に黒子のある女を捜してるらしい。居合遣いばかりでなく、御用聞きの手先が殺られてからは、黒子の女も高札を立ててあるんだが、甚五郎が御番所のためになんかするとは思えねえんだ」

真九郎は、かるく頭をさげた。

「申しわけありません。あらかじめお話しして、かまわないかどうかたしかめるべきでした。甚五郎にはわたしがたのみました」

琢馬が、眉を吊りあげる。

「甚五郎に、おめえさんが……。いってえ、どういうことでえ」

藤二郎もひどく驚いた顔だ。

真九郎は、甚五郎が娘の弟子入りを願ってたずねてきたいきさつと、柳橋の川仙で会ったことを話した。

公儀御用金が奪われたことや闇については触れなかった。幕府が御用金強奪を秘匿しているのであれば、甚五郎に累がおよぶおそれがある。

「わたしがたのんだのは、船宿と黒子の女のことだけです。役にたてばと思ったのですが、ご迷惑でしたらすぐにもやめさせます」

「いや、そんなことはねえよ。吉沢さんが斬られてからふた月あまりになるってのに、まだ埒があかねえ。そのために高札が立ててあるんだ、誰が見つけたって、それでお縄にできさえすればいい。けど、甚五郎に女房と子があるとは知らなかったぜ。藤二郎、おめえはどうだ」

「あっしも知りやせんでした」

真九郎は、藤二郎から琢馬に顔をもどした。

「でしたら、川仙の仁兵衛が甚五郎だという件は、娘のためにも内聞にしておいてもらえませんか」

「かまわねえよ。なんも知らねえ七つの娘に肩身のせまい思いをさせちゃあ可哀想だ。……藤二郎、そういうこった。おめえも肚にしまっておきな」

「へい」

琢馬が、藤二郎にうなずいてから顔をもどす。

「ところで、報せておきてえことがあるんだ。本芝一丁目の煙草屋の主だが、おめえさんがにらんだとおりだった。こっちの者に言われてはじめて、そういえば見た憶えがあるって話してたのに、黒子の大年増が色っぽい別嬪で、なんか怪しいと思ってたと吹聴しまくってたそうだ」

「やはりそうでしたか」

「ああ。口は禍の門ってことよ。きてもらったんは、だから、ほかにもなにか見おとしてることがねえか、おめえさんともう一度考えてみてえんだ」

半刻（一時間）ほど話した。しかし、これまでにわかっていることを確認するにとどまった。

女も、おおよその背恰好と三十路の美形という以外の特徴は、頤の黒子だけだ。高札が立てられている。出歩くおりは、武家の妻女に扮してお高祖頭巾で隠す。たとえ怪しいと思っても、相手が武家では、町方の者は声をかけられない。

菊次のある裏通りから横道にでたところで、真九郎は藤二郎を供に北町奉行所へむかう琢馬と別れた。

暮れゆく晩秋の空は薄墨をながした色に塗りこめられ、こぬか雨がいつはてるともなくふりつづいている。

留守ちゅうに、百膳の主が浪平の亭主とともに菓子折をもって礼にきていたとのことであった。ついさきほど、会いたいとの宗右衛門の言付けをもって和泉屋の手代もきたという。

真九郎は、たねがきた理由を話した。

雪江は、たねのためには喜び、会ったことのない棟梁の病にはほそい眉を曇らせた。

平助を使いにやると、すぐに蛇の目傘をさした宗右衛門が庭さきをまわってきた。

真九郎は客間で対座した。

宗右衛門は、気づかわしげな表情をしていた。

「鷹森さま、昼間、桜井さまがおよりでした。聞けば、このところ、鷹森さまはいくたびもお命を狙われているとのこと。理由(わけ)はお話しいただけませんでしたが、あの一味のしわざでございましょうか」

「断言はできぬのだが……」

真九郎は、芝(しば)の島津(しまづ)家蔵屋敷ちかくで殺された武士が隠密廻りだという点をのぞいて、これまでの経緯(いきさつ)を語った。

「さようでございましたか。もとはといえば、手前とかかわりができたせいにございます。申しわけなく思っております」

宗右衛門が、沈痛の面差しで眉根をよせ、低頭した。

「和泉屋さんが気に病むことはない。わたしも剣に生きる者だ、覚悟はできている。修(しゅ)

羅をもとめるつもりはないが、挑まれたからには斃すまで戦うのみ」

師の団野源之進に、上泉伊勢守信綱の歌とともに諭されたことがある。刀は抜かぬにこしたことはないが、抜いたからには生か死かだと。

ひとりも大勢もない、おのれの剣が人の命を奪ったことを厳然とうけとめればよい。そう覚悟した。

それでも、あまりに奪いすぎていることが、真九郎を苦しめていた。しかし、だからといって背をむけるは怯懦であり、できない生きかただ。

「ところで」

宗右衛門が、愁眉をひらくかのごとく口調を変えた。

「さきほど、百膳さんと浪平さんがそろってお見えになりました」

真九郎は機先を制した。

「菓子折をいただいたそうだ。それ以上の礼をどうのと申しておるなら、無用だとつたえてもらいたい」

宗右衛門が、微苦笑をうかべ、まをおく。

「手前のところも、今宵は奉公人の夕餉に魚の煮付けをつけることにいたしました。なにか祝いごとでもあったのだろうかと、喜んでいるそうにございます」

奉公人の食事は、朝が白米に一汁、昼食（ちゅうじき）と夕餉もせいぜい一菜に香の物がつくらいだ。精進日は香の物だけである。夕餉に魚がつくのは月に二回ていどであった。

白米が食べられると喜びいさんで丁稚（でっち）奉公にきても、一年から二、三年で脚気（かっけ）にかかって辞めざるをえなくなり、帰郷する者が多くいた。当時は、それを〝江戸わずらい〟と呼んだ。

「桜井さんより六十人も奉公人がいると聞いた。無理をさせたようだな。かたじけない」

宗右衛門が、笑顔で首をふる。

「それほどはおりません。下働きをくわえても、五十そこそこにございます。奥さまのお弟子仲間、助けあうのは当然のこと。みなさまがご協力くださり、仕入れた百六十五人ぶんが、生ものだけでなくあらかたはけたと、百膳さんはたいへんに感謝しておりました。……鷹森さま、桜井さまがおいでになったのは、鷹森さまが気が滅入っておられるようなので、気晴らしを考えてもらえぬかとおっしゃるためでした」

真九郎はつぶやいた。

「桜井さんが、そのようなことを……」

「はい。百膳さんもお礼がしたいと申しております。それで、おふたりともご相談したのですが、明後日の九月十三夜も名月にございます。大川に舟を浮かべ、観月の宴を催してはどうかと考えております。三浦屋さんにもお声をかけましたところ、ぜひにとのことでございました。屋根船を二艘ご用意いたしまして、手前もみねをともないます。奥さまとご内儀がたを片方の屋根船におのせし、もう片方は手酌でというわけにもまいりませんので、柳橋の芸者を三名のせますが、むろんのこと音曲のたぐいはいたさせません。いかがでございましょうか」

「お心づかい、痛みいる」

「めっそうもございません。では、手前はお許しがでたとさっそくにも使いをたてることにいたします」

宗右衛門は、満面の笑みを残して帰っていった。

真九郎は、宗右衛門ばかりでなく、琢馬の気づかいにも心中で頭をさげた。

三

十三日は秋晴れだった。

江戸の空は青く澄みわたり、はるか筑波山のあたりに鰯雲があるだけであった。陽射しは、朝からほほえみ、初秋にもどったかのようなぽかぽか陽気で江戸をつつんだ。

そして、日暮れとともに、夕陽が蜜柑色から恥じらう乙女が頬のごとき桃色にそまりながら相模の国の山脈の彼方へと去っていった。

西空の夕映えがうすれかけたころ、和泉屋の手代が、みなさまおそろいですとつたえにきた。

この日の雪江は、遅れぬよう早くから着替えにかかっていた。

きがえると、客間にきて、どうですかと問う。かならずそうする。よく似合っている。見ちがえるようだ。前回はどう褒めたかを想いだし、言葉を用意しておく。夫婦となって一年余、そのあたりの機微なり道理なりがいくぶんかのみこめてきた。

褒めかたをまちがえるときがえなおすと言いだしかねないので、真九郎は真剣であった。言葉をつくして褒めると、雪江が嬉しげにほほえんだ。

真九郎は、帰路のぶら提灯をもって表にでた。雪江がつづき、格子戸をしめる。

脇道も、新川にめんした表通りも、昼間の暖かさは陽射しがつれ去り、日暮れが晩秋のけはいをもたらしていた。

和泉屋まえの桟橋に、おおきな屋根船が二艘舫われていた。ふつうの屋根船は、幅いっぱいに立てられた四本の柱に屋根がのっている。舳も艫もさほどのゆとりはない。

しかし、二艘はこぶりながら屋形(やかた)船と呼べそうなおおきさだ。船縁(ふなべり)と座敷とは、人ひとりが歩けるだけの幅があり、艫もひろい。そこに七厘(しちりん)がならべられ、百膳の法被(はっぴ)を着た男衆ふたりが食膳の用意をしている。

人数のわりに船がおおきいのも、弁当ではなく船で料理をととのえるためであろう。浪平の船ではない。しかし、まえの屋根船には老船頭の智造が、うしろには浪平でもっとも腕のいい多吉(たきち)がいる。

二艘とも、二挺艪でもうひとりずつ見知らぬ船頭がいる。たしかに、ひとりであやつるにはおおきすぎる船だ。

真九郎と雪江が桟橋におりていくと、浪平の女将(おかみ)がまえの船から、亭主がうしろの船から障子をあけてでてきた。

雪江が女将の手をかりてのるのを見とどけ、真九郎はうしろの船にのった。

二艘が桟橋を離れる。

左右の舷側(げんそく)に宗右衛門と三浦屋善兵衛(ぜんべえ)が、百膳の主と浪平の亭主が下座で艫を背にしている。

四隅に、蠟燭に火をともした雪洞(ぼんぼり)がある。

大川にでたところで、両舷の障子があけられた。

暮六ツ（六時）すぎの大川は、ゆきかう舟でにぎわっている。

永代橋（えいたいばし）、新大橋とすぎていく。両国橋から神田川にはいったすぐのところにある船宿の桟橋についた。

裾に花を散らした黒と藤色と江戸紫のあでやかな衣裳（いしょう）をきた芸者たちが、通りをよこぎって桟橋におりてきた。

永代橋を背にしたあたりから食膳がならべられはじめ、それぞれのまえには三の膳までととのえられている。

艫から座敷にはいってきた芸者たちが、三つ指をついた。

屋根船二艘が舳をめぐらして大川にもどり、ゆったりとした船足で上流にむかう。

宵の川面で、夜空が揺れている。ほかにも、観月の屋根船が、大川をのぼり、くだっていた。

満天の星。東の空には、まるくおおきな晩秋九月十三夜の名月。

真九郎が杯を手にしないので、宗右衛門たちも酒がすすまぬようであった。真九郎は、笑みをうかべ、剣に生きる者のたしなみでそうしているだけなので、遠慮せずに飲んでもらいたいと言った。

「では、そうさせていただきます」

宗右衛門がうながし、芸者たちが銚子をとった。真九郎もうけ、かるく口にふくんだ。ゆったりとした船足で半刻（一時間）あまり上流にむかってから、おおきく舳をめぐらす。

川上からのひんやりとした風が、屋根船のなかをとおりすぎていく。

舳が川下にむいた。船頭ふたりが、大川の流れにまかせて揺らさぬように艪をあつかっている。

雪洞の灯に照らされた川面に、上流から霧がながれてきた。

ほどなく、霧は船縁をこすほどになった。霧のかなたこなたに、おなじように十三夜の名月を愛でている屋根船の灯が幻影のごとく漂泊している。

舟が雲上を浮遊しているかのようであった。

蒼穹には晩秋の名月がかがやき、幾多の星がまたたいている。芸者や宗右衛門たちが、動く幽玄の名画に見いった。

ほかの屋根船から聞こえていた三味の音もやんだ。

静謐さのなかを霧がたゆたい、屋根船がゆっくりと川下へ流れていく。

真九郎は、ふと、くふうしつつある〝弧乱〟を〝霧月〟と名づけようと思った。

弧乱は、国もとの師である竹田作之丞の剣である。弧乱の修行をつづけるかぎり、到達はしえても、こえることはかなわない。

――独自の剣を目指す。

流れる霧と夜空の名月とに、交互に眼をやる。

――疾さに霧の自在さをとりいれ、水面に映る月影を乱すことなく剣をふるう。

直心影流の奥義も、満月のごとき円にある。いまだ判然とはしない。しかし、朧ろげながらなにかをつかみえたと、真九郎は感じた。

やがて、柳橋の灯りが見えてきた。船宿の川仙からも灯りが洩れ、桟橋には屋根船や猪牙舟が舫ってあった。

船宿の桟橋で、芸者たちをおろして大川にもどった。

霧は、あいかわらず船縁あたりを上下している。

両国橋を背にして、長さ百十六間（約二〇九メートル）の新大橋もすぎた。

多吉の緊張した声が、静寂を破った。

「鷹森さまッ」

浪平の亭主が、膝をめぐらせて艫の障子をあける。

真九郎は、左脇の備前を手にした。

「多吉、いかがした」

身をかがめた多吉が、深川のほうを指さす。

「怪しげな猪牙舟が、まえの屋根船にむかっておりやす」

「なにッ」

真九郎は、ふり返り、右手で舳の障子を左右にひらいた。舳にでて、多吉が指さす方向に眼をこらす。

いる——。

霧に隠れるように、猪牙舟がまえの屋根船へまっすぐに舳をむけている。智造ももうひとりの船頭も百膳の男衆も気づいていない。

真九郎は、猪牙舟を睨んだまま叫んだ。

「多吉、いそげ。猪牙舟をちかづけてはならぬ。あいだにはいるのだ」

「合点ッ」

まえの屋根船との距離が四間（約七・二メートル）余。猪牙舟とは七間（約一三メートル）あまり離れている。が、猪牙舟のほうがはるかに速い。

舳がおおきく揺れた。多吉ともうひとりが力いっぱいに艪を漕ぐ。が、こちらは巨体で、敵は猪のごとく猛進している。霧を裂き、水面をすべるように雪江たちがのる屋根船に迫る。

見え隠れする人影を数える。

船頭のほかに、面体を覆った五人の男たちがのっている。腰は霧のなかだ。

智造と船頭、百膳の男衆が、ちかづいてくる猪牙舟に気づいた。

男衆ふたりが、庖丁をつかむ。

真九郎は叫んだ。

「手出しはならぬ。そのほうらは、雪洞をあつめて倒れぬようにし、女たちを護れ。智造、そこの船頭、揺らさぬようにしろ。すぐにまいる」

真九郎は、腰をおって座敷を見た。

四隅にあった雪洞がまんなかにあつめられ、台を宗右衛門たちが両手でしっかりと押さえている。

猪牙舟が、斜め後方から襲いかからんばかりの勢いだ。舳が牙と化して霧を裂いている。

——まにあわぬ。

雪江のかどわかし。もしくは命を奪う。

焦燥が心の臓を鷲摑みにする。

猪牙舟が二間（約三・六メートル）をきった。が、こちらはまだ二間余もある。

敵ふたりが、鳶口（とびぐち）をもちあげた。屋根船の船縁にかませ、ひきよせる。

猪牙舟がよこづけされる。

抜刀した浪人四名が、船縁から屋根船にのりこむ。

真九郎は、草履（ぞうり）をぬいで駆けた。

舳を右足で踏みつけ、跳ぶ。宙で鯉口（こいぐち）をにぎる。艫に両足がつくと同時に抜刀。憤怒（ふんぬ）の形相で走る。

「きさまらッ、許さぬ」

ふたりが前後して船縁を駆けてくる。

残りふたりが障子を蹴破（けやぶ）る。

「無礼な、何者ッ」

雪江が誰何（すいか）。

聞かせるためだ。

「トリャーッ」

先頭が上段から左肩にきた。弾きあげ、返す刀で袈裟に斬る。そのまま右足をとばして蹴る。

「ぎゃあーっ」

絶叫を発し、船縁から転落。

「オリャーッ」

二番手が、眦をけっし、まっ向上段から渾身の一撃にきた。

左足を踏みこみ、備前を右に返す。刀身が蒼白い炎と化し、風の咆哮を曳いて地から天へ逆袈裟に奔る。

左腰下から右肩へ、布と肉とが裂け、左腕を断ち斬る。

「ぐわっ」

左足をひいて左腕からの血飛沫を避け、柄から離した右手を手刀にして敵の側頭部に叩きこむ。

敵がもんどりを打って霧を割り、水飛沫があがる。

わずか数瞬。それでさえ、鬼神と化した真九郎には永すぎるほどであった。

身をかがめて片足を座敷内へ踏みこみかけていたふたりが、あわてて足をひき、船縁を舳へ走る。

真九郎は追った。

眼前で雪江が狙われたのだ。容赦する気はない。

五人めと船頭をのせた猪牙舟が舳から離れつつある。

ふたりがふり返り、刀を青眼に構える。

真九郎は、駆けてきた勢いのままとびこんだ。

相手の技倆(ぎりょう)など眼中にない。憤激を雷神の疾さにして弧乱を舞う。備前が月光を撥ねる。弾き、かわして胴を薙ぎ、返す刀で残ったひとりの頸(くび)の血脈を断つ。

「ぐえっ」

頸を刎(は)ねられた敵は悲鳴を発することさえできず、ふたりとも霧を乱して消えた。

水音と飛沫があがる。

真九郎は、離れつつある猪牙舟を睨みすえた。

距離は二間（約三・六メートル）余。

残った侍が立ったままこちらをむいている。左手は鯉口、右手は柄にある。身構えに隙がない。あきらかに、斃(たお)した四人よりも遣う。

腰からしたが霧に隠れているため、背丈はさだかでない。だが、肩幅のあるがっしりとした体軀だ。眼つきから推して、年齢(とし)は三十代なかば。眉間に縦皺を刻んだするどい眼光と、頭部の輪郭、そして頸から肩にかけての線を、真九郎は脳裡(のうり)に焼きつけた。

猪牙舟が、水面を覆う霧のなかを影絵となって去っていく。

はじめて怒りと憎しみで人を斬った。が、悔いはない。備前に血振りをくれて懐紙でていねいにぬぐい、鞘にもどす。

多吉たちが、船足をおとした屋根船を静かによこづけした。

真九郎は、舳がわの障子をあけた。

座敷のすみで、雪江が内儀たちを背後にかばい、紐をほどいた懐剣(かいけん)の柄をにぎってい
た。もう片隅では、顔面に緊迫を張りつかせて男衆ふたりが雪洞の台を押さえている。

安堵(あんど)の表情をうかべた雪江が、懐剣から手をはなした。内儀たちも、いちようにほっ
とした顔になる。

真九郎は、血の付着した足袋をぬいで懐にいれ、座敷にはいった。

艫の障子があけられ、宗右衛門たちも姿をみせた。

真九郎は、雪江にそばにくるように眼でうながした。

「みな、すわってもらえぬか」

男衆ふたりが、壊された障子二枚と食膳をかたづけた。

真九郎はすわった。雪江も膝をおる。

前列に主四人がならび、そのうしろに内儀がひかえ、男衆ふたりもすみでかしこまっ
た。

真九郎は、緊張した面持ちでいるひとりずつに眼をやった。

すまぬ」

「詫(わ)びねばならぬ。危ういめに遭わせ、せっかくの観月の宴をだいなしにしてしまった。

左端にいる浪平の亭主に、顔をむける。

「ご亭主、修繕(しゅうぜん)の費用はわたしがもつ。まことに申しわけないことをした」

浪平の亭主が首をふる。

「どうかそのようなことなどお気になさらずに」

宗右衛門が言った。

「鷹森さま、お招きしたのは手前どもにございます。さようなことは商人にお任せくださいませ。それより、あちらの船にうつり、お口なおしをいたしませぬか」

「それがよろしゅうございます。さあ、まいりましょう」

三浦屋善兵衛が、ことさらにあかるい声をだした。

男衆が、雪江と内儀たちの履き物を艄にうつした。真九郎の草履も用意されていた。

霧が濃くなりつつあった。

船をうつり、座敷におちつく。

智造たちが棹をつかい、襲われた屋根船が離れていく。

ほどなく、燗をした銚子が用意された。顔に血色をもどすために、雪江と内儀たちも諸白を一口ずつ飲んだ。

襲撃などなかったかのごとく、宗右衛門と善兵衛が娘たちの話題で座をもりあげた。

濃くなるいっぽうの霧のなか、多吉たちが新川ちかくの大川で、屋根船をゆったりと旋回させた。

やがて、夜五ツ（八時）の鐘が鳴った。それから小半刻（三十分）ほどして、和泉屋まえの栈橋に屋根船がついた。

霧は、屋根をこえていた。

宗右衛門と内儀が和泉屋にはいってくぐり戸がとざされるまで待ち、挟撃を警戒して脇道ではなく表通りから横道を行って、遠慮する三浦屋の夫婦を浜町まで送った。提灯は雪江がもった。

二間（約三・六メートル）さきは霧のかなたである。

真九郎は、左手を鯉口にあてて、雪江とともに浜町から塩町の藤二郎をたずねた。

十五日の朝、真九郎は神田鍛冶町の美濃屋へ行った。

神田鍛冶町は、日本橋から筋違橋御門にいたる大通りにめんしている。日本橋からは八町（約八七二メートル）、筋違橋からは六町（約六五四メートル）ほどだ。

十一日に、鎌倉を研ぎにだしにきたばかりだ。番頭が愛想よく迎え、すぐに主の七左衛門がこぼれんばかりの笑顔ででてきた。

七左衛門は、宗右衛門より二歳下の五十一だが、頰がこけ、痩せているために年齢よりも老けて見える。

奥の客間に案内された。

たびたび襲われているのを七左衛門は知っている。真九郎は、十三日も大川で襲撃されたことを話した。

七左衛門が愕然となった。

「奥さままで狙われたとは」

絶句し、眉根をよせる。

雪江は、九月いっぱいは七日ごとに菊次に花を生けにかよう。それいがいにも、二十日は菊次に行く。十日と二十日と晦日は、真九郎は夜まで留守である。すくなくとも、月に一度は同行できないことになる。

昨日、そのことを雪江と話しあった。

雪江の身の丈は五尺二寸（約一五六センチメートル）。五尺五寸（約一六五センチメートル）の薙刀は、持ち歩くには長い。新たに杖の長さの四尺五寸（約一三五センチメートル）にちぢめた薙刀をこしらえてもらうことにした。

七左衛門が言った。

「さようでございますか。鷹森さま、見ていただきたきものがございます。取ってまいりますので、お待ち願います」

七左衛門がでていった。

すこしして、女中ふたりが茶をもってきた。

それからほどなく、七左衛門が手代にいくつかの布袋をもたせてもどってきた。

手代が、七左衛門のかたわらに布袋をならべて去った。

長さから、脇差が二振りと刀が二振りだとわかる。

もう一本は杖ほどの長さだが、両端が楕円（だえん）の筒状になっており、なかになにがあるのか判然としない。袋の生地も、刀剣類を収めているにしては華やかすぎる桜色に紅葉（もみじ）を散らした西陣織（にしじんおり）である。

「お見せするまえにお断りをしておかねばなりませんので、お聞きください」

七左衛門が語った。

先代のころのことであった。さる大身（たいしん）旗本に、生まれながらに病がちの息女がいた。三歳の桃の節句にまにあうように護り刀になる短い薙刀をたのまれた。しかし、息女は、新春に臥せってしまい、桃の節句を迎えることなく他界した。

薙刀はできていた。先代が、商いを忘れ、真心をこめて丹精させたものだ。旗本は、薙刀はいらぬがかかった費用は払うと言った。先代は辞退した。そのときのやりとりのなかで、旗本が腰にさしていた小脇差をちょうだいすることで決着がついた。

代がかわり、婿養子を迎えいれた先方とは、その後は出入りもないという。

「……手前も、若いころに父のお供でお屋敷をおたずねしましたが、篤実で、たいへんにご立派なお殿さまでした」

言外に、婿養子はそうではないとの意をにじませていた。しばし感慨にふけっていた七左衛門が、思いなおしたように眼をあげた。

「そのようなわけで、三十年ちかくも蔵にしまっておいた品でございます。むろんのこと、錆びたりせぬように手入れはさせておりました。お話をお伺いしていて、その薙刀を想いだしたしだいにございます。縁起をおかつぎになるのでしたらだめですが、一度もさきさまにはわたっておりません。ご覧いただけますでしょうか」

真九郎はうなずいた。

「拝見したい」

七左衛門が、西陣織の長袋をとる。

両端が長さ三寸（約九センチメートル）ほどの楕円状の筒である。なかほどの左右と、上部の一箇所とが、朱紐でむすばれていた。

七左衛門が、上部の紐のつぎになかほど左右の紐をほどく。なかほどにおりめがあり、上部をつかんでひくと、六寸（約一八センチメートル）ほど伸びた。

上部の生地のあいだから、薙刀の鞘がのぞく。

七左衛門がとりだした。

真九郎は、両手でうけとった。

鞘は黒漆に蒔絵がほどこされている。柄はほぼ一寸（約三センチメートル）の樫と思われる丸棒で、これも黒漆である。石突は厚い銅だ。

鞘をはらう。

肉厚の刀身は一尺四寸（約四二センチメートル）、刃文は湾れ刃と呼ばれる美しい波模様である。柄が三尺（約九〇センチメートル）。切っ先から石突までで、四尺四寸（約一三二センチメートル）。重からず、軽からず、まさに丹精をこめて仕上げられたのがよくわかる品であった。

真九郎は、刀身に鞘をかぶせた。

「みごとな一振りだ。ご先代のさきさまへの真情がにじみでている。お人柄がしのばれる」

「ありがとうございます」

七左衛門が、うるんだ眼をとじ、ふかぶかと低頭した。そして上体をもどし、刀袋から小脇差をだした。

真九郎は、やはり作法どおりに見た。

刀身は一尺二寸（約三六センチメートル）ほどだ。刃文は互の目よりもこまかな小互の目と呼ばれる波立つような乱刃で、大身旗本にふさわしい逸物であった。

小脇差を鞘にもどすと、七左衛門が言った。

「以前にお持ちして、おはずしになられたものの柄をつくりなおさせました。ご覧くださいませ」

七左衛門が説明した。

刀身は二尺二寸（約六六センチメートル）で、柄を七寸五分（約二二・五センチメートル）から鎌倉や備前とおなじ八寸（約二四センチメートル）にしたとのことだ。大和の国の手掻派の流れを継ぐ刀工の作だという。鎌倉より一寸（約三センチメートル）短いが、重さはほぼおなじだ。そのぶんだけ刀身が肉厚であった。

脇差の刀身は一尺六寸（約四八センチメートル）弱。一尺六寸強の鎌倉のそれよりもやや重い。

鞘にもどすと、七左衛門が訊いた。

「いかがでございましょう」

「これならば手になじむ」

七左衛門が安堵の笑みをこぼした。

「じつは、昨日（さくじつ）、和泉屋さんと三浦屋さんとがそろってお見えになりました。くわしくは和泉屋さんからお聞き願いますが、奥さまのお弟子筋で鷹森さまのお腰のもののお世話をすることにしたそうにございます。鷹森さまがお見えになりましたら、この大小をお持ちいただくようにとのことでございました」

和泉屋には、昨日から大工がはいっている。

土蔵のあいだの横道がわに四阿（あずまや）を造り、人足たちの休憩所（きゅうけいどころ）にするとのことであった。庭の枝折戸（しおりど）あたりで叫べば、すぐさま駆けつけられるちかさである。むろん、真九郎の留守を護るためだ。

謝意を表（ひょう）したいと思ったが、宗右衛門は一日じゅうでかけていて、夜も寄合があるとのことで会えなかった。

「鷹森さま、もう一振りご覧いただきます」

胴太貫であった。室町時代末期に、肥後の国の刀工たちによって造られはじめた。刀身が肉厚で、通常の刀とことなり、切っ先よりに重心がある。したがって、実際の重量よりも構えたときに重く感じる。が、そのぶん、切っ先が伸びる。

乱世に適した剛刀である。

刀身が二尺五寸（約七五センチメートル）、柄が八寸五分（約二五・五センチメートル）とのことであった。

七左衛門が、語を継いだ。

「島原の乱のころから蔵にしまったままにございます。むろんのこと、ご覧のように手入れはおこたっておりませんが、泰平の世となり、胴太貫をおもとめになるお武家さまはございません。鷹森さまでしたら、じゅうぶんにお遣いになれるかとぞんじます。ごひいきいただいているお礼に進呈いたします。それと、この薙刀と小脇差もお持ちになっていただきたくぞんじます。いずれも、お売りするわけにはまいらぬ品にございます。蔵に寝かせておくよりも、お役にたてていただければ、お殿さまもお喜びになると思います」

真九郎は、七左衛門を見つめた。

表情には一点の曇りもなく、真摯に望んでいるようであった。

「ご厚志、かたじけなくちょうだいいたす。ならば、胴太貫の柄も他と同様に八寸にしてはもらえぬか。それと、脇差はこれで三振りになった。今後しばらくは、脇差は無用に願いたい。あずけてある刀がもどってからと考えておったのだが、これの研ぎもたのみたい」

左脇にある備前をとって七左衛門のまえにおく。

「承知いたしました」

真九郎は、大和と名づけることにした大小を腰にさし、大風呂敷で包まれた備前の脇差と小脇差と薙刀とをもって美濃屋をでた。

七左衛門が見送りに店さきまでついてきた。

刀身は、刃こぼれのぶんだけ研がねばならない。闇との戦いがつづけば、刀身に合わせて鞘を造りなおしてもらうことになる。それでも、いずれは備前も鎌倉もやくにたたなくなる。

そのことを、考えぬではなかった。

高価な業物(わざもの)を幾振りも購(あがな)うことはできない。心苦しいが、宗右衛門らの好意にあまえるしかない。

刀が二振りあっても、なおたりない。いちだんとふかみにはまってきている。

前日未明の朝稽古から、霧月にとりくんでいる。

水の流れは、巌にぶつかれば、左右のいずれかに転ずる。が、霧は上下左右自在である。

足捌きは円を描き、切っ先は球を描く。足を乱さず、円弧、楕円、巴、燕返しと上下左右前後に切っ先を奔らせ球をなす。

いつものように明六ツ（六時）の鐘が鳴るまでの半刻（一時間）、くふうをしながら刀をふるった。むろん、今朝も——。

澄んだ青空から陽射しがやわらかくそそぐ通りを、真九郎は霊岸島に帰った。

四

客間の押入にある刀箪笥に、真九郎は脇差二振りをしまった。もっとも軽い鎌倉の脇差を、当座は腰にするつもりだ。

雪江に薙刀のゆらいを話してから、平助を使いにやって宗右衛門にきてもらった。

客間で対座した宗右衛門に、大和と名づけることにした大小の礼を述べ、いちおうの理由を訊いた。

ともにひとかたならぬ世話になっている和泉屋と三浦屋とで折半にするつもりで、美濃屋にたのんでいたとのことであった。念のために、百膳と浪平との意向を問うと、くわわりたいとのことだった。それで、ほかの弟子筋にも確認したところ、いずれも参加を願った。

そのとき、美濃屋にかかる入用（にゅうよう）は店（たな）の規模におうじて弟子筋でもつことでまとまったのだという。

「……手前のことや三浦屋さんのことは、みなさまぞんじております。いつ危難に遭わぬともかぎりません。それに、鷹森さまは、お江戸の安寧（あんねい）のためにご苦労をなさっておられます。奥さまに娘を弟子入りさせていただいている手前ども霊岸島の商人に、せめてそれくらいのことはさせてくださいませ。昨日（さくじつ）は、三浦屋さんと手分けしてまわり、美濃屋さんにも同道いたしました」

事前に相談すれば、断られると思ったのであろう。

「かたじけない。ご厚志にあまえることにいたす。四阿についても礼を言いたい。これで安心して留守にできる」

「これから寒くなってまいります。人足たちは、弁当もつかえますし、休憩する場所ができるので喜んでおるそうにございます。これまでそのことに思いがおよばなかった手前がいたりませんでした」

宗右衛門は、真九郎の心情に負担をかけまいとしている。

真九郎は、笑みをうかべ、待ってもらいたいと告げ、居間から木薙刀をとってきた。そして、宗右衛門といっしょに大工たちのところに行き、木薙刀を四尺四寸（約一三三センチメートル）に切断させて鉋（かんな）をかけてもらった。

四阿は、横道の板塀に接して建てられている。一間半（約二・七メートル）四方の土間で、左右二箇所に出入り口を設け、胸高までの板壁でかこって腰かけられるようにするとのことであった。冬のあいだは、素焼きのおおきな水瓶を火鉢としておくという。

昼八ツ（二時）の鐘が鳴って小半刻（三十分）ほどたったころ、桜井琢馬がたずねてきた。

真九郎は、平助を制して上り口に行った。

「よっ、とんだ月見になっちまったようだな。ちょいとそこまでつきあってもらいてえんだ」

口調とは裏腹に、一重の眼は刃であった。

「刀をとってきます」

小脇差を寝所の刀掛けにおき、着流しの腰に大小をさした。

脇道を浜町の表通りにむかう。

真九郎は、琢馬の早足に歩調をあわせながら、宗右衛門から聞いたことを告げ、配慮に感謝した。

琢馬が言った。

「それがあんなことになっちまった。風流のわからねえ野暮が斬り殺されにでてきやがったと嗤ってやりてえところだが、おいら、ちっとばかし頭にきてんのよ。三次の野郎もそうだったが、女房子どもに手だしする奴は勘弁ならねえ」

浜町の表通りを左におれた。裏店への木戸をはいっていく。左右に二階建ての裏長屋がならんでいる。

琢馬がその一軒の腰高障子をあけた。

腰かけていた初老の町人があわてて立ちあがった。家主のようだが、小太りの顔に怯えがきざまれている。

「桜井さま、知らぬこととはいえ」

琢馬がさえぎった。

「二度とねえようにするこったな。ここはもういいぜ。あとで戸締りしな」

「はい、それはもう。いくえにもお詫びいたします。まことに申しわけございませんでした」

家主が、額に冷汗をうかべ、ふかぶかと低頭して土間からでてきた。ふたたび腰をおり、逃げるように去っていく。

「まったく」

そのうしろ姿に、琢馬が腹だたしげに舌打ちした。

「いい年齢（とし）こいて鼻の下をのばしやがるから、こういうことになるんだ。……へえろうか」

琢馬が、袂からだした手拭で足袋の埃をはらう。

土間よこに厨（くりや）があり、一階は六畳一間と階（きざはし）したを利用した押入がある。

琢馬が二階にあがっていく。

真九郎はついていった。

二階も六畳間だった。

琢馬が窓の障子をあけた。窓のしたが脇道で、斜めさきに和泉屋裏通りのかどと住まいの格子戸が望める。ここからなら、出入りが一目瞭然である。

真九郎はつぶやいた。

「なるほど」

「そういうこった。すわらねえかい」

腰から刀をはずして、琢馬があぐらをかく。

真九郎は、琢馬の正面にすわった。

「筋書はこうよ」

ここには、出職の錺師が母親とふたりで暮らしている。先月の下旬、大店の手代が、家主に案内されて菓子折と角樽をもってたずねてきた。

用件は、ひと月ほどここを貸してもらえないかとのことであった。

手代が理由を説明した。

さる大店に、子ができなくて嫁ぎさきからもどってきた二十三になる娘がいる。ある日、その中年増が真九郎を見かけて一目惚れしてしまった。

手代にあとを追わせて住まいはたしかめたが、もとより身分違いであり、ご新造さまがいらっしゃることも知っている。

しかし、せめて、しばらくのあいだでいいから、真九郎を見ていたい。

ひと月の借り賃が、口止め料をふくめて十両。家主も、礼に五両だと言われ、人助けだと熱心にすすめた。母親は家主があずかり、錺職は親方の住まいに泊まりこむことで話がついたという。

「……で、この月のあたまから、中年増の別嬪と、下働きの老夫婦がここにいたってわけよ。長屋の連中の話じゃあ、家主のとんまは、その別嬪にのぼせあがり、たのみもしねえのに世話をやきにきてたそうだ。脇道から横道までは和泉屋の地所だが、ここはそうじゃねえ。家主の奴は、今後のこともあるんでこってりと油をしぼっておいた。むろん、十三日の夜から、別嬪と老夫婦は誰も見てねえ。まあ、姿を見せるとは思えねえが、いちおうこの月いっぱいはこのままにしとくよう言ってある。うめえ口実だと思わねえかい」

　真九郎は苦笑した。

「それにしても、ここをひと月のあいだ借りるだけのために、四人の町人と十五両もの大枚をつかっています」

「あと、猪牙舟と船頭、侍(さむれえ)が五名(めえ)だ。連中、ご妻女をかどわかすために、ずいぶんと手間隙(てまひま)をかけてるぜ」

「あのおり、雪江が所持していたのは懐剣だけでした。斬るつもりだったのやもしれません」

　琢馬が見つめる。

　ややあった。

「なあ、武士がお役目に命を賭けられるのは、てめえが死んでも、家名は絶えることがなく、家の者(もん)も暮らしてゆけると信じられるからだ。おいらだって、家の者が狙われてるとなりゃあ、お役目どころじゃねえ。無理もねえとは思うが、そいつはどうかな。おめえさんらしくもねえぜ」

雪江は真九郎の弱点である。それは承知している。しかし、雪江がいると思えばこそ、もちこたえている。

琢馬が身をのりだす。

「考(かんげ)えてもみな。おめえさんのご妻女は薙刀を遣うが、四名(めえ)の侍(さむれえ)に一度にかかられたらどうだい。奴らは、ここを借りた者(もん)らの面(つら)をさらす危険をあえておかしてる。おめえさんの暮らしを調べるためだ。おいらはこう思うぜ。奴らは、おめえさんが遣い手だってことを知ってる。だから、おめえさんの眼と鼻のさきでご妻女をかっさらう。逆上したおめえさんを罠(わな)に誘いこみ、確実に仕留めるためだ。ちがうかい」

あの夜を想いだすだけでじゅうぶんであり、考えるまでもなかった。

真九郎は首肯した。

「そのとおりです。家が見張られていたことにさえ、思いいたりませんでした。お嗤いください」

「いや。さっきも言ったろう、女房子どもを狙う奴は勘弁ならねえって。おいら、おめえさんをまきこんですまねえと思ってるんだ。おれん家のが楽しみにしてるんでな、二十日の昼間は、おいらがいっしょだとご妻女も具合がわるいだろうから、藤二郎と亀に送り迎えをさせる。この一件が落着するまでは、十日と晦日も、和泉屋の人足がいなくなる暮六ツ（六時）からおめえさんが帰ってくるまで、亀をおめえさん家に張りつかせとく。呼子をもってるしな、厨ででも使ってくんな」

真九郎は低頭した。

「かたじけない」

琢馬が、やめてくれというふうに手をふった。

「お奉行も案じていなさる。おめえさんが留守のあいだは、藤二郎の手下が絶えまなくこのあたりを見まわることになっている」

真九郎はかたちをあらためた。

琢馬が制した。

「やめてくんな。闇の奴らが二度とご妻女に手だししようなんて思わねえように、容赦なく叩っ斬っていいぜ」

「我が身はどうなろうとも、そのつもりです」

琢馬が、しみじみと見つめる。

「ただよ、腕の一、二本はかまわねえが、なろうことならひとりは生かしておいてもらいてえ」

「承知しております」

裏店への木戸をでたところで、真九郎は琢馬と別れた。

夕刻、真九郎は、短くした木薙刀をもちいた雪江の稽古につきあった。

膂力では、男が勝る。肝腎なのは、敵と鍔迫合いにならぬことだ。そのためには、敵の太刀筋の見切りと、敵よりも疾い薙刀の扱いとが肝要である。刀身を合わせざるをえないときには、摺り上げや巻きおとしではなく、受け流しに徹する。

いつもよりもながく、とよが廊下に膝をおるまで稽古をつづけた。

柳河藩は、藩祖である立花宗茂が豊臣時代屈指の勇将であった。

豊臣秀吉の朝鮮出兵である文禄と慶長の役でも、わずか三千の手勢で十万余の敵軍を潰走せしめて勇名をとどろかせている。

天下を二分した関ヶ原合戦では西軍に属するが、宗茂は近江の国大津城の攻略にかかっていた。

開城させて関ヶ原方面にむかう途中で西軍の敗報に接する。

関ヶ原後に改易されるが、秀吉が絶賛したその武勇と忠義をおしむ家康に禄高五千石で召しだされる。

二年後に一万石の大名となり、二代将軍秀忠の時代に、豊臣時代の十三万二千二百石から二万二千六百石減らされただけで旧領の柳河に再封された。関ヶ原で西軍に加担して改易となった大名家が数多くあるなかで、わずかな減封だけで旧領に復された立花宗茂は、異数の取立てであった。

それだけに、立花家は尚武の気風が濃い。しかし、この時期、武芸に熱心なのは藩祖いらいの家風のためばかりではなかった。

シベリアから南下をはじめたロシアが、安永七年（一七七八）晩夏六月に蝦夷にあらわれ、松前藩に通商をもとめた。ロシアだけではなかった。寛政年間（一七八九～一八〇一）には、イギリス船も蝦夷地に来航している。

つぎの享和（一八〇一～〇四）になると、三年（一八〇三）初秋七月にアメリカ船が、仲秋八月にはイギリス船がたてつづけに長崎にあらわれた。翌文化元年（一八〇四）晩秋九月には、ロシア船が長崎に来航し、あらためて通商を要求した。

文化二年（一八〇五）初春一月、幕府は、大名ばかりでなく海辺に領分知行を有する幕臣へも触れをだして異国船への対応を指示した。同年の晩春三月、幕府はロシアの通商要請を拒否。すると、その報復のごとく、文化三年（一八〇六）晩秋九月には樺太の松前藩会所が、翌四年（一八〇七）初夏四月には前月から幕府直轄地となった樺太と択捉島の会所がロシアに襲撃された。

そして、文化五年（一八〇八）仲秋八月、長崎でフェートン号事件が勃発した。

イギリス軍艦が、オランダ国旗を掲揚して長崎に入港してきた。イギリス軍艦は、出迎えたオランダ人二名を人質にし、さらにボートをおろして港内をまわるという示威行動までやった。

人質と交換に水と食料をえることで、イギリス軍艦は去った。

その翌日、長崎奉行は罪を謝す上書をしたためて切腹。長崎奉行はイギリス軍艦を攻撃せんとしたが、警備当番であった佐賀藩士が寡兵であったためにはたせなかった。佐賀藩三十五万七千石余の九代鍋島肥前守斉直は逼塞を命じられ、家臣七名が責めをおって切腹した。

近隣諸藩が緊迫したのも当然であった。

しかし、柳河藩主が江戸で評判の団野源之進に出稽古を熱望したのは、フェートン号事件以前である。蝦夷地へのロシアの襲撃と、長崎への異国船のたびかさなる来航を警戒してであった。

柳河藩主は、八代の左近将監鑑寿。初夏四月末に上府した左近将監に、真九郎は端午の節句がすぎたばかりの仲夏五月上旬に拝謁した。

そのおり、剣術指南としての仕官を熱心に勧められたが、真九郎は旧主への恩義を理由に拝辞した。

左近将監は容易にあきらめなかった。他家へ仕官するさいにはかならず断りをいれると約定することで、ようやく許しをえたのだった。

晩秋九月も下旬になったばかりのある日、真九郎は用人の松原右京に稽古後にきてもらいたいと言われた。

右京の用向きは、急な話で申しわけないが、来月から上屋敷と下屋敷とで一日おきの出稽古をお願いできまいかというものであった。

下谷御徒町の上屋敷と浅草鳥越の中屋敷とは、距離にして三町（約三二七メートル）ほどしか離れていない。通りを行っても六町たらずである。しかし、上屋敷が一万六千余坪もあるのにたいし、中屋敷はわずか三千坪余であった。

立花家は、浅草はずれの坂本村に一万三千坪弱の下屋敷がある。

ほかに抱屋敷もある。抱屋敷とは、幕府から拝領した屋敷地のほかに、地所を借りるなりしている屋敷地のことだ。

妻子ある定府の者は、抱屋敷や下屋敷に住み、上屋敷なり中屋敷なりにかよっている。参勤交代で上府して残った家臣の長屋も下屋敷にある。

左近将監の内意は、定府組の子弟にも剣術を学ばせることと、無聊におちいりがちな逗留組の志気をひきしめることにあった。

上屋敷のある下谷御徒町からならさほどのこともないが、霊岸島からとなると遠い。駕籠代として、季節ごとに四両を下賜するとのことであった。

真九郎は、数日の猶予を願った。師と相談せねば返答しかねる事柄だ。

翌日の稽古後、本所亀沢町の道場に師の源之進をたずねた。真九郎に仕官の意思がないのであればと、源之進は承知し、季節ごとの駕籠代はじかにうけとるようにと申しそえた。

つぎの日、早めに上屋敷に行った真九郎は、松原右京に面談を願って師の許しをえたことをつたえた。右京が、満足げにうなずいた。

偶数日が上屋敷道場、奇数日が下屋敷道場にきまった。十日と二十日は団野道場にかよう。真九郎にとっても好都合であった。

江戸時代、ひと月は二十九日と三十日だが、交互であるとはかぎらなかった。それに、大の月である三十日も、年に六回か七回と一定しなかった。たいがいの暦は、一枚刷りで、その年は何月が大の月かを表わしていた。

昼九ツ（正午）に稽古を終え、神田鍛冶町の美濃屋によった。

あがらずに腰かけ、七左衛門と話した。

竹刀（しない）と防具一式をとどけるよう言って値を訊くと、七左衛門が、半期ごとに和泉屋さんからいただくことになっておりますとこたえた。真九郎は、道場での稽古用ゆえそうはいかぬと断り、値を聞いて払った。

浅草方面で行ったことがあるのは、過日の浅草寺（せんそうじ）までだ。下屋敷の場所も知らない。

真九郎は、藤二郎に通い路を相談することにした。

この日、雪江はこの年最後の花を生けに菊次に行く。二十日は、西陣の袋にいれた短（みじか）薙刀を亀吉（かめきち）にもたせている。

ふだんの藤二郎は琢馬の見まわりの供をしている。いそぐ用向きではないがよってほしいときくにたのみ、真九郎は畳の間の框（かまち）に腰かけた。

雪江の生花は、とよに教えながらであった。とよは真剣な眼差（まなざし）で雪江の指示にしたがい、鋏（はさみ）をつかう手もとを見つめていた。

こういうときの雪江は、やはりどう見ても、武家の妻女である。

それからほどなく、菊次をでた。

夕七ツ（四時）から半刻（一時間）ほどして、藤二郎がきた。

上り口にすわって話した。

立花家は十万石をこす大名である。藤二郎は、さすがに下屋敷の場所まで知っていた。

真九郎は、来月から月のはんぶんは下屋敷にかよわねばならなくなった理由（わけ）を説明し、できれば駕籠でなく舟にしたいのだがと言った。

藤二郎がうなずいた。

浅草御蔵の八番堀よこから鳥越川にはいり、新堀（しんぼり）川におれれば、つきあたりに立花家の下屋敷がある。しかし、新堀川は狭いうえに、ほとんどが寺社地をゆくので、朝は寺にものをはこぶ荷舟でこんでいる。

それより、大川をそのままのぼっていき、山谷（さんや）堀から歩くほうが、吉原がよいのための船宿や辻駕籠などもあるので便利とのことだ。

真九郎は、山谷堀から下屋敷までの距離を訊いた。

「たしかじゃありやせんが、たぶん十町（約一・一キロメートル）かそこいらで。明日（あす）にでも、亀に近道をさがさせておきやす。最初におでかけになる日におつれになっておくんなさい」

「かたじけない」

「おやすいご用で」

藤二郎が帰ったあと、真九郎は袴姿にきがえた。腰に脇差をさして鎌倉を左手でもち、居間の障子をあけると、庭のかどから宗右衛門があらわれた。

「鷹森さま、おでかけでしょうか」

真九郎はうなずいた。

「立花家の下屋敷へもかようことになったゆえ舟をたのまねばならない。銀町の浪平へまいるのだが、急用かな」

「いいえ。その件で藤二郎親分がおよりでした。手前もお供させていただいてかまいませんでしょうか」

「それはかまわぬが……」

真九郎は眉根をよせた。

宗右衛門がほほえむ。

「鷹森さま、取引にはこつがございます。手前におまかせくださいませ。では、店のまえでお待ちしております」

一礼した宗右衛門が踵を返した。

浪平までの道すがら、真九郎はくわしく話した。

宗右衛門が、浪平の亭主とかけあった。

初冬十月の三日から朔日と十五日をのぞく奇数日の送り迎えを、晴れた日は猪牙舟で、雨か雪の日は屋根船にして、月に一両、季節の末ごとに三両支払う取り決めをした。

帰り道で、真九郎は言った。

「三両でよいのか。さきほども申したが、立花家からは駕籠代として四両いただける」

「鷹森さまはそっくりわたすつもりではございませんでしたか」

「そのとおりだ」

「だからでございます。猪牙舟だけの往復でしたら、半月で一両もかかりません。屋根船のほうが多くなれば一両ではたりません。ですが、毎月一両、季節ごとに三両はいるのです。浪平さんにとってはけっして損な取引ではございません」

「そういうものか」

「はい」

宗右衛門が笑みをこぼした。

翌日も秋晴れだった。

昼九ツ（正午）すぎ、真九郎は江戸湊の空からふりそそぐやわらかな陽射しをあびながら帰路についた。

新シ橋で神田川をわたる。

柳原土手は、浅草御門から筋違橋御門までおおよそ十三町（約一・四キロメートル）にわたって幾多の柳が植えられた土手である。

広い柳原通りを両国橋方向に斜めによこぎって豊島町と富松町のあいだの通りにはいる。斜めに大川方面へむかう通りは、横山町一丁目で丁字路になっている。

右へ行った二町半（約二七三メートル）ほどさきに、浜町川の緑橋がある。

緑橋から河口の川口橋までのあいだに六本の橋がある。そのいずれかで対岸にわたる。

高砂橋をわたった。二町（約二一八メートル）たらずのところに、入堀に架かる入江橋がある。入堀は堀留になっていて、つきあたりが銀座である。

銀座があったのは現在の中央区日本橋人形町一丁目である。金座は、御堀（外堀）の常盤橋まえにあった。現在の住所は中央区日本橋本石町二丁目で、日本銀行本店がある。

入江橋をこえ、つぎのかどを右におれて武家地にかこまれた松島町へむかう。

松島町には、大店はなく、周囲の武家地を相手にした雑多な商いと、食の見世とが通りに軒をならべている。松島町からは、掘割に架かるちいさな橋をわたってまっすぐ行き、箱崎川にでる。たいがいは永久橋から箱崎にはいるが、ときには行徳河岸の崩橋から湊橋とたどって霊岸島に帰ることもある。

江戸は、歴然としている。町家は家屋が密集して人が往来し、武家地にはいったとたんに閑散として樹木が空を覆う。

松が多いのは、地震のときはその根元にゆけとつたえられているからだ。松はしっかりと根を張るので地割れがしないと信じられていた。

掘割にめんした東かどに松島稲荷がある。かどをまがり、稲荷を背にしてほどなく、真九郎は背後の気配を感取した。

通りは、町家の男女（なんにょ）がゆきかっている。気配を殺しているがゆえに、かえってわかる。耳朶（じだ）の裏に、かすかな悪寒（おかん）のごときものがある。

掘割に架かる橋に躰をむけながら、ちらっと眼をやる。

僧侶の恰好だ。白衣（びゃくえ）のうえに黒の法衣をまとい、荒縄で腰をむすんでいる。杖（じょう）をもち、頭は黒塗りふかめの雲水笠（うんすいがさ）だ。白足袋に白脚絆（きゃはん）、足は草鞋（わらじ）。

口もとと顎に見覚えがある。

居合遣いだ。

名さえない橋でも、通りから盛り土がされてまるみをおびて架けられている。

橋を背にしてたもとからの短い坂をおりる。武家地にはいったとたんに、町家のにぎわいが消えた。

五間（約九メートル）ほどのところで、居合遣いが橋をわたったのがわかった。

前方には誰もいない。箱崎川までの四間（約七・二メートル）幅の通りにいるのは、おのれと背後の居合遣いだけだ。橋から箱崎川までは三町（約三二七メートル）たらず。辻番所もない。

背後から徐々に差をつめてくる。

なかほどまできたところで、真九郎は立ちどまり、ふり返った。

彼我（ひが）の距離、ほぼ四間。

居合遣いが言った。

「気づいておったようだな」

「過日も申したはず、面体を隠す者には用心しておるとな」

「隠さざるをえなくなったは、おぬしのせいだ。礼をさせてもらう」

居合遣いが、左手の杖に右手をそえる。

真九郎は、風呂敷包みを塀ぎわに投げ、鯉口を切った。

居合遣いが、腰をおとし、摺り足でちかづいてくる。

真九郎は訊いた。

「去る十三日、大川で妻を襲わせたはそこもとのさしがねか」

「小細工は無用だと申したのだがな」

「芝の鹿島明神（かしまみょうじん）ちかくの松原。その姿で油断させたか」

「……………」

三間（約五・四メートル）。

真九郎は、草履をぬいでうしろにやった。

鎌倉を抜き、青眼にとる。

杖の長さは四尺五寸（約一三五センチメートル）余。居合の勝負は鞘内（さやうち）にある。杖にどれほどの刀身がしのばせてあるのか、それがわからぬうちはうかつに踏みこむわけにはいかない。

真九郎は、いきなり言った。

「黒子（こくし）」

居合遣いの足がとまる。

驚愕を隠すのにしくじったのを悟ったようだ。

「どうしてそれを。……ますますもって、生かしておくわけにはゆかぬ」

居合遣いが、杖の尖端を後方にあげ、いちだんと腰をおとした。

真九郎は、鎌倉の切っ先を居合遣いの眉間に擬した。

居合遣いが、じりっ、じりっ、と迫ってくる。が、いまだ殺気を発していない。

まもなく、二間（約三・六メートル）。

ふいに、居合遣いが構えをといた。

真九郎も、背後で門がひらく音を聞いた。

「ちッ、冥加（みょうが）な奴。その命、いましばらくあずけておく」

数歩あとずさって踵（きびす）を返し、駆け去っていく。髪が見えぬように、鼠（ねずみ）色の手拭で頭部をくるんでいる。

四十前後であろうが、そのわりには俊敏（しゅんびん）な身のこなしだ。

懐紙一枚で鎌倉にぬぐいをかけ、鞘にもどした。袂から手拭をだして、足袋の裏をていねいにふきとり、草履をはく。

塀ぎわの風呂敷包みも埃をはらう。

羽織（はおり）袴姿の供侍二名が、左手を鯉口にそえて小走りにやってくる。半町（約五五メートル）ほどさきの門前で、大身旗本の乗物（武家駕籠）を家臣たちが護っている。

二間余で立ちどまった三十なかばの年嵩（としかさ）が、するどい語調で言った。

「僧侶に刀をむけていたようだが、なにごとでござる」

真九郎はこたえた。

「あの法衣は偽り。もっておったは仕込み杖(づえ)でござる。それがしは、本所亀沢町、団野道場の師範代で鷹森真九郎と申しまする。ご不審があれば、いつなりとも道場に師をおたずねいただきたい。浜町河岸で、辻斬があったと聞きおよんでおりまする」

「辻斬。昼日中(ひるひなか)から……」

年嵩が絶句した。

「さよう。ご用心なされよ」

「かたじけない。ご無礼つかまつる」

ふたりが、背をむけ、駆けていく。

真九郎は箱崎川へむかった。報告を聞いた家臣たちが、警戒をとくことなく左手を鯉口にあてて乗物をかこんでいる。

そのかたわらを、真九郎は会釈してとおりすぎた。

居合遣いが、松島町からさきまわりすることはむずかしい。だが、浜町河岸に猪牙舟を待たせてあるなら、できなくはない。

警戒をゆるめることなく霊岸島に帰った。

雪江には話さなかった。

中食のあと、平助を菊次へ使いにやり、琢馬に話したいことがあるのであとで迎えをよこしてもらいたいとつたえさせた。

夕七ツ（四時）の鐘から小半刻（三十分）ほどして、亀吉が迎えにきた。

真九郎は、着流しの腰に鎌倉をさした。

今朝の稽古から、昨日（さくじつ）とどけられた胴太貫をつかっている。しかし、他出はつねに鎌倉にしていた。居合遣いの疾さを考えてだ。

座敷のいつもの位置にすわると、すぐにきくが食膳をもってきて、酌をして去った。

琢馬がうながした。

「なにかあったのかい」

「ええ」

真九郎は、帰路でふたたび居合遣いに狙われた詳細を語った。

琢馬が、腕組みをほどいた。

「するってえと、吉沢さんを殺（や）ったのは、そいつでまちげえねえんだな」

「そのように思います」

「ありがとよ。たしかめさせてくんな、身の丈は五尺四寸（約一六二センチメートル）

あまりだったな」

「そうです」

「浜町河岸が町人、つぎが侍、今度は坊主か。おめえさんが言ってたように、坊主の恰好で吉沢さんを油断させたにちげえねえ。二度めはなりにくふうをしてたんだよな」

真九郎は首肯した。

「よし、わかった。おいらはすぐにもお奉行にご報告しなくちゃあならねえ。わるいが、行くぜ」

第四章　月下悽愴

一

「おはようございやす」

表の格子戸が開閉して、亀吉があかるくはずんだ声をだした。

初冬十月三日の朝、下屋敷の道場に行く初日だ。防具と稽古着を包んだ風呂敷が竹刀とともに上り口にだしてある。

雪江が見送りについてきた。

顔をほころばせた亀吉が、風呂敷包みを背おい、竹刀をもっていた。

真九郎はほほえんだ。

「亀吉、雑作をかけるな」

「とんでもございやせん。お大名屋敷に、脇のくぐり戸じゃなく正面の門から大威張りでへえっていけるんでやす。こんなこたあ、もういっぺん生まれかわったって、あるかないかで」

亀吉が、しんそこ嬉しそうに顔をかがやかせる。その無邪気な晴れがましさが、こちらの内奥をもあたたかく満たし、おのずと笑みがうかぶ。

「そうか。では、まいろうか」

「へい」

亀吉が格子戸をあける。

「行ってらっしゃいませ」

真九郎は、雪江にうなずき、表にでた。

昨日の稽古のあと、用人の松原右京に、袱紗に包まれた冬の駕籠代四両をわたされた。右京が、明日は殿が稽古をご覧になられます、と告げ、これから泊まりがけで準備にまいると言った。

和泉屋まえの桟橋に舫われた猪牙舟で、多吉が待っていた。

猪牙舟が、新川から大川にでた。

川面は、中小の舟でにぎわいはじめている。

多吉が力強く艪を漕ぐ。

朝陽を浴びてきらめく大川を、猪牙舟がすべるようにのぼっていく。永代橋、新大橋、両国橋と通過し、やがて、吾妻橋も背にした。

隅田川にめんした山谷堀の南岸突端に、向島の三囲稲荷まえとをむすぶ竹屋ノ渡がある。浅草では待乳ノ渡とも呼ばれていた。すぐのところに、風光明媚で文人や絵師が好んで題材とした小高い待乳山聖天宮があるからだ。

山谷堀にはいってすぐの今戸橋をくぐり、つぎの新鳥越橋まえの南岸桟橋に、多吉が猪牙舟をつけた。

新鳥越町一丁目から三之輪町までのおおよそ十三町（約一・四キロメートル）にわたって築かれた土手が、日本堤である。諸大名が参画する天下普請であったことから、それにちなむ名だともいう。

山谷から吉原へおれるかどにある見返柳までが〝土手八丁〟と呼ばれていた。しかし、正確には六町（約六五四メートル）余しかない。

八の字が末広がりであることから、江戸八百八町とおなじく比喩と語呂である。土手八丁は実際の距離より短いが、江戸八百八町のほうは、寛政三年（一七九一）の調べで倍以上の千六百七十八町をかぞえている。人口が百十万余だ。

亀吉が、日本堤へはむかわず、西方寺から遍照院へとぬけ、門前町を西にすすみ、つぎの通りを左におれて、すぐさきの右にある延命院にはいった。

境内をつっきって裏の通りにでると、大名屋敷のかどであった。出羽の国本荘藩二万二十一石六郷家の下屋敷だ。

一万一千坪余の六郷家下屋敷をあとにすると、あたりはわずかな百姓家が点在するばかりの田畑がひろがっていた。

真九郎は、心なつかしい野の香りを嗅いだ。古里の今治は、三万五千石のちいさな城下町である。

三歩うしろを、亀吉がかろやかな足取りでついてくる。

二町（約二一八メートル）ほど行った雑木林のかどをまがったさきに、立花家下屋敷とほかの大名屋敷や武家屋敷があった。

真九郎は、門番に名のった。

ほどなく、羽織袴の若侍がきて、ていちょうに案内した。

門前まで鼻高々であった亀吉が、物珍しげにあたりをきょろきょろと見まわしながらついてくる。

道場まで荷をはこばせ、亀吉を帰した。

亀吉は多吉の猪牙舟でもどる。昼九ツ（正午）すぎには、迎えの舟が桟橋で待っている。

秋分から冬至にむかって、昼は短く、夜は長くなっていく。稽古は、上屋敷とおなじく朝五ツ（冬至時間、八時四十分）からはじめた。

中屋敷から上屋敷道場にかよっている門人たちの幾名かもきていた。新たな門人の最年少は九歳であった。

国もとで竹田道場にかよいはじめたのが、その年齢だった。早い者は、八歳くらいから道場にかよう。真九郎は父から手ほどきをうけていたのだが、先代主君に招聘された竹田作之丞が道場をひらいたのを機に入門したのだった。

朝四ツ（十時二十分）まえに、左近将監が道場にきた。

神棚を背にした上段の畳に、老職たちをしたがえて居並び、半刻（五十分）ほど家臣たちの稽古ぶりを熱心に見つめていた。

昼九ツ（正午）に稽古を終え、井戸端で諸肌脱ぎになって汗をぬぐっていると、若侍がきて、松原右京が待っていると告げた。

真九郎は、きがえ、若侍についていった。

主君がことのほかご機嫌うるわしかったむねを、右京が相好を崩して話した。

用向きはそれだけだった。

「それはよろしゅうござりました」

真九郎は、笑顔でこたえた。

主君の喜びは、我が喜びである。昨日から泊まりこみでしたくにあたった右京は、満足げであった。

にこやかにうなずく右京に挨拶し、真九郎は辞去した。

稽古着を包んだ風呂敷をもって山谷堀にむかう。

迎えも多吉がきていた。

上屋敷から帰るよりもむしろ早いくらいに、霊岸島四日市町についた。


十日の宵。

道場での研鑽後の酒宴で、源之進が下屋敷道場でのようすを訊いた。

「じつは……」

真九郎は、微苦笑をうかべた。

五日、稽古をはじめてほどなく、三名が着替えもせずにずかずかと道場にはいってきた。いずれも二十代なかばで、骨格たくましく、陽に焼け、腕に覚えありと言わんばかりの傲岸不遜さだった。睥睨せんばかりの三名に、稽古の音と声がやんだ。

道場は、初日よりも人数が減っていた。左右のふたりをしたがえて一歩まえを大股でやってくる者が多少遣うであろうのは足はこびでわかった。

立ちどまるなり、野太い声をだした。

「それがしども、国もとでは竹刀防具などというまだるい稽古はしたことがござらぬ。ご指南に、ぜひとも木刀にて一手ご教授願いたい」

声も太いが、首も太い。尖ったおおきな喉仏が上下する。虚勢だ。

若いな、と真九郎は思った。

町家であれば、道場破りである。断れば、いっきょに門人が減るだけでなく、直心影流団野道場の名にも疵がつく。

真九郎は、静かな口調でこたえた。

「こころえた。したくをなされよ」

喉仏が、ばかにするなと言わんばかりに口をへの字にした。

「いや、このままでけっこうでござる」

柳河城下では知られた遣い手なのであろう。

真九郎は、門人たちに声をかけた。

「左右にひかえてくれ。それと、木刀をたのむ」

籠手（こて）と胴をはずすと、中屋敷からかよってきている若い門人がうけとりにきた。指南する立場にあるので、めったに面はかぶらない。

真九郎は、神前にむかって右手に移動した。

二つか三つ年下であろう。おのが技倆（ぎりょう）を過信しすぎている。これ見よがしに木刀に素振りをくれ、傲慢な眼差（まなざし）をなげた。

こちらは主君に任じられた指南である。礼を失するふるまいであることにすら気づいていない。

真九郎は、内心でほほえんだ。

喉仏が、ようやく正面にきた。身の丈は五尺五寸（約一六五センチメートル）。浅黒い面体（めんてい）が、江戸の道場剣法なにするものぞと語っている。しかも、たかが師範代ではないか。

過信と未熟とは表裏なのだ。

真九郎は、柔和（にゅうわ）な表情で言った。

「では」

木刀を青眼にとる。

喉仏が、青眼から右上段にもっていく。

木刀での稽古は寸止めが鉄則である。さもないと、木刀とはいえ、打ちどころがわるければ死にいたる。

喉仏に寸止めの意思がないのを、真九郎は見てとった。殺気にちかい気迫を放っている。それを察した道場の両脇で、漣のごときざわめきがおこった。

浅黒い面貌が充血していく。

真九郎は、自然体のままであった。

「リャーッ」

喉仏が満腔からの気合を発してとびこんできた。

後の先。たわめた枝がしなるように足をはこぶ。くふうしつつある霧月を遣う。木刀を合わせることさえなかった。小手と脾腹を打つ。が、相手がたしかにわかるていどにとどめた。

すれちがい、踵を返す。

下段にとった切っ先を右に返し、真九郎はつつっと詰めていった。

ふり返って青眼にとった喉仏が、あとずさっていく。

真九郎は、喉仏の眼を見すえ、容赦なく迫っていった。仲春二月いらい、いくたびも生死のやりとりをしてきている。おのずと、気迫がちがう。

壁ぎわに居並んでいた門人たちが左右に割れる。

板壁に背が張りつくまで追いつめる。木刀を青眼に構えたまま、左右へ動くこともかなわず、額に汗をにじませている。

真九郎は問うた。

「武士が剣の修行をおこたらぬは、主君の馬前でお役にたたんがためとこころえる。稽古で疵をおうは、かえって不忠とぞんずるが、いかが」

眼から、傲慢な光が失せる。

「まいりました」

真九郎は、うなずき、三歩ひいて、構えをといた。

喉仏が、木刀を返すと、残りふたりに首をふり、去っていった。

団野道場の高弟のなかではもっとも歳の若い朝霞新五郎が、不満げに言った。

「鷹森さんはやさしすぎます。それがしなら、多少痛めつけてやりました。生兵法は大怪我のもとだと教えてやったほうが、その者たちのためです」

新五郎は、小普請組御家人の次男で、家族が多い。内職もしているそうだが、いまはもっぱら新五郎の給金で生活をささえている。この春にあった養子縁組の話を、相手があまりにもおかちめんこなので断ったとは当人の弁だが、むろんそうでないのはみなが承知している。

師にちかい上座で、小笠原久蔵が首をふった。

久蔵も、小普請組御家人である。年齢は三十六で、両親のほかに妻女と子がふたりある。住まいは、新五郎も久蔵も本所だ。

「新五郎、おぬしなら、さしずめ、三人まとめてかかってこいとあおっただろうな」

「そのほうが手間がはぶけます」

「呆れた奴だ」

笑みをうかべてふたりのやりとりを聞いていた源之進が、真九郎に顔をむけた。

「それで終わりではあるまい」

「はい。翌々日に、その三名をふくむ五人が在府のあいだ入門したいと申してきました。昨日、さらに人数がふえました」

「その者を相手に遣ったのは弧乱かな」

「いいえ。ただいまくふうをいたしております」

「やはりな。得心がいったら見せてもらえまいか」

「かしこまりました」

「そうか、弧乱をさらにくふうしておるのか。それは楽しみだ」

久蔵の正面にいる水野虎之助が言った。

虎之助は、久蔵より一歳下だが、高弟の最古参だ。二百二十石の旗本で、やはり小普請組である。真九郎をふくむ残り三名が、主家を離れた身分だった。

いつものように夜五ツ（七時二十分）すぎに、団野道場をあとにした。

道場をでる刻限はほぼきまっている。これまでは、日本橋長谷川町に住んでいたころにそうしていたので、霊岸島に移住してからも、団野道場からの帰路は両国橋をわたっている。

永代橋では遠回りになる。新大橋ならそれほどのちがいはないが、浜町川からの筋道がこれまでとおなじだ。

この夜は、永代橋から帰ることにした。

高弟の誰もが、口にだしてこそ言わないが、またしても厄介ごとにかかわりが生じたことに気づいているようであった。道場をでたところで、今宵は永代橋から帰るむねを告げると、みなが黙ってうなずいた。

竪川を二ツ目之橋でわたったつぎの通りまでは、水野虎之助といっしょである。

亀沢町は武家地にかこまれている。町家は、回向院の周囲と、竪川ぞいにあるだけだ。竪川に架かる二ツ目之橋を背にしたところで、虎之助が声をかけてきた。

「口はばったいようだが、いいかな」

真九郎は、虎之助に顔をむけ、目礼した。

「人にはそれぞれ定められた道があるように思える。これが新五郎なら、喜んで貴公になりかわりたいと申すのであろうがな」

苦笑をおさめ、真九郎は礼を述べた。

「ご心配をおかけし、恐縮にぞんじます」

「泰平の世では、武士であらんとすることさえが茨の道だ。生きるとは、むずかしいものよな。では、ここで失礼する」

本所林町一丁目の四つ辻で虎之助と別れた。

道場にかよっている高弟のなかで、中伝の目録をえたのは虎之助がもっとも早い。つぎが小笠原久蔵である。

温厚な人柄の虎之助が望めば、大名家へ剣術指南役としての仕官もできなくはない。が、それは、旗本の身分を捨てることを意味する。

竪川は、本所と深川との境である。

小名木川にむかっていた道を、深川北森下町てまえで五間堀にそって斜め右におれた。つきあたりは、大川にもっともちかいところで竪川と小名木川とをむすんでいる六間堀である。

堀の名は幅をあらわしている。すなわち、五間堀が幅約九メートル、六間堀が幅約一〇・八メートル。

初冬の町家は人影もなく、ところどころで縄暖簾の腰高障子が灯りを映しているだけだ。

金子のめんでは、霊岸島の商人たちにささえられ、おのれはめぐまれすぎている。いっぽうで、その代償でもあるかのごとくに、危難がつぎつぎと襲いかかってきている。

浪々の身となったからには、江戸の片隅で、雪江とふたり、つつましく暮らしていければよい。国もとをたちのく決意をし、東海道を江戸へとむかいながら、そう考えた。

そして、日本橋長谷川町の裏長屋でそのような暮らしをしていた。

中橋で六間堀の右岸にわたる。

途中で左におれて御籾蔵よこの道をゆけば、新大橋まえにでる。

御籾蔵は、幕府の救米蔵である。寛政の改革で、町入用の七分積立制をもとにして建てられた。松平定信がおこなった善政のひとつである。

真九郎は、堀ぞいに小名木川にむかった。大川と小名木川と六間堀とにめんして紀州徳川家の拝領屋敷がある。

拝領屋敷とは、上、中、下のほかに幕府からあたえられた屋敷地をいう。

御籾蔵を背にして、通りをはさんだ深川六間堀町もすぎた。

小名木川まで一町（約一〇九メートル）ほどになったとき、紀州家拝領屋敷のかどから人影があらわれた。

提灯をもたず、六尺（約一八〇センチメートル）棒を手にしている。

六尺棒は、径が一寸（約三センチメートル）で八角。おもに修験者が金剛杖としてもちいる。

雲間から上弦の月が顔をのぞかせた。

恰好は中間である。

真九郎は、背後に眼をやった。六間堀町と御籾蔵との通りから、おなじように六尺棒をもった中間がでてきた。

片方が白壁の塀、片方が掘割。小名木川ぞいと御籾蔵よこの通りまえとに橋がある。

六間堀の対岸も大名屋敷だ。

塀ぎわに風呂敷包みをおいて小田原提灯の柄をさす。背をのばして塀を背にし、左手を鯉口へもっていく。

ふたりが、むぞうさにちかづいてくる。が、足はこびに隙がない。

刺客一味には中間姿の者が二名いる。

四間（約七・二メートル）ほどのところで、ふたりが立ちどまる。

背恰好は、ふたりとも五尺四寸（約一六二センチメートル）ほどだ。六間堀町のほうが、ややなで肩である。

小名木川のほうが言った。

「気づいたようだな。帰り道をかえてもむだよ」

「居合(いあい)遣いはいっしょではないのか」

「野暮用があってな」

「……」

胸がしめつけられる。

亀吉がいるだけだ。居合遣いが家にむかい、足止めにこのふたりがあらわれたのだとしたら――。

雪江は薙刀(なぎなた)を遣う。が、居合遣いの敵ではない。

真九郎は、亀吉の人なつっこい顔を想(おも)いうかべた。亀吉を生かしておく理由はない。

しかし、雪江は……。

——生きていてくれ。さすれば、なんとしてでも救う。

叫び、駆けだしたい思いをこらえ、真九郎はゆっくりと息を吸い、はいた。

——おちつくのだ。焦りをさそうための策だということもありうる。

ふたりともかなりの心得がある。雑念をはらって当面の敵に対する。さもないと、不覚をとりかねぬ。

小名木川が、六尺棒のさきをはらった。七寸（約二一センチメートル）ほどの穂先が、月光をあびて鈍く光る。六間堀町も、払った鞘部分を帯にさしている。

「そのほうら、ただの中間ではあるまい。武士だな。浜町川の辻番ふたりは、心の臓を一突きで殺され……」

小名木川が怒鳴った。

「黙れッ。きさまは知りすぎておる。死んでもらう」

真九郎は、鯉口を切り、鎌倉を抜いた。

月が雲に翳る。黒い幕をひくように、宵闇がかぶさってくる。背後の小田原提灯とわずかな星明かりがあるだけだ。

右足を半歩踏みだして鎌倉の刀身を寝かせ、切っ先を小名木川にむける。六間堀町からは中段霞の構えになる。

ふたりが手槍を構え、慎重な足はこびでまを詰めてくる。

静から動へ――。

小名木川へするどい一瞥をなげ、六間堀町のほうへ駆ける。

六間堀町が腰をおとして手槍を構える。小名木川が追ってくる。六間堀町との間合を割る。手槍の穂先が、水月にくる。

駆けながら弾きあげ、鎌倉を逆胴に奔らせる。

六間堀町が、手槍後端ちかくでうける。樫の乾いた音が、夜陰をつらぬく。

走りながらの斬撃に威力がないのは承知のうえだ。

駆けぬけ、五間（約九メートル）ほどで立ちどまり、ふり返る。

ふたりが横並びにひらいている。これで正面から対するだけですむ。鎌倉の切っ先を左右のいずれへでも転じられるように青眼にとり、詰めていく。

いまは寸暇が惜しい。

くふうしつつある霧月は、弧乱の疾さに、緩と急、柔と剛とを織りまぜんとしている。

それを、変幻自在にふるう。

小名木川が右の塀より、六間堀町が左だ。

道のなかほどを迫っていく。

二間半（約四・五メートル）。

ふいに左に転じる。

六間堀町が堀端に跳ぶ。右手一本での横薙ぎ。

狙いどおりだ。踏みこんで穂先のしたを打つ。右足を軸に回転。六間堀町が手槍をひく。剣風を曳いた鎌倉が手槍を巻きあげる。間合を割り、袈裟懸け。

肉が裂け、手槍をにぎらんとしていた左腕が断たれておちる。

「うぐっ」

血飛沫をさけ、身をひるがえしながら右斜めまえへ跳ぶ。

両足が地面をとらえる。すぐさま左手で柄頭をにぎり、青眼にとる。

いたところを突き刺した小名木川が、手槍をひき、睨みつける。雲間にでた月が、憤怒の形相を照らす。

とびこんできた。

顔、喉、水月、腹、腿。矢継ぎ早に手槍を繰りだす。

そのことごとくを、撥ねあげ、弾き、打つ。

踏みこまんとすると、足を狙いながらひき、刀の間合にはいらせまいとする。

左胸、右胸、帯、肩。月光をあびた穂先が、息つぐまもなく襲いくる。疲れるようすもなく、手数をだしてくる。よほどの鍛錬だ。

それでも、徐々に、小名木川を堀端へと追いつめていった。

左足をおおきくひいて躰（からだ）を横向きにした小名木川が、手槍を霞上段に構えた。足裏の長さだけ、左足がまえにある。

真九郎は、左半身（はんみ）の青眼にとった。

小名木川が、腰をおとして左足を踏みこむ。左手一本での突き。穂先が迫る。

弾きあげてとびこむ。鎌倉が神速（しんそく）の弧を描いて胴を薙ぐ。半纏（はんてん）と脾腹を裂いて、鎌倉がぬける。

「ぐえっ」

手槍がおち、小名木川が膝からくずおれ、つっぷす。

半身となった残心の構えをとき、肩でおおきく息をする。鎌倉に血振りをくれ、懐紙（かいし）でていねいにぬぐい、鞘におさめる。

塀ぎわから風呂敷包みをとって小田原提灯の柄とむすびめをもち、御籾蔵へひき返した。

紀州家は、大川と小名木川にめんしたかどに一手持（いってもち）辻番所がある。御三家の辻番所だ。誰何（すいか）され、とどめられるおそれがある。

六間堀町と御籾蔵とのあいだの道にはいる。人影はない。が、いくつか縄暖簾の灯りがある。

真九郎は、はやる心をしずめた。

新大橋をわたる。浜町川河口の川口橋よこにも辻番所がある。そこまでは駆けるわけにはいかない。

川口橋を背にしたところで、真九郎は走った。永久橋をわたって、右におれる。箱崎町の裏通りを行き、横道から表通りにでる。

正面が湊橋だ。

木戸を走りぬけ、浜町の表通りから脇道にとびこんだ。

格子戸から灯りがもれている。異変があったようには見えない。しかし、安心するのは早い。

真九郎は、格子戸をあけた。

「雪江ッ」

衣擦れの音とともに、雪江が小走りにやってきた。

眼をみはっている。

「どうかなさいましたか」

真九郎は、ようやく安堵した。

「なにごともなかったようだな」

「はい。……では、またしても」

表情を曇らせた雪江に、真九郎はうなずいた。

「雪江が無事なら、それでよい」

小田原提灯と風呂敷包みをわたして、袂から手拭をだし、顔の汗をふいた。

亀吉がきた。

「お帰りなさいやし。旦那、なにかあったんですかい」

「亀吉、藤二郎につたえてもらいたい」

場所を話し、浜町川の辻番ふたりを殺めた者たちだと思うとつけくわえた。

「それと、どこぞで今宵も辻斬があったやもしれぬ」

「承知しやした」

顔面をひきしめた亀吉が、土間から表にとびだし、駆け去っていった。

真九郎は、格子戸をしめた。

「水を一杯くれぬか」

「はい」

雪江が、とよを呼んで言いつけた。

居間にはいり、とよが井戸からくんできた冷たい水で喉をうるおす。茶碗をうけとった雪江が盆におく。

盆をもったとよが、障子をしめて去るまで待ち、真九郎は雪江に顔をむけた。

「雪江は、わたしの命だ。危ういめに遭わせたくない。立花侯に願い、柳河ご城下へまいってもよいと考えている」

新大橋をわたって足早に帰路をたどりながら、雪江の無事を祈り、思ったことだ。

畳に眼をおとしていた雪江が、顔をあげた。

「それほどまでに案じていただき、嬉しゅうござります。ですが、それで悔いはございませぬか。わたくしも武家の妻です。お留守を護れぬおりは、自害いたすだけの覚悟はできております」

おのれのことのみを考えていた。囚われ、辱めをうけるくらいなら自害する。雪江の立場としては、当然そうなのだ。

真九郎は、おおきく息をした。

「許してくれ。わたしよりも雪江のほうが強い」

雪江が、かすかにほほえみ、首をふった。

「わたくしこそ、言いすぎました。お許しください。あなた、きがえませぬと」

「いや、藤二郎か桜井さんがくるかもしれぬ。すこしでいいから酒のしたくをしてくれ」

しばらく、雪江の酌で飲んでいた。

夜四ツ（九時四十分）の鐘が鳴ったが、藤二郎も桜井琢馬もおとずれなかった。真九郎は、平助に命じて戸締りをさせた。

寝所にはいってすこしして、真九郎は声をかけた。

「こっちにおいで」

眼を伏せ、頬をそめた雪江が、枕をならべおいた。

二

翌日の暮六ツ半（六時十分）。

亀吉がきた。琢馬が待っているとのことであった。もどるまで亀吉が残っている。

真九郎は、着流しの腰に大和をさしてでかけた。

客間で、琢馬と藤二郎が食膳をまえにしていた。座につくとすぐに、きくが食膳をはこんできて酌をした。

きくが障子をしめて去った。

琢馬が言った。

「呼びたてたりしてすまなかったな。おめえさん家の斜めめえの髪結床にも藤二郎の手下三名をはりつかせてある」

「かたじけない」

「なあに。なるたけ、手短にすますよ。まずはお奉行の言付けからだ。お城で、お目付に礼を伝えてほしいとたのまれたそうだ。そういうことよ。昨夜のうちに調べたそうだが、おめえさんが睨んだとおり、仕込み槍の穂先は辻番二名の胸にあった疵と寸法がおんなしだった」

辻番所の支配は目付である。しかし、あの川端の辻番所は周辺の武家屋敷による組合辻番であり、町人の請負人に雇われた者が辻番をしていた。だから、扱いは町奉行所だが、それでも支配地での一件にけりがついたのだ。

「やはりそうでしたか」

「ああ。これで辻番殺しはかたがついた。残りは、居合遣いをいれて四名だ。ところで、昨夜、辻斬じゃねえが、追剝強盗があった。向島の小梅村で商人が殺され、財布が盗られてる。腹を一突き。匕首じゃねえかってことだ。財布を盗ったのは、目眩ましかもしれねえ。掛には、辻斬の一味ってこともありうると伝えてある」

琢馬が諸白を飲む。

「それとな、団野道場の付近をあたらせた。藤二郎」

「へい。道場から一軒おいた回向院がわに、二階にも座敷のある蕎麦屋がありやす」

真九郎は首肯した。

藤二郎がつづけた。

「六尺棒をもった中間二名が、蕎麦と銚子一本を注文して二階の座敷にあがったそうで。それが、小半刻（三十五分）あまりたち、夜五ツ（七時二十分）の鐘が鳴ってすこしして、あわただしく帰ったそうでやす。蕎麦は食ってやすが、酒にはまったく手をつけておりやせん」

「あの蕎麦屋で見張っておったのか」

藤二郎がうなずく。

「主に死骸をたしかめさせやした」

琢馬がひきとる。

「そういうことよ。昨日の今日だ。おめえさんとこであんまし血腥え話をしたくなかったんで、きてもらった。居合遣いの一件にかたがつくまでは、おめえさんもおちつかねえだろう。なにかわかったら、また報せる。もういいぜ」

「お心づかい、痛みいります」

真九郎は、弓張提灯に火をもらい、四日市町にもどった。

和泉屋裏通りの髪結床は、住まいにちかいほうの腰高障子が三寸（約九センチメートル）ほどひらかれ、通りに灯りの帯をひろげていた。

二日後。

夕七ツ（三時二十分）の鐘が鳴ってほどなく、琢馬と藤二郎がきた。

身分からも年齢からも琢馬が上座につくべきだが、真九郎が屋敷の主だからとこの日も下座にいた。

真九郎は客間まえの廊下で声をかけた。

「桜井さん、よろしければ酒を用意させます」

首をめぐらせた琢馬が、笑みをうかべる。

「そいつはありがてえ。おめえさんとこの酒は旨えからな」

真九郎は、居間まえの雪江にうなずき、客間にはいった。

座につくと、琢馬が言った。

「いくつかわかったことがある。が、そのめえに聞きもらしたことがあるんで教えてくんな。おめえさん、あの夜、なんで辻斬があると思ったんだい」

小名木川とのやりとりを話し、中間姿ではあったが、ふたりとも武士だと思うと告げた。

「そういうことかい。これでいろんなことに合点がいくぜ。辻番二名は、みごとな刺し疵だったそうだ。辻番殺しをあたってた南の定町廻りから聞いたんだが、槍にしちゃあ疵口がちいせえんで、あの仕込み槍を見るまでは、諸刃らしいってことだけで得物の見当がつかなかったそうだ。今朝は、お城で、南のお奉行に礼を言われたんでおめえさんに伝えるようお奉行から使いがあった。で、侍ってのは、奴らが遣えたからかい」

真九郎は、ふたりの足捌きと鍛錬した槍術をくわしく語った。

「それと、言葉づかいです」

琢馬が、ひらきかけた口をとざした。

雪江ととよが食膳をはこんできた。ふたりが障子をあけたままで去り、とよが藤二郎の食膳をもってきて、障子をしめた。

食膳には、銚子と杯のほかに、小鉢にもった胡麻を散らしたほうれん草のおひたしがある。

「桜井さん、なにもありませんが、どうぞ喉をうるおしてください。藤二郎も遠慮なくやってくれ」

「へい。いただきやす」

琢馬が、諸白を注ぎ、飲んだ。

「今年も、いつのまにかまた燗で飲むようになっちまったな」

真九郎は、笑みをうかべてうなずき、杯を口にもっていった。

陽射しのあるうちは晩秋が名残をとどめているが、陽がおちると冬が日一日と刃をするどくしている。そんな季節になった。

琢馬が、杯を干し、あらたに注いだ。

「奴らのことはわかった。もうひとつ話しておきてえことがあるんだ。小梅村で殺られた商人は、やはり連中のしわざだったよ」

殺されたのは、日本橋本石町の十間店（のちに十軒店）にある茶問屋の主だ。

半月ほどまえから小梅村の寮に妾を囲っていた。襲われたのは、寮をでて、横川の業平橋に迎えにきている屋根船にむかう途中だった。

「おもしれえのは、ここからよ。囲ってたのは二十三、四くれえの別嬪でな、下働きの老夫婦はその中年増がつれてきたんだそうだ」

「まさか」

「図星よ。主を迎えにいったことのある手代が、下働きの夫婦者と中年増を見てる。でな、さっきその手代をつれてきて、そこの助兵衛家主と会わせた。互えに人相をしゃべらせたら、まちげえねえことがわかった」

それなら、琢馬は小梅村の寮にむかっているはずだ。

真九郎はたしかめた。

「三人とも寮から消えた」

琢馬の一重の眼を、落胆がかすめる。

「ああ。奴ら、抜かりがねえぜ。主が殺された翌日、村の者から旦那さまが亡くなられたと聞きました、お世話になっているわけにはゆきませんのでお暇します、と書置きを残していなくなっちまった。裏を知らなきゃあ、しおらしいじゃねえかと思うとこだぜ」

「みずから手をくだすことなく人の命を奪いたいと願う者がいて、闇と名のり、それを請けおう者どもがいる」

誰かを害したいとする。しかし、闇のことを知らねば、つなぎのつけようがない。いっぽうで、殺しを請けおう者がいるとの噂があれば、御用聞きや手先の耳にはいったはずだ。闇の不可解な点である。

琢馬が言った。

「これで、闇がからんでるのがはっきりした。そこの助兵衛んとこまでいっしょだった定町廻りが、お奉行に報せにふっとんでいった。うまくいきゃ、闇の手掛りがつかめるかもしれねえ。御番所の手の者でさえ、おめえさんがほじくりだしてくれるまで、闇のことは知らなかった。茶問屋の主を狙ったのが誰にせよ、どうやって闇とつなぎをつけたんだい。たのんだ者をおさえりゃあ、からくりがわかるかもしれねえ」

「たしかに」

藤二郎が、いくらか身をのりだした。

「桜井の旦那、よろしいでやしょうか」

「遠慮はいらねえ。言いな」

「もしかして、闇のほうで相手を見つけてるってことはねえでやしょうか」

琢馬が、眉間をよせ、左手で顎をなでる。そして、斜めうしろの藤二郎へ首をめぐらせた。

「和泉屋のおりは一味に闇の者がいたからだと思うんだが、おめえの言うとおりかもしれねえな」

琢馬が顔をもどした。

「おめえさんはどう思う」

「ありえます。いや、藤二郎の卓見かもしれません。探索を任とする桜井さんたちさえ知らない者に、町人や武家がつなぎをつける。それよりも、闇のほうからもちかけているとしたほうが、はるかに得心がいきます」

「そうかもしれねえ。だがな、誰かを殺してえと思ってる奴を、いってえどうやって見つけるんだい」

琢馬が、杯に残っている諸白を飲みほす。

真九郎は、杯に手をのばした。

琢馬の疑いはもっともだ。しかし、方法は不明だが、藤二郎の指摘が正しいような気がする。

あらたに諸白を満たした琢馬が、銚子を食膳において顔をあげた。

「今朝から、臨時廻りが、御用聞きをつれて小梅村をあたってる。寮にいた下働きの夫婦者か、その中年増に、茶問屋の主が殺られたのを話した者がいるかどうかを調べにな。もうひとりが、中年増たちの行きさきをさぐってる。吉沢さんが殺られてから三月あまりになる。ようやくうごきはじめた」

安永三年（一七七四）に大川橋（俗称吾妻橋）が架けられてから、小梅村には大店の寮が数多く建てられた。ほんらい、町奉行所の領分は町家だけであって、村は勘定奉行の支配である。江戸は後期まで、町奉行所の管轄地ばかりでなく、府内の範囲さえも不明確だった。

御府内と、勘定奉行、町奉行の支配地が確定するのは、文政元年（一八一八）の評定所における朱引によってである。

ほどなく、琢馬と藤二郎が帰った。

とよと客間をかたづけた雪江が、襷掛けをして薙刀の形の稽古をするのを、真九郎は廊下にすわって見ていた。

数日まえから、毎日相手をするのではなく、形の稽古を見て気づいたことがあれば、木刀を手にしていた。

雪江の稽古には熱がこもる。薙刀は、もはやたしなみではなく、身を護る術であった。西空の哀感ただよう茜色に、薄墨がながれはじめ、雪江の稽古が終わろうとしていた。

表の格子戸が開閉した。

戸口に行った平助がもどってきて、膝をおった。

「旦那さま、川仙の徳助さんが文をとどけてまいりました」

格子戸の開閉は一度だけだ。

真九郎は文をひろげた。

甚五郎が、お許し願えるのでしたら夜五ツ（七時二十分）あたりにおたずねしたいとしたためてあった。

「承知したと徳助につたえてくれ」

「かしこまりました」

懐紙で刀身にぬぐいをかけて鞘をした雪江が、襷掛けをはずしながら、いくらか首をかしげ、問いたげな瞳で見つめている。

「五ツじぶんに甚五郎がまいる。かるくでかまわぬから酒肴をだしてくれ」

「なにごとでしょうか」

「あの者どもがことではないかと思う。調べてほしいとたのんでおいたのだ」

雪江がうなずき、薙刀をもって居間に消えた。

三度の捨て鐘につづいて夜五ツの鐘の五回めが夜の静寂に余韻を曳いて消えていき、表の格子戸があいた。

平助が甚五郎を客間へ案内した。

真九郎は、客間へ行き、上座についた。

前回たずねてきたときもそうであったが、恰好は堅気の商人のそれである。が、背筋をのばしたとたんに貫禄がそなわる。おもしろい男だと、真九郎は思った。

甚五郎が、膝に両手をおき、かるく低頭した。

「ご遠慮すると申しあげやしたが、先月十三夜のことを耳にしやしたんで、わっちがおたずねしたほうがいいと思いやした。お許しくだせえ」

「やはりそうであったか。そのほうにまで気をつかわせるな」

「いいえ」

甚五郎が、脇においてある袱紗包みに手をそえ、畳をすべらせてまえへだす。

「奥さまは、深川佐賀町、船橋屋の羊羹がご好物だとうかがいやした。手ぶらというわけにもめえりやせんので、どうかお納め願えやす」

「かたじけない」

甚五郎が、手を膝にもどした。

「旦那、まずはお詫びしやす。関八州の博徒の用心棒で、この春から江戸へ行ったきりもどってこねえのが何名もおりやす。それとなくさぐらせたんでやすが、これまでもたまに江戸へ行くことがあったそうで。わっちは、連中をあまく見ていたようでござんす。あつめてる浪人は、関八州だけなのか。諸国のようすもおいおいとわかりやす。ただ、親分衆とのつきええがございやすから、おおっぴらに訊くわけにもいきやせん。それはご勘弁願えやす」

「雑作をかける」

甚五郎が首をふった。

「こいつは旦那のほうがごぞんじでやしょうが、芝の者にあたらせやした。信濃屋って古着屋は、担売りを大勢かかえていたそうでござんす。担売りは関八州だけでなく諸国をめぐりやす。城下町や宿場、門前町あたりで世間話でもすりゃあ、腕のたつ浪人がいるんならすぐにわかりやす」

真九郎は首肯した。

「八丁堀の桜井どのもおなじことを考えておる」

甚五郎が、頰に皮肉な笑みをきざむ。

「あの図体で、剣はてえしたことねえが、頭はなかなかに切れるご仁だと聞きやした」

真九郎は苦笑した。

「そのほうと桜井どのとは、そりが合わぬようだな」

「あちらさましでえでござんす」

甚五郎が、背をまるめぎみにして船宿川仙の仁兵衛になった。

廊下から声がかかって障子があき、雪江ととよが食膳をはこんできた。食膳をおいた雪江に、真九郎は甚五郎の斜めまえにある袱紗包みをしめした。

「船橋屋の羊羹だそうだ。ちょうだいした」

膝頭をなかばめぐらせていた雪江が、甚五郎に会釈した。

袱紗包みをもったとよが、廊下で膝をおって障子をしめる。

真九郎は、銚子をとった。

「そのほうもやってくれ」

「ありがとうござんす」

背筋をのばして諸白を一口飲んだ甚五郎が、杯をおく。

「旦那、見栄を張るわけじゃありやせんが、わっちは浅草の甚五郎でござんす。その甚五郎が、子分どもに命じて闇って連中のことをさぐらせたにもかかわらず、なにひとつとしてわかりやせん。表にしろ、裏にしろ、その気になりゃあ、てえげえのことはわかりやす。旦那は、とんでもねえ連中とかかわりあってるってことでござんす。どうかじゅうぶんに用心をなすっておくんなせえ」

「あいわかった」

「ひとつには、そのことを申しあげたくておじゃまさせていただきやした。それと、それらしい船宿はございやせんでした。何年もめえから表向きは堅気の商売(しょうべえ)をしてるんでしたら、尻尾でもださねえかぎり、これ以上は調べようがござんせん」

あるいはと期待していた。真九郎は、落胆を隠した。

「そうか。雑作をかけたな」

「お役にたてなくて申しわけございやせん。これからも船宿には気をつけておきやす。船頭の人相なり、舟になにか目印になるようなものがありやしたら、教えておくんなさい」

「そうしよう」

「言いわけばかりでございやすが、黒子(ほくろ)の大年増もまだ見つかっておりやせん。ですが、旦那、その女、おそらく町家にはおりやせん」

「疑うようですまぬが、まちがいないか」

甚五郎が胸を張る。

「旦那、わっちも、自信がなけりゃこんなことは申しやせん。何人か頤(おとがい)に黒子のある三十路(みそじ)くれえの大年増はいやしたが、お捜しの女じゃございやせんでした。いまは、寺社と江戸はずれの村をあたらせておりやす。武家屋敷にひそんでると厄介(やっけえ)でやすが、かならず見つけやす。いましばらくの猶予を願えやす」

「その女は、雪江をかどわかさんとした者どもの一味に相違ないと考えておる」

「承知しておりやす。奥さまは、わっちにとっても娘のでえじな師匠でござんす。はるを可愛がっていただき、ありがたく思っておりやす」

それからほどなく、甚五郎は見送りを遠慮して帰っていった。

町奉行所が威信をかけて探索し、江戸じゅうの香具師をたばねる浅草の顔役までが捜しているにもかかわらず、闇の輪郭はおろか、頤に黒子のある女の行方さえいまだにつかめずにいる。

甚五郎の言を待つまでもなかった。いくたびも襲われた和泉屋のおりの一件からして、闇が容易ならざる敵であることはわかっている。

三

十五日は、道場も手習いも休みである。

雪江は、朝からいそいそとしていた。先月の下旬、菊次に花を生けに行っていらいの他出である。

心配した天気も、風もなく、やわらかな陽射しがふりそそぐ快晴だった。江戸の空は青く澄みわたり、西のかなた、雪をいただく霊峰富士のあたりを鰯雲が覆っているだけであった。

初冬十月になれば、玄猪である最初の亥の日に火鉢をだす。

すでになかば、雨や曇りで冷える朝夕は、火鉢に炭をいれていた。

朝四ツ（十時二十分）すぎ、雪江がようやくしたくを終えた。

待っている客間に見せにくる。むろん、心をこめて褒める。ふたりで他出するさいの儀式のようなものであった。

和泉屋まえの桟橋に舫われた屋根船に、老船頭の智造がいた。

「待たせたな」

智造が、笑みをうかべて首をふる。

真九郎は、雪江に手をかし、舳から座敷にはいった。

屋根船が桟橋を離れる。

舳と艫の障子はしめてあるが、両舷はあけてある。

新川から大川にでた屋根船が、江戸湊へ舳を転じる。

石川島と佃島を左に見て、築地の海岸にそってすすむ。江戸湊にはいくつもの千石船が帆を休めている。

日本橋からおおよそ二里（約八キロメートル）のところにある品川宿まで行く。

品川宿は、目黒川をはさんで、江戸よりに北品川宿が、川崎宿よりに南品川宿がある。その南品川宿のはずれちかくに海晏寺がある。下谷の正燈寺や根津権現などとともに、紅葉の名所だ。

見ごろは下旬である。しかし、この日を逸すると、仲冬十一月朔日まで休みはない。すこし早いが、雪江を紅葉見物に誘ったのだった。

雪江とふたりで江戸についたのは、昨年の初秋七月下旬だった。さきゆきへの不安を胸にしまい、ふたりで東海道を旅した。

それからわずか一年と三カ月ほどしかたっていない。が、まるで昔日のできごとに思える。

ふと、箱崎で痩身中背がのこした言葉が脳裡にうかんだ。

金子ではうごかぬ遣い手ふたりに襲わせんがために、闇がだましたということもありえなくはない。しかしそれよりも、やはり国もとの鮫島兵庫がなんらかの策を弄したのではないかと、真九郎は考えている。

品川宿ちかくまで、菱垣廻船や樽廻船の帆柱がある。海のかなたから帆に風をはらませてやってくる船もあれば、でてゆく船もある。

船縁から潮の香(か)をふくんだそよ風がながれてきた。

雪江が、なつかしげに東海道に眼をやっている。

真九郎は話しかけた。

「想いだしておったのか」

「はい」

「はるか昔のことのようだ」

「あなたとふたりだけで旅をする。あのようなことがなければ、思いつきもしなかったでしょう。京も、箱根(はこね)の湯治も、楽しゅうござりました」

「また行きたいものだな」

雪江がうなずいた。

真九郎は訊いた。

「二度と国もとにはもどれぬかもしれぬ。寂しくはないか」

雪江が、ゆっくりと首をふる。

「あなたがおいでです。ごいっしょなら、どこに住もうが寂しくはござりません」

真九郎は笑みをうかべた。

「わたしもだ」

芝から三田、高輪にかけての湾曲した海岸線を袖ヶ浦という。

目黒川は、河口が北品川宿ぞいにおおきくまがりのびている。幅が半町（約五五メートル）たらず、長さが六町（約六五四メートル）余。その突端に弁財天がある。そこからさらに十八町（約一九六二メートル）ほどで、海晏寺門前の桟橋についた。

正式には補陀山海晏寺。江戸時代の寺社は、その多くが途方もなくひろい敷地を有している。海晏寺もまたしかりであった。

本尊の鮫頭観世音にちなむのであろうが、門前一帯を俗に鮫洲といった。

左右に門前町家をしたがえるかのごとく、角材による格子造りの塀と冠木門がある。

門前町の奥行が切れたさきに、屋根造りの中門があった。

起伏のある境内を、色づきはじめている木々を見ながら散策した。

ところどころに、縦長や一畳ほどの腰掛台に緋毛氈をかけただけの葦簀囲いで屋根のない出茶屋があった。

まがりくねった坂道をのぼり、小高い丘の頂上にでると、品川の海が一望できた。

出茶屋で、紺碧の海を背景にした紅葉を愛でながら一服した。

時期が早いせいか、さほどの人出ではない。丘のうえも、町人の男女と江戸見物の勤番侍がちらほらといるくらいだ。

黄や薄紅、茜色などの化粧をした木の葉とたわむれて涼風がすぎ、南の空からは暖かな陽射しがそそいでいる。

腰をあげて、小径なりに境内の奥へむかう。

海が丘に隠れた。

なだらかな小径をゆっくりとくだっていき、おおきくまがると、小径が二股になっていた。追分に松の巨木がある。左の小径は、さらに境内の奥にむかっている。

松の巨木を迂回している右の小径へすすむ。

気配——。

脇差を抜き、襲いくる黒点を叩きおとす。

五寸（約一五センチメートル）の棒手裏剣が、小径に跳ねた。

真九郎は、前方を見すえた。

木立の陰から、武士とお高祖頭巾の女があらわれた。

きちんとした羽織袴姿の武士は、十三夜に大川の霧に消えていった者だ。女は、あざやかな江戸紫の頭巾で、額と頬と顎とを隠している。おぼろげな記憶だが、浜町川の辻番所で見た女にまちがいないように思える。

武士が女をかばうようにしていそぎ足で去っていく。

追いかけようとして、真九郎は踏みとどまった。以前、向島でおなじ策をつかわれた。

真九郎はふり返った。

「そこにいてくれ」

脇差をさげ、松をまわる。小径の端により、おりてきた坂のうえに眼をやる。

小径に、中間が忍び足であらわれた。立ちどまって眼をみはり、踵を返して駆け去る。

帯の背に二尺（約六〇センチメートル）余の棒を二本さしている。背丈と躰つきは、浜町川で大年増の供をしていた町人とほぼおなじだ。

真九郎は追わなかった。

懐紙を一枚だして脇差にぬぐいをかけ、鞘にもどす。

さらに罠がしかけてあるとも考えられる。雪江をうながし、小径を用心しながらのぼっていく。

丘のうえには、商家の一行だけがいた。

夫婦と、幼い男の子と女の子の相手をしている女中ふたり、そして供の鳶の者がひとりだ。もうひとりの女中と手代が、腰掛台の緋毛氈に重箱をならべている。

商人は真九郎と同年齢で、内儀は雪江よりいくつか年上だ。商人は鳶の者と話をし、腰掛台にかけた内儀はいつくしみの眼で我が子を見ていた。

斜めうしろをついてくる雪江もまた、五歳と三歳くらいの幼子ふたりを見ている。真九郎は、気づかないふりをしてとおりすぎた。

小径をおりていくと、そこかしこに人の姿があった。

真九郎は、警戒をといた。

「なあ、雪江」

雪江が半歩ほどよってきた。

「なんでござりましょう」

「雪江も、懐剣だけでは心もとなかろう。つぎからはおとよに薙刀をもたせることとしよう」

「はい」

「あの者どもの脅しに屈したりはせぬ」

境内をあとにした。

東海道にめんした門前町で茶漬けを食してから桟橋へ行った。

艫に腰かけていた智造が立ちあがる。

「見物はおすみになりましたか」

「ああ。ひきあげるとしよう」

真九郎はほほえんだ。

中食（ちゅうじき）のあいだに、雪江もつねの表情にもどっていた。

家に帰って平助を菊次へ使いにやると、夕七ツ半（四時十分）じぶんに藤二郎がおとないをいれた。

真九郎は、平助を制して戸口へ行った。

土間にいるのは藤二郎のみであった。

「桜井の旦那は御番所へめえりやした。あっしがおうかがいし、あとでお伝（つて）えいたしやす」

真九郎は、うなずいた。

「そこへかけてくれ」

上（あが）り框（かまち）に腰をおろした藤二郎に、海晏寺でのことを語り、姿かたちもくわしく話した。

藤二郎が眉間に皺（しわ）をきざむ。

「またあらわれやがったってわけですかい。鷹森さま、奥さまとおでかけのさいには、まえもって教えておくんなさいやし」

「そうしよう」

「では、あっしは桜井の旦那と相談してめえりやす」

格子戸をしめ、藤二郎がいそぎ足で脇道を浜町のほうへ去っていった。

翌朝、明六ツ（七時）の捨て鐘とともに霧月の稽古を終えた。湯殿できがえてでてくると、平助が表の土間で亀吉が待っているとつたえた。

真九郎は上り口に行った。

「朝早くから申しわけございやせん。桜井の旦那に言付けを申しつかりやした。お奉行さまにお許しをいただいたんで、見まわりは臨時廻りにおたのみし、親分やあっしもいっしょにこれから海晏寺へ行ってめえりやす」

「そうか。ご苦労だな。桜井どのに、かたじけないとおつたえしてくれ」

「承知しやした。あっしはこれで」

十六日は上屋敷道場である。下屋敷からもかようようになった者が何名かいる。

このごろは、琢馬なみの早足で下谷御徒町から霊岸島四日市町に帰っている。留守への不安が、おのずと足を速めた。

夕七ツ（三時二十分）の鐘を聞いてほどなく、琢馬と藤二郎がきた。

廊下にでた真九郎は、平助に案内されて戸口からのかどをまがった琢馬に訊いた。

「桜井さん、酒にしましょうか」

　琢馬が立ちどまった。

「すまねえな。そのほうがありがてえ」

　琢馬と藤二郎が客間にはいった。

　居間からでてきた雪江が厨へ行った。

　真九郎は、客間の上座にすわった。

　琢馬が言った。

「いくつかわかったぜ。そのめえに、おめえさんらがむこうで屋根船にのったとこを教えてもらいてえ」

　真九郎は話した。

　琢馬が、ちいさく二度うなずいた。

「奴ら、北どなりにある海雲寺門前の桟橋に屋根船を二艘待たせてやがった。人数は五名。三十なかばのどこぞの身分ありげな武士と、江戸紫のお高祖頭巾をしたその妻女。草履取りの小者が一名と、長櫃かつぎが二名だ。草履取りは帯の背に、おめえさんが言ったように二尺（約六〇センチメートル）くれえの棒を二本斜めにさしてたそうだ。一艘に武士と妻女、もう一艘に残りの三名よ」

「その長櫃はどこにあったのでしょうか。境内では見かけませんでしたが」

「奴らがあらわれたのは、いちばん高え丘のむこうの追分松のところだったよな」

「そうです」

「左の小径を行くと、海晏寺うらの畑道にでる。そこに長櫃をおい小者二名がひと休みしてたのを、ちかくの百姓が見てる。となりの大井村にゃあ、大名家の下屋敷がいくつかある。だから、百姓はなんとも思わなかったそうだ」

　雪江ととよが食膳をはこんできた。

　いったんもどったとよが、藤二郎の食膳をもってきて去った。

　暖かな日よりなので、障子を左右にあけ、火鉢に炭をいれていない。

　喉をうるおした琢馬が、杯をおく。

「武士が妻女づれで歩くのは、そうあることじゃねえ。まあ、妻女の実家への挨拶か、墓参りくれえのもんだ。だから、おめえさんたちのことも、奴らのことも境内の出茶屋の者なんかがよく憶えてた。奴ら、おめえさんらのちっとあとで海晏寺にあらわれ、さきに帰った。武士と妻女が屋根船にのってしばらくして、残りの三名がもう一艘にのった。ここまではいいかい」

「ええ」

琢馬が、切干し大根と、この季節の初物である海苔とを、醤油とみりんとで和えたのを箸でつまんで食べ、杯に残っている諸白を飲みほした。

「奴ら、おめえさんの留守を襲うつもりはないような気がする」

真九郎は、わずかに眉根をよせた。

「どういうことでしょうか」

「考えてもみな。愛宕下神谷町の三次がやろうとしたように、おめえさんの留守にここを襲ったほうがかんたんだ。なのに、奴ら、手間隙かけて、二度ともおめえさんの眼のめえでやろうとした」

真九郎は首肯した。同時に、琢馬の意図も察した。たずねてきたのは、雪江にも聞かせるためだ。

「たしかにおっしゃるとおりです」

「まあ、だからといって、用心にこしたことはねえがな」

真九郎は訊いた。

「屋根船が二艘だったのですね」

一重の眼が刃になる。

「気づいたようだな」

「和泉屋の横道のまえ、銀町よりの川岸に屋根船が泊まっていました」

「もう一艘は、浜町の表通りが見わたせる亀島川の岸だ。新川や亀島川に長いこと屋根船があったって、誰も怪しみはしねえ。そこらの大店の主がしじゅう待たせてあるしな。それに、奴ら、おめえさんが朔日と十五日は休みだってこともとっくに知ってるはずだ。両方で見張ってりゃあ、おめえさんたちがでかけるのがわかる」

「得心がいきました」

「これで、ここん家のめえの通りもだめ、川もだめってことよ。和泉屋にも、この一件にかたがつくまでは、あらたに雇ったり、見知らぬ人足は出入りさせねえように言っとく。だが、それでもまだ安心はできねえ。藤二郎も言ったそうだが、つぎにふたりして出歩くときは教えてくんな。奴らに、もうふざけたまねはさせねえ」

それから小半刻（二十五分）ほどして、ふたりが帰った。

雪江ととよが客間をかたづけた。

真九郎は、客間まえの沓脱石にある下駄に足をおいて廊下に腰かけた。

雪江のこととなると、おのれを失ってしまう。琢馬の言うように、留守を襲う気はないと判断してもよさそうだ。

松島町のちかくで刀をまじえそうになったとき、僧侶に化けた居合遣いは雪江のかどわかしに賛同していない口ぶりだった。

三十代なかばの武士や頤に黒子のある女と、居合遣いとは別行動をとっているようにも思える。しかし、一味であることはうたがいない。過去の辻斬で、黒子のある女がその前後に見られている。一連の辻斬は、居合遣いばかりでなく、三十代なかばの武士のしわざということもありうる。

相手が遣い手のときは、居合遣いがでてくる。隠密廻りの吉沢は一刀流の遣い手だったと琢馬が話していた。ならば、浜町河岸で斬られた徒目付はどうなのか。かなり酔ってはいた。

琢馬に確認してもらわねばならない。

暮れゆく空を、薄鼠色の厚い雲が覆いつつあった。陽がかたむくとともにでてきた風が暖かさを奪っている。

雪江がきて、膝をおった。

「あなた、寒くはございませんか」

「酔いざましをしていた。雪江、桜井どのの話は聞いたな」

「はい、聞こえました」

「おそらく、桜井どのが言っておられたとおりだと思う」

「わたくしにも、そのように思えました」

「そうか」

「あなた、わたくしはあなたの妻にござります。お留守をおあずかりするは、妻の役目」

　真九郎は、雪江に笑顔をむけた。

「わたしが心配性なのだ」

「嬉しゅうござります。……だいぶに冷えてきました」

　風がきて、雪江が眼をしばたたかせた。

「雪江に熱でもだされてはこまる。平助に言って居間に炭をいれてくれ」

　瞳に含羞(がんしゅう)と喜色とを織りまぜて伏し目がちに見つめてから、雪江が腰をあげて平助を呼んだ。

四

　翌十七日は、未明から小雨がぱらつき、肌寒かった。

　新川の桟橋には、屋根船と多吉が待っていた。

小雨は山谷堀につくまえにやんだが、空はあわく濃淡のある薄墨色にそめられたままであった。湿気をおびた冷たい大気が、すぐそこまできた真冬のけはいを告げている。

下屋敷をでるころには、雲は東の空に去り、陽射しがそそいでいた。

中食のあと、真九郎は文机（ふづくえ）にむかった。

琢馬に宛てて、浜町河岸で辻斬に遭った徒目付の剣の腕を調べてほしいむねと、その理由をしたためた。

平助を呼び、文をきくにとどけさせた。

琢馬と藤二郎は見まわりにでている。

定町廻りは、持ち場の町家を毎日きまった道順で歩く。

江戸時代も初期のころは、町家ごとに自身番屋と木戸があった。しかし、つづく泰平の世と、拡大の一途をたどる町家の規模にあわせ、幕府は町入用を節約するためにも数町ごとに自身番屋と木戸番屋とをおくように達していた。

さもないと、この時代で千六百余も自身番屋があることになり、南北それぞれ六人ずつの定町廻りですべての町家を一日でめぐるのはとうてい不可能である。単純に六名で割っても、ひとりあたり二百六十余の町家を見まわることになる。江戸時代は先例重視であり、たてまえとしては一日で見まわっていることになっているが、じっさいはそれぞれの持ち場を数日かけてまわっていたように思う。

夕餉（ゆうげ）を終えた暮六ツ半（六時十分）ごろ、表の格子戸が開閉した。

「ごめんくださいやし」

ほどなく平助が廊下に膝をおった。

「旦那さま、よろしいでしょうか」

「かまわぬ」

障子があく。

「浅草の松造（しょうぞう）とおっしゃるかたがお見えになっております」

真九郎は、眉間をよせ、想いだした。甚五郎の子分だ。

「わかった」

問いたげな雪江にうなずき、真九郎は戸口にむかった。

商家の手代ふうな身なりの松造が、火をともしたままのぶら提灯をもっていた。

「旦那、女を見つけやした。できますればおいで願（ねげ）えてえと親分が申しておりやす」

真九郎は、おなじように声をひそめた。

「すぐにしたくをする」

居間にもどり、雪江に理由（わけ）を話しながらきがえた。

「見送りはいらぬ。留守を用心してくれ」

「行ってらっしゃいませ」

和泉屋まえの土蔵のあいだをぬけて川岸にでる。桟橋の猪牙舟に徳助がいた。ぶら提灯をもった松造が、川岸から桟橋におりる。真九郎はつづいた。

猪牙舟にのって腰をおちつけると、徳助が棹をつかった。

新川から大川にでて、舳が上流にむいた。

うしろにいる松造が言った。

「旦那、どうやって見つけたかをお話ししやす」

「たのむ」

「旦那のおかげでやす。寺社の門前と境内は、あっしらの縄張のようなもんでございやす。一昨日、南品川宿の海晏寺に、お高祖頭巾の大年増と侍、供の小者がおりやしたそうで。この時期でやすからお高祖頭巾はほかにもおりやしたが、そいつらはそぶりが怪しいんで、身内の者が手分けして舟で追いやした。用心ぶけえ連中で、途中までしか尾けることができやせんでした」

その日のうちに、甚五郎に報せがとどいた。そのときは、かいわいの手下に人相をつたえて気をつけさせるよう指示しただけだった。

ところが、翌朝、桜井琢馬と藤二郎たちが海晏寺にきて、境内の出茶屋の者たちに聞きまわった。

琢馬たちがまだ境内にいるあいだに、門前町の子分がそのことを報せてきた。甚五郎に命じられ、松造は徳助の漕ぐ猪牙舟で南品川宿にいそいだ。

東海道を琢馬たちが足早に去ったあと、松造は境内に行き、お高祖頭巾だけでなく、真九郎と雪江もきていたのを知ったのだった。

「……それでまちげえねえってことで、今朝から人数をくりだし、追うのをあきらめたあたりから捜させ、ようやく塒を見つけたってわけでやす。あとは親分からお聞きになっておくんなせえ」

「悟られてはおらぬだろうな」

「旦那、奴らが用心してるんは、岡っ引や下っ引どもで。あっしらや使ってる者を見かけたって気にもしやせん。塒は、怪しまれねえように何人かで見張らせておりやすから安心しておくんなせえ」

「礼を申す」

「あっしは、親分に言われたことをやってるだけでやす」

反撥の響きはない。甚五郎への忠誠を言わんとしている。心酔しているのであろう。

下っ引とは御用聞きの手先であるのを隠し、振売りなどの生業（なりわい）をしながら探索にあたる者のことである。岡は岡場所とおなじく正規でないとの意味だ。岡っ引も下っ引もたぶんに蔑称である。なお、岡っ引の用語がもちいられるのは八代将軍吉宗（よしむね）の時代からだが、地方では幕末まで目明し（めあか）との用語がつかわれていたようだ。

川面は冷え、川風が肌を刺したが、真九郎は気にならなかった。

今宵で決着をつけられるかもしれない。さすれば、雪江を危ういめに遭わさずともすむ。

やがて、神田川両脇にならぶ料理茶屋や船宿の灯が見えてきた。

力強くすすんでいた猪牙舟が、神田川をすぎて船足をおとす。川仙の桟橋にいた若いのが、庭を駆けていく。

猪牙舟が、そよとも揺れずに桟橋についた。さきにおりた松造が、足もとを照らす。

若い者にぶら提灯をもたせてやってきた甚五郎が、若い者をとどめ、桟橋におりてきた。

「旦那、夕餉はおすみでしょうか」

「すませてきた」

「松造からお聞きになったと思いやす」

「たいがいのところはな。場所はいずこだ」

甚五郎が、苦笑をもらしてちらっと松造にやった眼をもどす。

「小名木川を行ったさきの下大島町（しもおおしまちょう）の裏に、羅漢寺（らかんじ）ってのがございやす」

眼で問う。

真九郎は首をふった。

「本所の五百羅漢の名で知られておりやす。門前の猿江村（さるえむら）にゃあ、百姓家ばかりでなく、商（あき）いをしてる小店（こだな）や商家の寮などもありやすが、その一軒にひそんでおりやした。さっそくにもご案内（あんねえ）させやす。……松造、おつれしてさしあげな」

「へい」

徳助が、猪牙舟から屋根船にのりかえていた。迎えは船足が速いので猪牙舟にし、屋根船は夜風よりも姿を隠すためだ。真九郎は一味の者に知られている。舳がわ両脇の柱に掛提灯があるだけで、座敷内に灯りはない。

屋根船が桟橋を離れた。

松造が、両舷の障子をまんなかで四寸（約一二センチメートル）ばかりあけた。

屋根船が、大川を本所方角に斜めにくだっていく。両国橋をくぐり、ほどなく竪川にはいった。

竪川の両岸は、交差する横川まで、河岸と通りをはさんだ町家がつらなっている。江戸城から見て、縦になっているから竪川で、横にあるから横川である。

横川まで半里（約二キロメートル）たらずだ。

松造が言った。

「旦那、お訊きしてもよろしいですかい」

「なにかな」

「奴らをどうなさるおつもりで」

「まずはたしかめる。そして、まちがいなければ、八丁堀の桜井どのに報せてまかせる。あの者どもには、かなりな遣い手がおる。もとめられれば、むろん助勢はする」

「ご新造さまを二度もかどわかそうとしやがったのに、奴らを許してやるんですかい」

「そのほう、人を殺めたことはあるか」

薄暗いなかで、松造の眼が光る。

「旦那にはおよびもつきやせんが」

「そうだ。わたしは人を殺めすぎておる」

ややあって、松造がぽつんと言った。

「親分が、変わったおかただと申しておりやした」

真九郎はこたえなかった。

やがて、横川をすぎた。竪川と小名木川はほぼ平行に流れている。横川のつぎは、九町（約九八一メートル）ほどさきで横十間川と交差する。

町家にぽつんぽつんと灯りが見えるだけだ。聞こえるのも、徳助の漕ぐ艪の音だけである。

屋根船が右におれて横十間川にはいった。すこし行くと、左岸の町家が切れた。右岸には幕府の猿江御材木蔵がつづく。

雲のあいだからでてきた月が、星明かりだけだった夜をほの白くそめる。

屋根船が左にまがった。

小名木川だ。

四町（約四三六メートル）ほど行った。

徳助が船足をおとして左岸によせた。ほどなく、深川上大島町の桟橋についた。対岸には、大名家の下屋敷や抱屋敷がならんでいる。

「旦那、待っててておくんなさい」

松造が、艫からでていった。

すぐにもどってきて、顔をのぞかせた。

「でえじょうぶなようでやす」

真九郎は、左手で鎌倉をもち、舳からでた。冬の澄んだ夜空に欠けはじめた月がある。

鎌倉を腰にさし、松造について桟橋から岸にあがる。

腰高障子に灯りを映している食の見世が、通りにいくつかある。

松造が一間（約一・八メートル）幅ほどの脇道へはいる。二階屋の陰になって月明かりがとどかず、松造の背がおぼろに見えるだけだ。

さらに裏通りへおれた三軒めに、四枚の腰高障子に灯りのある五間（約九メートル）幅ほどの二階屋があった。

「旦那、どうぞ」

松造が、まんなかの腰高障子二枚を左右にひらき、脇によった。

土間にはいっていくと、素焼きの丸火鉢をかこんでいた四人がいっせいに居ずまいをただした。

松造が、腰高障子をしめる。

奥にいる三十ちかい小太りの男が言った。

「兄貴、お疲れさまにございやす」

一歩斜めまえにでて、松造が訊いた。

「変わったことはねえか」

「それが、どうもみょうな按配で」

「おめえら、勘づかれたんじゃあるめえな」

松造の声がとがる。

「と、とんでもねえ。遠くから見張らせておりやす。そんなへまはしやせん」

「なら、どういうこってえ」

「へい。暗くなり、町人のなりをした奴が帰ってきてすこししてから、家んなかを動きまわってるらしいってことでやす」

松造がさっと顔をむける。

真九郎は顎をひいた。

松造が顔をもどす。

「案内しな」

小太りが、正面の股引に半纏姿の職人ふうへうなずく。残りふたりも、鳶の恰好と、振売りらしきつぎはぎのあたった粗末な服をきていた。

裏通りは風がでていた。月の光を浴びた黒い薄雲がながれている。夜気は冷たく湿り、雨になりそうであった。

股引半纏、松造、真九郎の順でつづいた。提灯はない。月と星明かりだけがたよりの夜道だ。

四つ辻で左に道をとり、小名木川に背をむけた。

松造が、顔をめぐらして小声で言った。

「こいつらには、姿をかえて見張らしておりやすんで、気づかれてねえはずでやす。二町（約二一八メートル）ばかしさきに、羅漢寺がありやす。そこは」

松造が右斜め前方を指さした。

「越後の国の榊原さまのお屋敷でやす」

高田藩十五万石の町屋敷だ。多くの大名家が、町地や村地を借りて屋敷をかまえている。

幕府からの拝領屋敷だけではたりないからだ。

幕府は、近郊に屋敷をかまえる大名家にたいして、敷地を堅固な塗り塀でかこむのを禁じていた。鷹狩りにさいしての餌となる小鳥や小動物の保護のためだ。榊原家の屋敷も、竹の生垣であった。

左には道ぞいに百姓家が点在している。冬になり、どこも早めに戸締りをする。

榊原家の屋敷地が切れた。道はまっすぐだが、左右の畑地には黒々と盛りあがった雑木林がある。

人家が、道ぞいに敷地を接するようになった。

ほどなく、羅漢寺の山門まえをすぎた。

股引半纏が、左の小径にはいる。

小径は、二軒さきで右に弧を描いている。すこし行った鳥居の奥に、小高い杜(もり)がある。稲荷社だ。

鳥居をくぐり、雑木林にかこまれた杜(やしろ)の裏手にまわった。

三人が腰をかがめている。

真九郎は、左手で鎌倉の鞘をつかみ、股引半纏や松造とおなじように前屈(まえかが)みになってちかづいた。

松造が、声をひそめて訊く。

「どんなようすでえ」

「兄貴、見ておくんなさい」

三人が、腰をかがめたままで場所をゆずる。

松造がすすむ。真九郎は、よこにならんだ。

盛りあがっていく丘の稜線(りょうせん)と木々との合間に、小径ぞいにぽつんとある一軒家が見えた。

藁葺きのおおきな家だ。裕福な百姓家とも、商家の寮ともとれる。戸締りもせず、廊下にめんした障子の奥はすべて灯りがある。

家の横手が明るくなり、年老いた男女がぶら提灯を手にしてあらわれた。

まんなかの障子があき、羽織袴の武士と中間がでてきた。てまえからは町人がふたり、廊下の奥からお高祖頭巾の武家の妻女と町家の中年増が姿を見せた。

真九郎は、庭さきから眼をはなさずに言った。

「松造、霊岸島の御用聞き、藤二郎の住まいをぞんじておるか」

「ぞんじやせん」

「ならば、わたしのところで訊くがよい。藤二郎に理由を話し、桜井どのをいそぎここへ案内してもらいたい」

「承知しやした。こいつらは残しておきやしょうか」

「いや、あの者どもは遣える。それに、居合遣いの姿が見えぬ。怪我はさせたくない。立ち去ってくれ」

「わかりやした。……野郎ども、行くぜ」

松造たちが忍び足で去っていった。

お高祖頭巾と中年増。武士と中間と町人二名。さらに、下働きであろう老男女。

海晏寺で長櫃をはこんだのが、町人の恰好をした二名であろう。中間は、追分松のところで坂上からあらわれた者だ。本芝(ほんしば)一丁目の煙草(たばこ)屋と向島小梅村で茶問屋を殺したのは、おそらくこの三名の誰かだ。居合遣いをのぞき、刺客一味がそろっている。

三十なかばの武士が、腰をかがめぎみな老男女に指示をあたえている。

真九郎は、ひき返し、足早に社をまわった。懐(ふところ)からだした紐(ひも)で襷(たすき)をかけて股立(ももだち)をとる。

鳥居から小径にでた。

一味の塒にむかう。

雑木林をまわる。

お高祖頭巾が気づいて指さす。

さっとこちらを睨んだ武士が、すぐに顔をもどし、二言、三言、命じる。

ぶら提灯をもった老男女と、中年増と、町人二名が、小走りで家の裏手に消えた。残ったのは三名。武士と中間とお高祖頭巾。

真九郎は、左手を鯉口にあて、竹の枝折戸(しおりど)をあけた。

中間が、腰の背に両手をまわした。もどした両手に、刀身が一尺四寸（約四二センチメートル）ほどの直刀をにぎっている。小太刀(こだち)の二刀流。

羽織をぬいで廊下に投げた武士が、鯉口に左手をあてて低い声で言った。

「よくここがわかったな」

「…………」

枝折戸をしめ、右手を柄にそえてゆっくりとすすむ。

「そうか。海晏寺だな。あらかじめ岡っ引どもを配しておき、われらを誘いだしたわけか。見え隠れに猪牙舟が三艘ついてきておった。かわしたつもりだったのだがな」

お高祖頭巾が、左手で帯の胸もとから袋包みをだした。紐をほどき、右手で棒手裏剣をとって構える。

真九郎は、左方向にひらいている中間に眼をやった。

「向島小梅村で茶問屋の主を刺し殺したは、そのほうだな」

「うるせえ。きさまは、あれこれ知りすぎている。ここで死んでもらうぜ」

「本芝の煙草屋もそうか」

「…………」

「その構えと身のこなし。そのほうも武士であろう」

「忘れたよ。抜け駆けしやがった手槍のふたりとはちがうぜ。覚悟しな」

お高祖頭巾は、武士から数歩離れた右後方にいる。

彼我（ひが）の距離、ほぼ五間（約九メートル）。

真九郎は、鎌倉を抜き、青眼にとった。

武士が抜刀。

「独りでくるとはいい度胸だ。褒めておこう」

真九郎はこたえなかった。

顔を正面の武士にむけたまま、中間とお高祖頭巾に気をくばる。できれば、琢馬たちが駆けつけるまで待ちたかった。しかし、雪江をかどわかさんとした者どもを逃がすわけにはいかない。

ちぎれた雲の影が、庭をよこぎった。

強くはないが、冷たい風が吹きぬけていく。

お高祖頭巾は半身に構え、中間は小太刀を左右下段よこにひらいている。いったい、どのような剣を遣うのか。

海晏寺でお高祖頭巾を追えば、雪江はまちがいなく中間の手におちた。むぞうさな構えだが、まるで隙がない。

浜町川では、臆病な町人に化けていた。正面の武士も遣えるが、警戒すべきは中間だ。

中間が舌打ちした。

「わかったぜ。てめえ、ひとりでさきにきたんだな。そうやって加勢がくるのを待つつもりだろうが、そうはいくか」

お高祖頭巾が、右腕をふる。

飛来する棒手裏剣を弾きあげる。中間がとびこんできた。左右から遅速をつけて斬りあげてくる小太刀をかわし、擦りあげる。

中間の上体が沈み、かわした刀身に弧を描かせて脚を薙ぎにきた。

後方に跳ぶ。

右足が地面をとらえる。棒手裏剣が鬢(びん)にきた。上体をのけぞらせ、左足つまさきでささえる。

中間が嗤(わら)った。

「驚いたかい。長崎で唐人に教わったのよ。それに、くふうをくわえた」

たしかに、真九郎は驚いていた。

動きが柔らかすぎる。剣は敵を一撃で仕留めるためにふるう。たとえ、初太刀(しょだち)がめくらまして二の太刀が狙いであっても、けっきょくは一度の斬撃によって相手を斃(たお)すことを目指している。そのための技なのだ。

それが、中間の剣は、さながら剣舞でもあるかのごとくなめらかだ。

右へまわっていた武士とお高祖頭巾がいれかわった。

中間が、躰を横向きにして右腕を突きだし、左腕を頭上にもっていく。棟を向きあわせた二本の切っ先。見たことのない構えだ。

「この剣に風柳（ふうりゅう）って名をつけた。風に柳よ。粋だろう」

真九郎は応じた。

「むしろ、蛸（たこ）だな」

中間が睨んだ。

「八方自在の剣、というんならうなずけるんだが、響きが気にくわねえ」

全身から殺気がほとばしる。

身構えたとたんに、右斜めから武士がとびこんできた。疾風の太刀筋が上段から袈裟に襲いくる。

鎬（しのぎ）で受け流し、反転。

項（うなじ）が鳥肌だつ。

後方に跳ぶ。

厘毛の差で、頸（くび）のあった位置を五寸（約一五センチメートル）の黒い棒手裏剣がよぎっていく。

青眼切っ先を武士にむけ、斜めうしろに眼をはしらせる。

お高祖頭巾が、あらたな棒手裏剣を構えながら小走りに左にいく。中間は右へ走っている。

紀州家の抱屋敷裏で襲ってきたふたりもそうであったが、中間も武士もいっさい気合を発しない。まさに、闇討剣法である。

中間と武士にすばやく眼がくばれるように躰を横向きにする。武士にむけていた切っ先を、中間に擬しながら霞上段にもっていく。

棒手裏剣があるがために、思うざまにうごけない。

お高祖頭巾は、つねに武士か中間の後背にかばわれ、しかも狙いやすい位置にとっている。

中間が武士を見た。

「手間どっちゃ厄介（やっけえ）だ。そろそろいくぜ」

「心得た」

ふたりが同時に走る。

棒手裏剣がくる。身をひるがえして弾き、武士に迫る。

下段から袈裟にきた。

合わせ、左足を踏みこみ、身をひねりながら巻きあげる。右足を軸に躰を回転。右の肩から逆袈裟に斬る。

着衣と肉を裂き、帯も両断。

「む、無念……」

武士が、一歩踏みだし、まえのめりに倒れていく。

まわりこんだ中間が、小手にきた。残心からの返す刀で弾きあげる。がらあきの胴を、もう一刀が狙う。

鎌倉が八相から剣風を曳いて奔（はし）る。

――キーン。

中間が、左足を踏みこむ。

突き、薙ぎ、上下左右正面と、間断なくくりだされる小太刀の乱撃を、真九郎は、受け、弾き、流し、かわす。そのかん、お高祖頭巾が右にうごけば左に、左にうごけば右に。中間を盾にする。が、このままでは竹の垣根に追いつめられてしまう。

踏みとどまる。

月光をあびて乱舞する刀身をことごとく撥ねかえす。

踏みこむ。

脚にきた。巻きあげる。

中間がさからわずに躰をひねる。

身をひるがえしながら跳ぶ。敵の切っ先が背をかすめる。襷掛けの紐が切れた。

右足で地面を蹴り、ふたたび跳ぶ。紐がほどけ、うしろに流れた袖を棒手裏剣がつらぬく。宙で反転。左足が大地をとらえる。

駆けだし、間合にとびこむ。

鎌倉が奔る。

弧乱――。

一合、二合、三合。

――バサッ。

胴を薙ぐ。

「うぐっ」

残心の構えをとることなく、右斜め後方へ跳ぶ。いた場所を棒手裏剣が襲う。

真九郎は駆けた。

お高祖頭巾が、棒手裏剣をにぎり、打つ。

弾きあげ、右手を柄から離す。

お高祖頭巾が、左手の袋に右手を突っこんで、棒手裏剣をにぎる。

懐にとびこみ、右の拳(こぶし)でしたたかな当て身をいれる。

「あっ」

袋からだした棒手裏剣がおち、お高祖頭巾がくずおれる。

五歩さがり、鎌倉に血振りをくれて、懐紙をだす。刀身をていねいにぬぐい、鞘にもどす。

残りの懐紙をだして顔にあてた。

返り血は浴びていない。しかし、着衣には散っている。

仰向けに倒れているお高祖頭巾に眼をやる。

いずれ気がもどる。両断された紐で手足を縛っておけばめんどうがなくてすむ。しかし、気を失っている婦女にふれるのはためらいがある。

真九郎は、武士が廊下に投げた羽織をとってきてひろげ、お高祖頭巾の足もとからかけた。帯のうえまでしかとどかない。羽織の袖で二の腕のなかほどまでを覆った。

お高祖頭巾はととのった目鼻立ちだ。真九郎は、眼をそらせ、縁側にもどって腰かけた。

静かだ。

いましがたまでの死闘が嘘(うそ)のように、あたりは夜の静謐(せいひつ)さにつつまれている。

たちのくしたくをしていた。川仙からいったん霊岸島にもどり、琢馬や藤二郎たちとともにきたら、一味は消えたあとであったろう。甚五郎の子分たちが尾けたとしても、気づかれることなくつぎの塒までたどりつきえたかどうか。

月が、雲に隠れ、またでてきた。

お高祖頭巾は気がつくようすもない。

真九郎は、眉をひそめた。家の裏手から人の気配が迫ってくる。縁側を離れ、左手を鯉口にもっていく。

かどをまがって居合遣いがあらわれた。羽織袴に両刀。庭に眼をはしらせた居合遣いが、羽織の紐をほどきながら、ふたたびお高祖頭巾を見た。

「遅かったか」

「当て身だ」

「で、わざわざ羽織をかけてくれたわけか。親切なことだ。礼を言う。したが、許せぬ」

居合遣いが、羽織をぬぎすて、左手を鯉口にあてて腰をおとした。

右手を柄にもっていく。

真九郎は、鎌倉を抜き、青眼にとった。

四間（約七・二メートル）余。

居合遣いが摺り足で迫ってくる。ほとばしる殺気を隠そうともしない。

「今宵こそ決着をつけさせてもらう」

「望むところだ」

青眼から得意の八相へもっていく。

居合遣いが、さらに腰を沈めかけ、眉をひそめた。

真九郎も気づいた。稲荷の方角から多人数が駆けてくる。

「ちっ、またしても」

居合遣いが、刀に両手をかけて躰をむけたまま、斜め後方のお高祖頭巾のそばにいく。

そして、左手で脇差を抜きはなつなり、胸に突きたてた。

真九郎は叫んだ。

「なにをするッ」

「妻だ。町方などの手にはわたさぬ」

さっと身をひるがえし、駆け去っていく。

追うのも忘れ、真九郎は茫然と立ちつくしていた。

闇の一味は死罪である。町奉行所に捕縛されれば、闇の手掛りをえるために、白状するまで過酷な吟味にかけられる。

──たとえそうであったにしても、おのが手で、みずからの妻の命を、ああも冷然と絶てるとは。

真九郎は、居合遣いが消えたかどを見つめつづけた。

「旦那ッ」

亀吉の声だ。

真九郎は、懐から手拭をだして鎌倉にぬぐいをかけて鞘にもどした。お高祖頭巾の胸に突きたてられた脇差に眼をやる。刀身が月光をあつめてにぶく光っている。

琢馬がやってきた。

「二名か。あの女は」

真九郎は話した。

琢馬がするどい声を発する。

「妻だとッ。てめえの女房を、なんのためらいもなく刺し殺したっていうのか」

「そのとおりです」

琢馬がまえにきた。

「返り血をあびてるな。藤二郎」

「へい」

「裏に小径があるはずだ。亀を残し、あとを追ってみろ。逃げた方角からして、竪川だ。町家をあたってみな。見た奴があるかもしれねえ。だが、見つけてもけっしてちかよっちゃあならねえ。呼子（よびこ）を吹きまくって加勢をあつめろ。おいらは、自身番に行って御番所へ誰か走らせる。ここで会おう」

「承知しやした」

　琢馬が藤二郎から眼を転じた。

「おめえ、松造って名だったな」

「そうでやす」

「甚五郎に礼（れえ）を言っといてくれ」

「へい」

　琢馬が、顔をもどした。

「あとはおいらがやる。おめえさんはいそいで帰（けえ）ってくれ」

「かたじけない」

「亀、行くぜ」

　弓張提灯をもった亀吉を先頭に、琢馬、真九郎、松造の順で夜道を走った。

羅漢寺まえをまっすぐ行った小名木川ぞいの丁字路で、琢馬たちと別れた。二十間（約三六メートル）ほどさきの栈橋に、徳助の屋根船がある。

川岸から栈橋におりる。つづいておりてきた松造が叫ぶ。

「徳助、すまねえがもうひと働きだ。霊岸島和泉屋のめえまであらんかぎりの力で漕げ」

屋根船にとびのる。

徳助が棹をあてた。

屋根船の座敷で、真九郎は左脇に鎌倉をおき、腕をくんで瞑目（めいもく）した。

「松造」

「へい」

「世話になった。この件が無事に終わったら、川仙で一献かたむけたい。甚五郎にそうつたえてもらえぬか」

「かしこまりやした」

舟の揺れに斟酌（しんしゃく）なく、徳助が艪を漕いでいる。

――おちつけ。

真九郎は、おのれに言い聞かせた。

——いまは待つしかないのだ。

夜四ツ（九時四十分）の捨て鐘が鳴りはじめた。

大川にでて、下流にむかう。屋根船は流れにのって速くなる。大川から新川にはいったところで、真九郎は眼をあけ、鎌倉を手にして舳からでた。

船足がおちる。

「徳助、礼を申す」

桟橋によこづけされた。真九郎はとびおり、駆けだした。桟橋から川岸にあがり、通りをつっきって脇道にとびこむ。

いっきに駆けぬけ、まがる。

格子戸はつっかい棒がしてあった。

「旦那さま、ただいまおあけします」

平助のつねとかわらぬ声に、真九郎はようやく緊張をといた。

第五章　対決

一

翌日は、風のある曇天だった。

霊岸島にもどってきたのは、昼八ツ（一時四十分）から小半刻（二十五分）ほどすぎてであった。上屋敷道場から本所亀沢町へより、師の源之進に会った。

居間で手短に事情を説明し、一件が解決するまで研鑚日に道場にくることの猶予を願った。

源之進が即答した。

「むろんだ」

「ありがとうございます」

源之進が、柔和な表情で見つめ、まをおいた。

「真九郎には、やさしさがある。このことは以前にも話したな。新五郎の言いぐさではないが、摩利支天はおぬしに艱難辛苦の道を用意しておるようだ。修羅場をくぐるほどにするどさをましてきている。道場では、もはやおぬしに敵う者はおるまい。だがな、真九郎、くれぐれも申しておく。独りでかかえこむなよ、手にあまるときはいつでも申すがよい。立花家の道場はわたしがかよう。よいな、遠慮するでないぞ」

「その節はお願いいたします。先生、これにて失礼します」

「うむ」

うなずく源之進に低頭し、真九郎は道場をあとにした。

格子戸をあけて声をかけると、雪江ととよが迎えにきた。

雪江が、稽古着を包んだ風呂敷をうけとり、うしろにひかえているとよに、わたした。

寝所の刀掛けに大和をおき、居間で袴をぬぐ。

「あなた、さきほど亀吉がまいりました。桜井さまが藤二郎のところでお待ちとのことです。お昼をすませたら、平助を使いによこしてほしいと申しておりました」

「わかった」

手早く茶漬けで中食をすませ、真九郎は鎌倉を刀袋にいれた。平助を呼び、藤二郎のところから神田鍛冶町の美濃屋へ行き、主にわたすようにと言った。

刀は武士の魂である。持参すべきだが、いまは留守にしたくない。

ほどなく、桜井琢馬と藤二郎がきた。

真九郎は迎えにでた。

「桜井さん、おあがりください。酒を用意させております」

「おっ、そいつはすまねえ」

雪江ととよが食膳をはこんできた。藤二郎の食膳までそろったところで、真九郎は言った。

「お待たせしたそうで、申しわけございません」

「なあに。今日は冷える。遠慮なく飲ましてもらうぜ」

「どうぞ」

夜半から未明までの雨が大気に湿り気をあたえ、雨にかわって吹きはじめた筑波からの北風が江戸を震えあがらせた。

客間のまんなかにある素焼きの丸火鉢には炭火がいれてある。陶器の丸火鉢が登場するのは、江戸時代も末期になってからだ。

琢馬が杯をおいた。

「お奉行が、たいへんに案じておられる。まずは、そのことを伝えておかなきゃあならねえ」

「恐縮にぞんじます。よしなにおつたえくださ い」

琢馬がうなずく。

「今朝、おれん家のにも、今度の二十日はなしにするように言っておいた」

「その件ですが、団野先生にお会いしてきました。それで帰りが遅くなったしだいです。めどがつくまで亀沢町の道場へはよらずにまっすぐ帰ってきます」

「肩の荷がおりたぜ。おめえさんが帰ってくるまで、夜はおいらも藤二郎や亀たちとここに張りついてるつもりだった」

琢馬が、しんそこ安堵したようにおおきく息をした。

「お気づかい、かたじけない。それで、二十日のことですが、雪江も菊次での中食を楽しみにしております。時刻を九ツ半（十二時五十分）ごろからにしてはいただけないでしょうか。わたしが雪江を送り迎えします」

琢馬がほほえんだ。

「おれん家のも喜ぶよ。おいらたちも見まわりをきりあげてもどってくる。残りは臨時廻りにお願えしておくから、藤二郎んとこで会おう。それまでには、もうすこしいろんなことがわかってるはずだ。飯を食いながら話すよ」

「承知しました」

食膳には小鉢にもった蕪の甘酢漬けがある。白い蕪に、ほそく刻んだ深緑の昆布、糸状に輪切りにした唐辛子の赤が散っている。

真九郎は、諸白を飲み、あらたに注いだ。

琢馬が言った。

「ところでよ、昨夜はくわしい経緯を聞けなかった。話しちゃもらえねえか」

「わかりました」

真九郎は、松造から聞いたことと、猿江村の稲荷社うらまでを語った。

「なるほどな。たしかに寺社のなかと門前町とは、奴らの縄張だ。甚五郎に借りができたな」

「いや、わたしがたのんだことです」

「なあに、ちょっとした目こぼしをしてやりゃあ、それで帳消しよ。それよか、今朝から、御用聞きをかきあつめ、手のあいてる臨時廻りと猿江村から向島あたりまで虱潰しにあたってみた。奴らの別の塒を見つけたよ。だが、ずらかったあとだった。和泉屋のおりもそうだったが、四宿のそとに塒をかまえてるにちげえねえ」

東海道の品川宿、中山道の板橋宿、奥州道中と日光道中の千住宿、甲州道中の内藤新宿とを江戸四宿という。

おそらくはそうであろうと、真九郎も思った。

琢馬がつぶやく。

「代官は手勢がすくねえうえに、四宿のそとを残らずとなると、ひろすぎてどうにもならねえ」

しばらくは、箸をつかいながら飲んでいた。

蕪を食べ、杯に諸白を飲んだ藤二郎が、杯をおいて顔をあげた。

「鷹森さま、お高祖頭巾は、居合遣いの内儀でやすよね」

真九郎は首肯した。

「そのように申しておった」

藤二郎が首をひねった。

「あっしには、それがどうにもわかりかねやす。御用聞きの手先を殺ったときの相手も、背恰好からして昨夜の侍だと思いやす。なんで居合遣いじゃなく、奴といっしょだったんでやしょう」

「居合遣いは、こちらの眼をたぶらかすためにいろいろと扮する。となれば、ひとりのほうがうごきやすい」

琢馬が、ほほえみ、ひきとる。

「居合遣いをべつにして、昨夜の中間がもっとも遣えたと話してたよな」

「そのとおりです」

琢馬が、斜めうしろの藤二郎に横顔をむけた。

「お高祖頭巾は別嬪だったろう」

「わかりやした。あの侍なら、誰が見たってお高祖頭巾と似合いの夫婦で。お旗本か、どこぞのご家中の身分ありげな形をしてやした。あの侍といっしょなら、たとえまちがいねえと思っても、こっちはうっかり声をかけられやせん」

「そういうこった。腹はたつが、細けえことまで知恵のまわる奴らだぜ」

ほどなくして、ふたりが帰った。

平助が、美濃屋の言付けをもってもどってきた。いそぐのであればそのむねを報せてほしいが、できうれば鎌倉の鞘を拵えなおしたいとのことであった。

鎌倉はだいぶ研ぎにだした。当座は大和をさすしかあるまいと、真九郎は思った。重さは鎌倉とほぼおなじだが、刀身が一寸（約三センチメートル）短い。

二十日はあいにくの雨だった。

朝から鼠色の厚い雲が空を覆っていたが、上屋敷道場で稽古をはじめたころから、江戸をしめやかに濡らしはじめた。

帰路も、雨が江戸を灰色にぬりこめていた。

　やむことなくふりつづける小雨のなか、真九郎は着流しで足駄（高下駄）をはいて菊次にむかった。斜めうしろを、雪江がおなじように蛇の目傘をひらいてついてくる。

晩秋から、菊次の戸口には腰高障子がはめてある。

真九郎は、傘をとじて腰高障子をあけた。

雨にもかかわらず、菊次は混んでいた。ならんで順を待っている客もいる。

雪江がきくに案内されて奥の座敷に消えるのを見とどけ、真九郎は腰高障子をしめて蛇の目傘をひろげ、菊次よこの路地におれた。

客間で、琢馬と藤二郎が待っていた。

きくが女中たちに食膳をもたせてはいってきた。

琢馬が訊いた。

「おれん家のは」

「そろそろお見えになると思います」

「そうかい」

酌をしたきくが、障子をしめて去った。

諸白を飲み、すこしのあいだ箸をつかい、空腹をなだめた。

琢馬が、箸をおいた。

「いくつかわかったことがある。猿江村の塒は、あのお高祖頭巾のものだってことになってる。名も年齢もわかったが、どうせ本名じゃあるめえ。あそこに建てたのが六年めえだ。年寄は夫婦者で、お高祖頭巾の両親ってことになってるんだが、こいつも怪しいもんだ」

皮肉な笑みをうかべ、琢馬が杯を手にした。

「まあ、ともかく、奴らが言うには、三名は武州川越の出身だ。娘が城の奥御殿に奉公していたのだが、事情あってあそこに住むようになった。だから、侍や小者が出入りし、泊まってても、まわりの百姓たちは疑いもしなかった。まったく胸くそ悪くなるくれえに知恵のまわる連中だぜ」

武士の外泊は厳禁だ。が、役目とあらば、そのかぎりではない。

「たしかによく考えてあります。あらかじめ大名家の内情とかかわりがあるらしきことをにおわせておけば、何者が出入りしようが、滞在しておろうが、怪しまれません」

琢馬が吐息をもらす。

「そのとおりよ。もう一箇所もそれほど離れちゃあいねえ。小村井村ってとこだ。ちかくに梅屋敷がある。北十間川からちょいとへえったいかにも商家の寮って造りよ。京橋の両替商のものってことになってたが、知らねえそうだ」

江戸のはずれであり、真九郎は足をむけたことがない。

「舟でかんたんに行き来できるわけですか」

「そういうこった。中年増や大年増に商家の手代、杖をついた隠居が出入りするのを見られてる」

「みごとなものです」

真九郎は、苦笑をもらした。

つられたように、琢馬も笑う。

「まったくだぜ」

琢馬が笑みを消す。

「中間の小太刀の幅だがな、殺された茶問屋の疵とおんなしだった」

「やはり」

「ああ。たのんだ奴もお縄になったよ」

真九郎は驚いた。

「あとで話すからもうちょい待ってくんな。ちょうど中年増が小梅村にいた半月ばかり、猿江村の家にゃあ、老夫婦はいなかった。川越まで行かなけりゃならねえからって、帰ってくるまでちかくの百姓の女房と娘をかよいで雇ってる。それも、朝と昼と暮れの一刻（一時間四十分）ずつだけよ。おめえさんとこの斜めめえにも、十三日ほどいた。事情ありらしいってことは知ってるから、百姓の嬶も娘も気にもしてなかった」

「これでまちがいありません」

琢馬が首肯した。

「本芝の煙草屋殺しも小太刀遣いだ。背恰好が一致する。お徒目付屋敷はお高祖頭巾が見られてるからむろんだが、長櫃で絞め殺されてた下女も奴らのしわざにちげえねえ。これで、信濃屋の押込み強盗以外は、ほぼめどがついたってことよ。おめえさんにたのまれてたお徒目付の剣術の腕だが、てえしたことねえそうだ。もっとも、多少遣えたって、吉原でだいぶ飲んでたようだから、役にはたたなかったろうがな」

「金子の入手さきなどは」

琢馬が首をふった。

「当人は死んじまってるし、屋敷にもなんにも残ってねえ。はかばかしくねえようだ」

「小太刀はむろんのこと、あの侍もそうですが、手槍のふたりも遣えました。かの者たちすべてが、おそらくは闇の刺客ではなかったかと思います」

琢馬が、おおきく息を吐きだした。

「おいらもそうじゃねえかと思ってる。これで、落着してねえ殺しまですべて洗いなおさなきゃならなくなった。例繰方も吟味方も、頭かかえてるよ」

「それほどあるのですか」

「お奉行から、この十年ばかりのものは調べなおしてみるようご指示があったそうだ。ところで、茶問屋の主を殺らせたのは、となりの蠟燭問屋の主だった」

真九郎は眼を見ひらいた。

殺しがあれば、家の者をふくめて周辺から疑う。国もとで目付をしていたころに殺しをあつかったことはない。だが、まずは周囲の者を疑え、たいがいはそのなかに科人がいると、老練な目付から聞いていた。

「根は深えが、表向きは呆れけえるぐれえにばかげた話よ。もともと仲が悪かったらしいが、発端は梅の枝だ」

「そのようなことで」

真九郎は絶句した。

「ああ。殺しは、てえげえが、かっとなって我を忘れたか、信じられねえようなことが因でおこってる。このばあいがそれよ。茶問屋の梅の枝が塀越しに蠟燭問屋の庭にのびてきた。気にしなきゃなんてこともねえが、気になりだすと、これほど癪にさわることはねえ。で、談じこんだんだが、そのうちにってことでいっこうに切るようすがねえ。するってえと、今度は茶問屋が蠟燭問屋の天水桶がてめえのところに一寸（約三センチメートル）ばかりはみだしてるってねじこんできた」

真九郎は首をふった。

我執にとらわれると、人は分別を失う。愚かさは弱さであり、人の哀しさだ。そこにつけこみ、惑わす者がいる。

琢馬がつづけた。

「で、まあ、近所の評判になってた。ある日の夕刻、得意さきの使いがすぐにきてくれと駕籠を用意して迎えにきた。つれていかれたのがどこかは、駕籠ごと座敷のなかまではこばれたのではっきりしねえそうだ」

そこは灯りのない十畳の座敷だった。使いにきた中間が手燭をもっていて、襖のまえで膝をおってあけ、はいるようにうながした。

代々懇意にしてもらっている大身旗本からの急な呼びだしである。叱責であれば、駕籠を用意するはずもない。いったいなにごとであろうかと思うだけで、蠟燭問屋は訝(いぶか)しみもしなかった。

三十畳ほどの座敷だった。正面に簾(すだれ)がかかり、一段高くなった上段の間があった。灯りは下座左右のすみにおかれた雪洞(ぼんぼり)だけだ。それでも、簾のむこうに人影が着座しているのはわかった。

蠟燭問屋は、二歩すすんで正座し、かしこまった。

背後で音もなく襖がしめられた。

見覚えのない座敷だった。しかし、これがなんらかの趣向であり、相手は大身旗本だとばかり思っていた蠟燭問屋は、まったく別人の声で茶問屋の命をもらいうけてもよいと告げられて愕然(がくぜん)となった。

あまりのことに言葉を失っていると、相手がたたみかけてきた。

二歳上の茶問屋に、子どものころから悪さをされて恨んでいることも知っている。

蠟燭問屋は茫然(ぼうぜん)となった。

たしかに、子どものころは憎んでいた。しかし、そのころのかずかずの仕打ちをあらためて想(おも)いだしたのは、梅の枝の一件があってからだ。隣家であり、通りで顔をあわせれば挨拶をすることはあっても、つきあいはまったくなかった。

吟味方の調べにたいして、知り人や寄合などで茶問屋との件が話題になったときに、そういえば子どものころにもこのようなことがありましたと語ったことはあるという。しかしそれは、茶問屋が昔から粗暴な人柄であったと思わせるためであって、恨んでるなどとは身内にさえ話したことはないと断言した。

それだなと、真九郎は思った。

蠟燭問屋が昔話として語ろうと、つまりは忘れていないことを露呈しているようなものだ。そこから心底(しんてい)を推測するのはむずかしくない。

琢馬もおなじことを言った。

簾のむこうの人影が、三十両で茶問屋を亡き者にしてやろう、それともこれからさきもずっと不快な思いをしながら生きていくかと訊いた。

三日後に使いの者をやるから、承知ならそれとわからぬように金子を包んでわたせ。蠟燭問屋がけっして怪しまれることがないように始末する。たがいが会うのもこれきりとのことであった。

帰りも、やはりとなりの十畳間で駕籠にのせられた。

翌朝、野放図に枝をのばしてこちらの庭に葉をおとしている梅を見たとたんに、むらむらと憎悪がわきおこった。

蠟燭問屋は、迷いをすてた。

往復とも、誰にも姿を見られていない。いざとなったら、知らぬぞんぜぬでおしとおすことができる。

やましさはあった。だが、これで茶問屋にいやな思いをさせられずにすむ。子どものころからのさまざまな仕打ちが脳裡（のうり）に去来した。想いだすほどに、はらわたが煮えくりかえった。

みずからの手を汚（けが）すことなく意趣返しができる。

蠟燭問屋は、芯から震えるがごとき残虐な喜びにとらわれていた。

約束の日、それでもなお蠟燭問屋はためらっていた。使いの者がきたとき、この機会を逸すれば積年の恨みをはらすことができなくなるとの思いが、唐突に心を占めた。だから茶問屋に我が物顔をされるのだとおのれを鼓舞し、ありきたりの紙箱にいれて袱紗（ふくさ）で包んでおいた三十両をわたした。

茶問屋のほうは、吉原からの帰りに船頭にもちかけられた。

ある縹緻（きりょう）よしが、ゆえあって一年だけ旦那さまのような大店の主の世話になりたがっている。出戻りで、歳（とし）は二十三。年に六十両、半年ぶんの三十両だけは前渡しでほしい。住まいさえ用意してくれれば、下働きの老夫婦とともにうつり、その給金もいらないとのことであった。

茶問屋は、屋根船の艫（とも）の障子をあけ、船頭の話を黙って聞いていた。

吉原がよいは、茶問屋の道楽だった。花魁（おいらん）は金子がかかりすぎるので、散茶（さんちゃ）を馴染（なじみ）にしていた。

六十両は高いと、茶問屋は思った。しかしそれだけに、かえって興味がわいた。それほど縹緻よしなのかと訊くと、一度ご覧になっていただければわかるとの返事だった。

向島の小梅村に寮がある。

茶問屋は性急であった。会うだけは会ってみましょうとのり気ではないふうをよそおい、寮の場所を説明して翌日の夕刻にきてもらうようにと言った。

番頭は、酔狂（すいきょう）がすぎませぬかと懸念した。

だが、年に六十両ですむのなら、吉原で着物だなんだとよけいな祝儀をとられているのを考えればはるかに安あがりである。

翌夕刻、寮にたずねてきた中年増と対面した茶問屋は、あやうく感嘆の声をもらすところだった。

恥じらうようすに臈（ろう）たけた色香がともない、匂うような美しさであった。

これほどの上玉を独り占めできる。年に六十両なら安いものだ。一年といわず、二年でも三年でも。

「……で、助兵衛爺が、てめえを殺してもらうために喜びいさんで三十両を払ったってわけよ。番頭の話じゃ、三日とあけずにかよってたそうだ。おめえさんのこった、なんで半月も待ったかはわかるだろう」

真九郎はうなずいた。

「中年増は怪しまれません。大店の主が、妾を囲い、足繁くかよってくる。追剝強盗に狙いをつけられたのも無理はない」

「そういうこった。番頭は、黙って寮からでてってほっとしてたそうだ。へたすりゃあ、一年の約束だったたから残り三十両をだせって難題をふっかけられるんじゃねえかと思ってた。葬儀にでものりこまれたんじゃあ、厄介だからな。それとな、こっちがもっとも知りてえのは簾のむこうにいた奴よ。吟味方に幾度となく問い詰められ、蠟燭問屋は、侍ふうにしゃべってはいたが町人だったたかもしれねえって話してるそうだ」

真九郎は首をかしげた。

「一味の頭目は武士のような気がします」

琢馬が真顔になる。

「おいらもそう思う」

「となると、頭目のしたにやはり何人かいることになります」

「ああ、おめえさんが描いたあの図のうえに、頭目がいるってことじゃねえのか」

真九郎は首肯した。

「江戸と上方に何人か支配頭がおり、そのしたに組頭がいて、配下がいる」

「おいらもそう思う。闇がからんでるんじゃねえかって調べたからわかったんで、さもなきゃあ、奴らの狙いどおりに追剝強盗ってことですんだかもしれねえ。梅の枝や天水桶くれえで殺しまでするとは考えねえからな」

「たしかに」

「これで、あの図がまちげえねえってことと、奴らのやりかたがわかった。闇のことであらたにわかったことがあればいつでもいいから報せるようにって言われてるが、おめえさんと話しあってからと思ってたのよ。お奉行にご報告するんで、すまねえが行かなきゃならねえ。……藤二郎、腰をあげるとしようぜ」

藤二郎が障子をあけてきくを呼んだ。

雪江とともに菊次からもどると、たねと留七が土間の上り框に腰をおろして待っていた。

留七は、股引と半纏ではなく長衣を着ている。雨だというのに、夫婦して小綺麗な恰好だった。

　真九郎は、留七に顔をむけた。

「きておったのか」

「へい。ごぶさたしておりやす」

「そろってなにごとかな」

「ご報告にめえりやした」

「ここは寒かろうに。あがって待っておればよかったではないか。遠慮にはおよばぬ」

　留七が首をふった。

「旦那のお留守におあがりするなど、とんでもごぜえやせん」

　ふたりをうながしてから、真九郎は客間の障子をあけた。

　雪江が、とよを呼んで茶のしたくを言いつけた。平助が火鉢で火をおこして炭をたした。ほどなく、とよが四人ぶんの茶をはこんできた。

　厨(くりや)の八畳の板間は、まんなかに囲炉裏(いろり)がきってあり、冬はいつでも茶がいれられるように自在鉤(じざいかぎ)に鉄瓶(てつびん)をかけて湯をわかしてある。

　とよが障子をしめて去った。

　真九郎は言った。

「まずは暖まるがよい」

「ありがとうございやす」

留七が、茶碗に手をのばす。

よこのわずかうしろにすわったたねも、茶碗をとる。いつものけたたましさは影をひそめ、神妙にしている。

「旦那、こいつにおっしゃっていただいたように、あれ以来、毎日棟梁のところに行っておりやす。旦那のおかげで、やっていけると思えるようになりやした」

「そうか」

「お礼にお伺いするのが遅くなってしまいやした。堪忍しておくんなさい」

「気にせずともよい」

「いま、根岸の金杉村に棟梁の家を建てておりやす。あっしは、もうすこしちかくにいてもらいてえんでやすが、てめえの家は火事の心配のねえところのほうがいいってことでやす」

根岸の里は東叡山寛永寺の裏手に位置する。起伏のある土地に、疎林や田畑がひろがっている。

真九郎は微笑をうかべた。

「たしかにそうだな。それに、隠居するならそのほうがよかろう」

「正月は新しい家で迎えてえってことで、遅くとも師走のはじめにゃあ引越ができやす。それで、あっしらが棟梁のいた家にうつり住むことになりやした」

たねが、待ってましたとばかりに膝をすすめる。

「そうなんですよ。奥さま、棟梁の家は松島町なんです。これまでよりもずっとちかくなります」

「それはなにより」

雪江が嬉しげにこたえた。

松島町から武家地にはいった通りで、雲水姿の居合遣いと刀をまじえそうになった。琢馬が言うように江戸近郊に身をひそませているのかもしれないが、居合遣いはかならずあらわれる。

土蔵のあいだの四阿には屈強な人足たちがいて、藤二郎の手先たちもしばしば見まわっている。だが、居合遣いの敵ではない。

武士は、つねに死を考えて生きていかねばならない。刀を抜くとは、死を覚悟することである。敵の技倆が勝れば、おのれが死ぬ。その心がまえはできている。

居合遣いが、おなじ苦しみをあたえんがために雪江を害しにあらわれたら――。

雪江はむろんだが、藤二郎の手先たちや、かかわりのない人足たちまでが犠牲になるのは耐えがたい。それに、よもやとは思うが、年端もいかぬ弟子たちもいる。

「留七、引越の日がきまったら報せてくれ。引越祝い用の樽酒と魚などをとどけさせよう」

「おそれいりやす。ほかにも挨拶にまわらなきゃなりやせん。これからも、よろしくお引回しのほどをお願えいたしやす」

留七とたねが畳に両手をついて低頭した。

二

ふったりやんだりの雨もようの日が、さらに二日つづいた。

二十三日は、数日ぶりの快晴だった。老船頭の智造が漕ぐ猪牙舟で山谷堀まで送られ、真九郎は下屋敷道場へ行った。

前日の上屋敷での稽古後、井戸端で諸肌脱ぎになってしぼった手拭で躰をふいていると、用人の松原右京がきた。

真九郎は、稽古着の袖に腕をとおして右京を迎えた。

二十一日、立花左近将監は、さる若年寄の屋敷に招かれ、真九郎を譲ってもらえないかともちかけられたとのことであった。

右京が胸をはった。

「むろんのこと、殿はお断りした。鷹森どの、仕官の件は当家が先口でござるからな」

「承知しております」

「うむ」

去っていく右京を、真九郎はため息をつきたい気分で見送った。

どんどんのっぴきならない立場に追いつめられつつある。

武家は、面目をだいじにする。若年寄は、幕府では老中につぐ地位である。あるいは、寺田平十郎の件で労をとったおかたではないかと、真九郎は思った。

だとすると、使いの者なりに直接話をもってこられたら厄介なことになる。断ったにもかかわらず真九郎が若年寄の招聘に応ずれば、十万石余の大名である立花左近将監は面目を失する。

江戸にきて一年余、身辺は複雑になるばかりだ。

真九郎は、諸肌脱ぎになってあらためて躰をふいた。

下屋敷道場は門人がふえた。左近将監が参勤交代で上府してきた逗留組たちのために竹刀と防具をそろえさせたからだ。

木刀には木刀の利があり、竹刀には竹刀の利がある。真九郎は、熱心にそれを説いた。そして、それぞれの流派の形の稽古に木刀をもちいるのはかまわないが、打ちこみ稽古は防具を身につけての竹刀しか認めなかった。

昼九ツ（正午）に稽古を終え、いつものようにきがえ、下屋敷をでた。

中屋敷から稽古にかよう者は、新堀川ぞいの道をやってくる。新堀川の両岸は、わずかな武家地のほかは寺社とその門前町だ。

江戸は、おおむね七割が武家地で、一割五分が寺社で、残り一割五分に五十万余の町人が蝟集して住んでいる。

したがって、町家は密集し、武家地や寺社地は閑散としていた。広い境内を有する寺社は、樹木が生い茂り、門前町やちかくの町家に住む子どもたちの恰好の遊び場であった。

下屋敷のまえには、田畑をはさんで今治松平家とおなじ伊予の国の新谷藩一万石加藤家の上屋敷がある。一万石から大名だが、外様であり、上屋敷にもかかわらず浅草寺の裏手、吉原にちかい江戸のはずれに拝領している。敷地もわずか四千二百坪弱だ。

塀ぞいに東の隅田川方面にむかい、正面に雑木林がある下屋敷のかどを右にまがろうとして、真九郎は立ちどまった。

左斜めにある雑木林の小径から人影があらわれた。

武士だ。年齢は四十代なかば。身の丈五尺五寸（約一六五センチメートル）ほど。横幅があり、胸板も厚い。

よほどに鍛錬している。

五間（約九メートル）ほどのところで立ちどまり、武士がたしかめた。

「鷹森真九郎だな」

「貴殿は」

「円明流、山田権八郎。わかったであろう。おいで願おう」

権八郎が、踵を返し、でてきた小径にむかう。

内奥でわだかまっていた疑問のひとつが氷解した。

真九郎はついていった。

円明流は、宮本武蔵が播磨の国の明石城下に十年ほどいたころに創始した剣である。その後、尾張にしばらくとどまってから江戸にでた武蔵は、みずからの剣を二刀一流と称する。そして、細川家の熊本城下にうつったのち、泰勝寺の春山和尚から〝二天道楽〟の法号をもらい、〝二天一流〟とあらためた。

九州では二天一流がつたえられ、播磨の国の明石や姫路、道場をひらいていた摂津の国の高槻などで学んだ弟子たちによって円明流が継承された。

三年まえに上意討ちした柿沼吉之介が、今治城下にある円明流道場の門人だった。だが、道場主は山田権八郎ではない。

雑木林を割る小径は、右に左にとくねっていた。真九郎は、権八郎のうしろ姿を見失わぬようにした。

やがて、陽溜りにでた。

四周二百坪ほどが、ぽっかりとあいている。片隅に小屋がある。

なかほどまですすんだ権八郎が、ふり返る。

「したくをしろ」

懐からだした紐で襷をかけはじめた。

真九郎は言った。

「貴殿と遺恨はないはず。理由を聞かせてもらいたい」

「申すゆえ、したくをしろ」

「承知」

風呂敷包みを足もとにおく。紐で襷をかける。手拭で汗止めをして股立をとり、草履もぬぐ。

その体軀と風格。権八郎はかなりの遣い手である。

「森山と芦野のふたりでじゅうぶんだと思うたが、念のために神谷と永見にあとを追わせた。四人とも帰ってこなんだ」

「六尺（約一八〇センチメートル）余の大兵がいたが」

「永見だ。おぬしは、わが道場の四天王をことごとく斃してくれた。抜け」

「待たれよ。あの者たちが、なにゆえそれがしの命を狙ったのかをうかがいたい」

「同門のよしみでたのまれたのだ」

「今治城下に円明流の道場がある」

「私怨で同門の者を闇討し、妻女をつれて逐電したと聞いた」

権八郎門下の四天王が、ふいを襲うことなくしかけてきた理由に得心がいった。もしやとは思っていた。やはり、国もとの鮫島兵庫が策を弄したのだ。

「それはちがいまする。あれは……」

権八郎が、するどい声でさえぎる。

「聞く耳もたぬ。樋口どのとは、明石の道場でともに剣を学んだ仲。兄弟子にたのまれたゆえひきうけたが、流派の意地と、高槻城下に山田道場ありと知られた面目にかけても、そのほうが命、もらいうける」

今治城下に直心影流の竹田道場ができてからは、円明流の樋口道場は入門者が減った。道場主の樋口虎右衛門が、剣術指南役への仕官を望んでいるとの噂は早くから耳にしていた。鮫島兵庫が、そこにつけいったのであろう。

「やむをえませぬ。直心影流、鷹森真九郎。お相手つかまつる」

権八郎が、抜刀して青眼に構えた。

鯉口を切り、大和を抜き、おなじく青眼にとる。

陽は頭上南にある。

東に位置する権八郎が、切っ先をむけたまま南にゆっくりとすすむ。陽を正面にするのは不利だ。真九郎は、相対する西から北方向に足をはこんだ。

切り株を避け、距離をつめていく。

三間（約五・四メートル）。

権八郎がとまる。

真九郎は、肩幅に両足をひらいて自然体にとった。ゆっくりと息を吸ってはき、臍下丹田に気をためる。

わずかに左半身にとっていた権八郎が、さらに右足をひき、柄頭を右脾腹のまえにもってきて刀身を斜めにした。

切っ先が右眼にむけられる。そのまま腰をおとし、摺り足で迫ってくる。いまだ殺気は発していない。気迫で圧倒せんとしている。

真九郎は、青眼から八相にとった。右眼に擬された切っ先でもなく、権八郎の眼でもなく、さらにそのむこうを見る。

二間（約三・六メートル）。

たがいに一歩踏みこめば切っ先がとどく。が、じゅうぶんではない。

権八郎が、じりっ、じりっ、と迫る。

微動だにせず、待つ。

権八郎から殺気がほとばしる。右足をおおきく踏みこむなり、突きをいれるとみせかけ、切っ先に弧を描かせて左脾腹にきた。

右足を踏みこみ、渾身の力で弾く。

――キーン。

耳朶をつんざかんばかりの音が余韻をふるわすなか、真九郎は右足をひき、正面で大和を立てた。四天王の師にふさわしい剛剣だ。疾さと剛さに重さがある。

おなじく右足をひいた権八郎が、脇構えにとる。敵から刀身を隠す〝陽の構え〟とも

〝金の構え〟ともいう。

真九郎は、ふたたび得意の八相にもっていった。

「よくぞかわした。わが四天王を斃しただけのことはある」

撃たんとするせつなに躰が膨らんだ。剛剣であるがゆえだ。刀匠の業物であり、肉厚の大和だからこそ弾けた。

大和にはわずかな刃こぼれしかないが、権八郎の差料はちがうはずだ。刀身がぶつかったときに、くいこむ感触があった。

権八郎が、大地に張りつくような摺り足で間合をつめてくる。

真九郎は、足裏のはんぶんほど左足をひいた。

権八郎の差料のほうが、刀身が一寸五分（約四・五センチメートル）あまり長い。そのぶん、踏みこみをふかくしないと、切っ先がとどかない。

直心影流には、〝面影〟や〝松風〟の技がある。太刀筋としては〝後の先〟だが、こちらからしかけ、もしくはさそう。つまりは〝先後の先〟である。

松風は、どっしりとした巨木の松にたいする微風の剣だ。樹齢数百年の松といえども、そよ風に葉は揺れる。

くる――。

権八郎の上体が、殺気とともに膨らみ、霞から剣風を巻きおこして白刃が襲いきた。左足をおおきくひいて見切る。が、切っ先が思いのほかのび、左腕の肉をかすめる。八相から左胴に大和を奔らせる。権八郎が左足をひき、反転させた切っ先を大地にむけて受けた。その反撥を利用して面を狙う。

鎬で受けながされる。

袈裟にきた。

崩れかかる上体を踏みとどまり、神速の疾さで弾きあげ、燕返しに小手にいく。

権八郎がとびすさり、大上段にとった。

真九郎は、青眼にとりながら二歩さがった。

とびこめば面を割られていた。ようやく、左腕に痛みがきた。肘から血がしたたっている。

「トリャーッ」

権八郎が、裂帛の気合を放ってとびこみざま、まっ向上段から面にきた。突けば相討ちだ。左腕を頭上に突きだして鎬で受けながす。

柄から右手をはなした権八郎が、脇差を抜きざまに胴を薙ぎにきた。

それより速く、真九郎は左膝をおって腰をおとした。片膝立ちとなり、脇差を受け、巻きおとさんと力をこめる。

瞬間、権八郎が背後に跳ぶ。

左腕一本の片手斬りで脚を薙ぎにいく。が、とどかない。袴を裂いただけだ。

真九郎は、すばやく立ちあがり、青眼に構えた。

「わが秘太刀をかわすとは。……褒めておこう」

権八郎が、右手の脇差を青眼に、左腕をのばして頭上に刀を立てた。

真九郎は八相にとった。

間合をつめ、踏みこむ。

「ヤエーッ」

満腔からの気合を放って小手を狙いにいく。さそいだ。

権八郎が、右腕をよこにながし、左腕一本で刀を天空から振りおろす。

小手にいくとみせかけた大和が反転。刃こぼれのあるあたりの地肌を渾身の力で撃つ。

――カキーン。

刀身がおれとぶ。

「なんとッ」

権八郎が驚愕の声を発した。

勢いのままに八相にもっていった大和が迅雷と化して袈裟に奔る。

首筋から脾腹まで斬りさげる。

「うぐっ」

権八郎が、膝をつき、まえのめりにどさっと倒れる。頸のまわりに、血溜りがひろがっていく。

真九郎は、残心の構えをとき、肩でおおきく息をした。

大和に血振りをくれ、懐紙でていねいにぬぐって鞘にもどす。汗止めの手拭をはずして顔をふいた。

返り血は浴びていない。着衣にもついていない。手拭で左腕の血をふき、まいて右手と歯で縛る。襷紐をはずして懐にしまう。

権八郎も四天王も、鮫島兵庫の奸計にはまった。

真九郎は、わずかに頭をたれて瞑目し、足早に山谷堀へむかった。

猪牙舟の艫で腰をあげた多吉が、心配げな表情をうかべる。

「旦那、遅えので案じておりやした。まさか、またしても……」

「ああ、いそいでやってくれ。藤二郎に報せねばならぬ」

「承知しやした」

多吉が棹をあてる。

帰路は流れにのるから速い。それでなくとも、船頭が多吉である。猪牙舟が、川面を滑るようにくだっていく。

冬の澄みきった青空とはうらはらに、真九郎の心は曇っていた。

和泉屋まえの桟橋からいそいだ。裏通りに、異変の気配はなかった。真九郎は、鼻腔から息をはきだし、格子戸をあけた。

「ただいまもどった」

廊下を雪江ととよがやってきた。

「お帰りなさりませ」

真九郎は、風呂敷包みをわたして足袋をぬいだ。雪江はそれだけで察したようだ。

「では」

真九郎はうなずいた。

「かすり疵をおうた。膏薬と晒をたのむ。それと、平助を呼んでくれ」

「はい」

真九郎は、障子をあけて居間にはいった。雪江ととよが厨にむかう。寝所の刀掛けに大小をおく。

平助が廊下に膝をおった。

「旦那さま、お呼びでしょうか」

「菊次へまいり、おきくに、桜井どのにすぐにお越し願いたいとつたえてきてくれ」

「かしこまりました」

真九郎は火鉢のそばにすわった。

雪江が焼酎を、とよが手盥をもってはいってきた。焼酎をおいた雪江が、膏薬、油紙、晒を用意する。

真九郎は、左袖をまくった。雪江が手拭をほどく。疵は一寸（約三センチメートル）あまりで、すでに血はとまっている。

雪江が、とよからしぼった手拭をうけとり、血の跡をふく。焼酎をかけて、膏薬を塗り、裂いた晒でまいて縛る。

手盥や焼酎などをかたづけた雪江がもどってきて、障子をしめ、着替えをてつだった。

遅めの中食をすませたあと、真九郎は大和を刀袋にいれて、平助を神田鍛冶町の美濃屋に使いにやった。鎌倉は研ぎにだしたままだ。手もとに残っているのは、備前と胴太貫だけだ。

しばらくして、琢馬と藤二郎がきた。

客間にはいっていくと、琢馬が見あげ、訊いた。

「居合遣いかい」

期待の眼差だ。

真九郎は首をふった。

「そうではありません」

真九郎は、琢馬の正面に坐し、話した。

耳をかたむけていた琢馬が首をめぐらす。

「藤二郎、何名かつれていってきな。死骸がなければ、捜しておいらの掛だって断り、始末しな」

「わかりやした。行ってめえりやす」

藤二郎が、会釈してでていった。

「桜井さん、よろしければ酒を用意させます」

「そいつはありがてえ。藤二郎と駆けてきたもんでな」

真九郎は、廊下にでて雪江を呼んだ。

座にもどると、琢馬が笑みをうかべた。

「おめえさんとつきあってると退屈しねえぜ。宮本武蔵ねえ。またおそろしく古い奴がでてきやがったもんだ。そうかい、二天一流のめえは、円明流って言ってたのかい。江戸じゃ聞いたことねえがな」

「播磨や上方にいくつか道場があるようです。安芸の広島浅野家でさかんな円水流は、円明流に水野流という居合術を併せたものだと聞いております」

「さすがにくわしいな。さっきのことは、あとでもうすこし聞かせてくんな。ところで、お奉行が、茶問屋の一件で礼を言っておいてくれってよ。おめえさんが気づかなけりゃ、あやうく追剝強盗ってことになるとこだった」

やがて、雪江ととよが食膳をはこんできた。

ふたりが去るのを待ち、諸白で喉をうるおした琢馬が杯をおく。

「無理にとは言わねえ。だが、できたら、その国もとの老職ってのが何者か教えちゃあもらえねえか」

真九郎はこたえた。

「国家老の鮫島兵庫です」

「そいつは大物だ。年齢はいくつだい」

「たしか、六十八か九、七十にはなっておらぬはずです」

「死にそこないの妄執ってわけかい。これで二度めだ。これからもまだあると考えておいたほうがいいな」

「ええ。五人もの剣客の命を奪ってしまいました。遺恨があるわけでもなく、ほんらいであれば刀をまじえずともすむ相手でした」

「おめえさんのせいじゃねえよ、気にすんな。そいつらは、その国家老の悪知恵のせいで死んだんだ」

たしかにそのとおりではある。

真九郎は、胸中によどむ苦いものを諸白で流そうとした。

琢馬が、いたわりの眼をむけた。

「なあ、さっき藤二郎に言ったように、山田って道場主も四名とおなじく闇に関係のあった者として始末する。和泉屋のときのこともあるしな、おめえさんも国もとをまきこみたくはねえだろう」

「桜井さん、かたじけない」

真九郎は低頭した。

「なおってくんな。だがな、これからのこともあるんで、お奉行にだけは話さなきゃならねえ。承知してくださるとは思うんだが、そのへんは含んでおいてくんな」

「むろんです」

「話しておきてえことがもうひとつあるんだ」

「なんでしょう」

琢馬が、残った諸白を干してあらたに注いだ。そして、銚子を食膳におき、からかうような眼をむけた。

「さる若年寄さまが、おめえさんが仕官する気はねえだろうかってお奉行にお城で訊いたそうだ。どなたかはおっしゃってくださらなかったがな。お奉行が、隅田堤の七人斬りがおめえさんだってことを明かし、仕官話騒動と、おめえさんが相手を聞こうともせずにみんな断っちまったと話したら、よほど残念そうな顔であきらめたらしいぜ」

真九郎は、安堵の吐息をもらした。

「助かりました。お礼を申します」

琢馬が眼を見ひらく。

「知ってたのかい」

「わたしもどなたかはぞんじません。ただ、立花侯にわたしを譲ってほしいともちかけられたと聞きました」

「それで」

「お断りしたそうです」

「だろうな。立花家に仕官しろって言われたんじゃねえのかい」

真九郎は首肯した。

「五月に立花侯に拝謁したおり、お誘いをうけました」

「それも断ったってわけだ」

琢馬が破顔した。

三

雪江には、居合遣いの妻のことは話していない。真九郎は、道場からの帰路をいそぐ日をおくっていた。

なにごともなく三日がすぎた。

この日は、深更から筑波颪が雨戸を叩き、真冬の到来を告げた。

寒風のなか、真九郎は未明の稽古にうちこんでいた。脳裡に、小太刀の二刀流を遣った中間の剣が焼きついている。

——あの舞のごとき自在な動きと、柔らかさを霧月にとりいれる。

青眼、下段、上段、八相。心を無にし、胴太貫を縦横に。が、ふるうのではなく、舞うがごとくあつかえるようにする。

国もとでは、強風のなかで師の竹田作之丞(さくのじょう)とともに弧乱(こらん)の稽古をした。暴風にのって叩きつけるように飛来する木の葉を見切り、あるいは両断する。

山田権八郎の切っ先を見切りきれなかった。見切りそこねたのは、これで二度めである。相手の技倆が優れていたからだ。しかし、それですましてしまうと、おのれの慢心につながる。

真九郎は、眼をとじ、古里の叢林(そうりん)にたたずんだ。飛来する木の葉を見切り、あるいは斬っていく。

やがて、明六ツ（七時）の捨て鐘が鳴りはじめた。

井戸に行って下帯だけになり、火照(ほて)った躰に水を浴びる。左腕の疵は、昨夜(さくや)から晒をまいていない。

朝餉(あさげ)をすませ、上屋敷道場へむかった。

凪は日の出とともにやんだ。筑波颪が雲を吹き払い、澄んだ青空からやわらかな陽射しがふりそそいでいる。

団野道場は夕七ツ（三時二十分）まで稽古をするが、出稽古は昼九ツ（正午）までだ。出稽古だけでは満足できず、さらに直心影流を修練したい者は本所亀沢町の道場に入門するしかない。流派の正統を守るためであった。

真九郎が直心影流を学んだのは今治城下でだ。江戸にも、直心影流の道場はいくつかある。しかし、どの道場で修行をしようが、印可を与えることができるのは十二代目の団野源之進義高のみである。

稽古を終えた真九郎は、いつものように上屋敷の門を背にしてまっすぐにすすんだ。

立花家上屋敷も道をはさんだ佐竹家上屋敷も、四周に不忍池から流れる忍川の掘割がめぐらされている。

佐竹家のかどをまがった。正面が三味線堀だ。右は幕臣の屋敷がならんでいる。辻番所からは見えないこの通りで、居合遣いに挑まれかかった。

正面に、三味線堀のはずれに架かる高橋がある。

右におれて、向柳原の通りにでる。

真九郎は立ちどまった。

五間（約九メートル）ほどさきの右の塀ぎわに、羽織袴に深編笠の武士がいる。

居合遣いだ。

背後の三味線堀にも、二町（約二一八メートル）あまりさきの左かどにも辻番所がある。ここで抜くとも思えないが、油断は禁物だ。

真九郎は、風呂敷包みをいつでもおとせるようにして、左手を鞘にもってきた。

袂（たもと）から両手をだした居合遣いが、こちらに躰をむけ、歩きはじめた。三間（約五・四メートル）ほどのところでとまる。

低い声で言った。

「ここでやりあう気はない」

「用件を聞こう」

「雌雄を決したい。晦日（みそか）の暮六ツ半（六時十分）、芝（しば）の鹿島明神（かしまみょうじん）よこの松原。あそこなら、邪魔がはいらぬ。ひとりでまいれ。それまで妻女に手出しはせぬ。違（たが）えれば」

真九郎はさえぎった。

「念をおすにおよばぬ。かならずまいる」

「よかろう」

居合遣いが、掘割のほうへおおきくまわる。

真九郎は、塀ぎわによった。

通りすぎた居合遣いが、高橋をわたって去っていく。

前方の辻番所から辻番がでてきて、訝しげに見ている。先月までは毎日かよっていた。しかも、人通りが絶える昼九ツ（正午）すぎに帰るので、顔馴染である。

真九郎は、笑みをうかべ、なんでもないというふうに首をふって辻番所のまえをとおりすぎた。

琢馬に報せるべきである。だが、捕縛にしくじれば、雪江が狙われる。師の源之進が、道場へかようと言ってくれた。しかし、いつまでも休むわけにはいかない。居合遣いは、身をひそめ、雪江がひとりになる朝を待つことができる。

中食をすませたあと、真九郎は居合遣いに挑まれたことを語った。

雪江は緊張した顔で聞いていた。

真九郎は言った。

「これで終わる」

「ご武運をお祈りしております」

真九郎はうなずいた。

その夜、真九郎は、雪江を抱きたいと思った。

激しい欲望だった。生への未練からであるのはわかっている。果し合いが終わるまでは女色を断ち、気力の充実をはからねばならない。

なかなか寝つけなかった。

翌日の夕刻、美濃屋の手代が大和をとどけにきた。

この年の初冬十月は、二十九日が晦日である。下屋敷道場から帰ってくると、団野道場の内弟子の少年が客間で待っていた。

先生に申しつかりましたと袱紗包みをおいて帰った。この月の給金が包まれていた。

中食のあと、真九郎は客間で独りになった。

眼をとじ、瞑想する。

昼八ツ（一時四十分）の鐘が鳴り、やがて夕七ツ（三時二十分）の鐘が鳴った。

それからしばらくして、雪江が廊下に膝をおり、障子ごしに声をかけた。

「あなた、そろそろにござります」

「ああ」

居間には、衣類と、浅草海苔でくるんだにぎりが一個に、茶が用意されていた。

真九郎は、にぎりを食べて茶を喫し、きがえた。

古着の布子（木綿の綿入り）に、おなじく古着の伊賀袴。足袋のうえに脚絆をまき、伊賀袴の裾をたくしこんで締める。そして、草鞋をはき、しっかりとむすんだ。

伊賀袴の名は、伊賀の忍の者たちがもちいたことによる。筒状になっており、通常の袴より裾が狭い。脚絆で絞れば、足もとが邪魔にならず、旅装にも適している。

ほどなく、暮六ツ（五時）を報せる捨て鐘が鳴りはじめた。

寝所の刀掛けから、脇差をとって腰にさし、肥後と名づけた胴太貫を手にした。火をいれた弓張提灯をもった雪江がついてきた。

真九郎は、土間におりて肥後を腰にさした。

雪江から弓張提灯をうけとる。

さきに夕餉をすませておくように言っても、返事はわかっている。雪江を見た。つぶらな瞳にゆるぎない信頼をこめて見つめかえしてきた。

「では、まいる」

「行ってらっしゃいませ」

真九郎は、表にでて格子戸をしめた。

月はない。雲間の冬空で、星が蒼白くまたたいているだけだ。

脇道から和泉屋まえの表通りにでる。

胴太貫は、刀身が二尺五寸（約七五センチメートル）。重心が通常の刀よりも切っ先よりにあるので、そのぶん重く感じるがのびる。

大和にするつもりでいた。しかし、客間で瞑想するうち、浜町河岸で見た居合遣いの疾さに拘泥しすぎていることに思いいたった。

疾さよりも間合で勝負すべきである。

新川をわたった。

霊岸島から築地をぬけて芝にむかう。

秋分をすぎると、昼より夜が長くなる。真九郎の足なら、芝まで半刻（一時間十分）とかからない。

亀島川を高橋で、八丁堀を稲荷橋でわたって築地にはいった。

冬の暮六ツすぎ。陽がおちるとともに冷えてくる。通りは人影がまばらだ。

土橋から浜御殿にいたる御堀（外堀）を、汐留橋でこえた。

あとは、町家のなかを金杉橋、芝橋ととおっていくだけだ。

芝橋をこえると、本芝町だ。本芝町は一丁目から四丁目まである。

江戸は、多くが表通りの両側でひとつの町家になっている。門前町など、表通りの片側だけの町家は片町と呼ばれた。

本芝二丁目の横道を左におれる。

町家をぬけて裏通りにでる。

松林が夜空に黒々と枝をひろげている。松林のさきに、白っぽい砂浜と海がある。波の音は聞こえないが、夜風に汐の香りがふくまれている。

たいがいの裏通りには、縄暖簾や煮売り、蕎麦屋などの食の見世がある。裏長屋には独り者が多いからだ。

鹿島明神ちかくの松林の奥に灯りがある。

真九郎は、裏通りから松林にはいっていった。

北町奉行所の隠密廻りを斬ったおなじ場所で、居合遣いは決着をつけんとしている。おのが手で妻を刺し殺した猿江村の塒でもいいはずだ。もはや町奉行所の手の者が見張ってるはずもなく、意趣返しであればあそここそふさわしい。

しかし、この地で一刀流を遣う隠密廻りを斬っている。験をかつがんとしているのかもしれない。

浜がちかづくにつれて、波の音が聞こえてきた。

黒い海が白く泡だち、浜を洗っている。

真九郎は、松を迂回しながら灯りにむかった。しだいに、よせては返す波の音が強くなっていく。

海風にも、汐の香りが濃い。

浜にちかい松の根元に弓張提灯と深編笠とがおかれ、そばに居合遣いが立っていた。羽織袴姿だ。

真九郎は、五間（約九メートル）ほど離れた松のよこで立ちどまった。

居合遣いが言った。

「ひとりできたようだな」

「むろん」

「これまで、遺恨で斬ったことはない。だが、おぬしだけはべつだ。なにゆえ当て身など。縄目の恥辱をあたえるよりは、斬るが武士の情け。おぬしだけは許せぬ」

「おなごは斬れぬ」

「甘いッ」

居合遣いが叫んだ。憎悪の眼差が、刺しつらぬかんばかりだ。しかしすぐに、おのれを制した。眼光が氷の刃になる。

真九郎は、しずかに告げた。

「闇の頭目は武士であろう」

「会うたことはない」

「黄をおうと読み、符丁とする者の配下か」

居合遣いの顔に驚きがはしる。

「そのようなことまで。あの隠密廻りも、そこまでは知らなんだはず。……そうか、桜井とかいう定町廻りか」

真九郎は首をふった。

居合遣いが眉間をよせた。

強い海風が吹いてきて、着衣をはためかせる。

ややあった。

「南品川宿の海晏寺まで誘いだし、猪牙舟を三艘も用意しておいて尾けさせた。そういうことか、いかにして見抜いたかは知らぬが、八丁堀ではなくおぬしだな」

居合遣いが、羽織の紐をほどき、ぬいだ。

すでに襷掛けがしてあった。

真九郎は、居合遣いから眼をはなすことなく松の根元に弓張提灯をおき、懐からだした紐で襷をかけた。

風がある。

手拭で額をむすぶ。

居合遣いが左手を鯉口にやり、草履をうしろに弾いた。

真九郎は、肥後を抜き、青眼にとった。

「直心影流、鷹森真九郎」

居合遣いの口もとを冷笑がかすめた。自嘲ともとれた。

「名も流派も捨てた。人斬り剣法にそのようなものはいらぬ」

たがいに、ゆっくりと間合をつめていく。

三間（約五・四メートル）。

居合遣いが、鞘ごとまえにだし、鯉口を切る。

真九郎は、居合遣いの動きにあわせて切っ先をさげた。青眼の切っ先を、居合遣いの眉間に擬したままにする。

二張りの弓張提灯と、わずかな星明かりがあるだけだ。護りの構えである下段も、得意の八相もさけたのは、刀身を居合遣いの眼にさらさぬためだ。

浜では、波が駆けのぼり、力つきて去っていく悠久のいとなみをくり返している。聞こえるのは、その音と、松葉をさわがす風の音と、摺り足が砂をつぶす音のみだ。

居合遣いへの敵意はない。だが、雪江に生きていてもらうには斬らねばならぬ。でかけるときの雪江の曇りのない眼が、もどらねばあとを追う覚悟を語っていた。

二間（約三・六メートル）を割る。

心を無にする。

居合遣いが、いちだんと腰を沈めた。摺り足が砂を嚙み、めりこんでいく。

ひときわ強い海風が、松をさわがしてとおりすぎていく。

居合遣いが、右足を蹴りあげて踏みこむ。

よこに跳ぶ。

足が砂を踏みしめるまえに、空を斬った居合遣いの刀が鞘にもどる。顔を狙って蹴りあげられた砂が、ぱらぱらと音をたてておちていった。

「さすがに遣う。小細工はきかぬか」

「もとより」

真九郎は冷たく言いはなった。

ふたたび、居合遣いが摺り足で迫ってくる。それとともに、腰が沈んでいく。

肥後の切っ先も低くなる。

居合遣いが、眼をほそめた。

殺気がほとばしる。踏みこむ。腰が沈む。刀が鞘走り、下方から斜めに斬りあげてきた。

修行のすべてを一撃にたくし、雷光の疾さで肥後の切っ先に弧を描かせる。

――キーン。

居合遣いがとびすさる。

振りかぶりながらとびこむ。面を撃つ。居合遣いが鞘にもどさんとした刀身の棟に左手をあてて頭上水平にかかげた。

刀を撃ちあわすなり撥ねあげて胴にいく。居合遣いが柄頭を立てて受け、巻きあげながら左手を柄にそえる。

肥後をひく。

居合遣いが刀身をかつぐような霞八相から袈裟にきた。

左足を斜めまえに踏みこむ。逆胴。肥後が大気を裂き、唸（うな）りが生じる。重い切っ先がのびる。居合遣いの腹を一文字に裂いて奔（はし）る。

切っ先が抜ける。左手を頭上に突きあげる。斜め下に構えて寝かせた肥後の鎬（しのぎ）を、居合遣いの刀が滑りおちていく。

右足をおおきくひき、残心の構えをとる。

居合遣いが両膝をついた。

まえのめりになるのを、柄をにぎったままの両拳でささえる。

「言うておきたい」

苦しげな声をだした。

「聞こう」

「やむなき仕儀あって、かような稼業に身をおとした。闇はふかいぞ。侮（あなど）らぬことだ。

名はいらぬが、できうれば、妻とともに葬ってもらいたい」

「約定はできぬが」

「かたじけない」

居合遣いが、肩を震わせながら渾身の力で刀身をたてた。柄頭が砂にめりこむ。刀身に頸の血脈をあてた居合遣いが、そのまま突っ伏した。

ひときわ強い海風が、松の梢をさわがし、吹きぬけていった。

真九郎は、肥後に血振りをくれて懐紙でていねいにぬぐい、鞘にもどした。額の手拭と、襷もはずす。

居合遣いの弓張提灯を吹き消し、足早に霊岸島へむかう。

刀をまじえたあとの言いようのない虚しさが、冬の夜気よりも冷たく内奥を凍えさせた。

「ただいまもどった」

格子戸をあけて声をかけると、雪江が小走りにやってきた。

「お帰りなさりませ」

安堵の笑みをうかべている。

雪江がいて、こうして迎えてくれることが救いであった。真九郎はほほえんだ。留守を襲われはせぬかとの不安な日々が、とりあえずは終わった。

平助を藤二郎のところに使いにやり、きがえた。

四

仲冬十一月初旬の一夜。

四国は伊予の国、今治城の大手門からほどちかい屋敷の客間で、城代家老の鮫島兵庫は、城下で道場を開いている樋口虎右衛門と対座していた。

兵庫は、いらだちを隠すために眼をほそめ、さきほどから見苦しい弁明を脈絡もなく述べている虎右衛門を見ていた。

呼びだして話をもちかけたときの傲岸なまでの自信は、どこぞにおき忘れてきたようだ。

過剰な自信が往々にして自惚れという名の蜃気楼にすぎぬのを、ながいこと政にたずさわってきた経験から知悉している。しかしあのおりは、鷹森真九郎の始末を急くあまり、虎右衛門への懸念をないがしろにしてしまった。

――いまとなってみれば、おのれらしくもない性急さであった。が、すぎたことを悔いてもはじまらぬ。さいわいにして、望みが絶えたわけではない。

年齢とともに寒さがこたえるようになってきたと、兵庫は思う。

日暮れまえから火鉢に炭をいれて用意させていたので、座敷には暖がある。ひどく冷えると、節々の疼痛に悩まされる。その予兆を、兵庫はおぼえていた。

虎右衛門が、ようやく口をとざした。

眼は畳におとしたままだ。

兵庫は、抑揚のない声をだした。

「いましばらくの猶予をと言うが、いつまで待てばよいのかな」

虎右衛門が、上目遣いにうかがう。

「さきほども申しあげましたように、山田権八郎が江戸へまいりました。いまごろは、鷹森真九郎めを葬っておるに相違ございませぬ」

「では、月内には報せがまいるな」

「はっ」

舌の軽い男よと、兵庫はさげすんだ。

「樋口どの、その山田道場の四天王にくらべれば、鷹森真九郎などなにほどのこともないと申しておったように思うが」

「あのおり、それがしは、ご城下におったころの鷹森真九郎の腕を考えておりました。江戸へまいって、かなり修行を積んだものと思われまする。しかしながら、山田権八郎は、わが円明流にても聞こえた遣い手。かならずや鷹森真九郎を討ちはたすとぞんじまする」

「さようか。ならば、吉報を待つとしよう」

虎右衛門が虚勢を張るほどに、兵庫は逆の結果になるであろうとの確信をふかめた。

「ご家老。万が一、万が一にもでござるが、権八郎がしくじりましたならば、それがしが江戸にまいり……」

「ならぬ」

発した怒声を、兵庫はすぐさま悔いた。

「いや、すまぬ。鷹森真九郎が吉之介を討ったはご上意。ただ、あのおりも話したように、斬るにしろ、母親の眼前で首まで断つことはなかった。その無慈悲なやりように、仇(かたき)を討ってくれと泣きつかれたゆえ、貴殿に相談したまでだ」

「重々承知しておりまする。しかしながら、流派の意地がござりまする」

「樋口どの。吉之介は孫ではあるが、これはあくまでも私事。わしにも立場がある。くれぐれも軽挙はつつしんでもらいたい。よろしいな」

虎右衛門の表情に落胆よりも安堵がよぎるのを、兵庫は見逃さなかった。

「かしこまりました。ご家老、樋口虎右衛門、ご家老のためであればいつなりとも身命をなげだす所存にござりまする」

兵庫は、おおきくうなずいた。

「かたじけない。では、吉報を待っておりますぞ」

虎右衛門はなおなにか言いたげであったが、一礼して退出していった。

なにが言いたいかはわかっている。指南役の件だ。だが、ことが成就(じょうじゅ)すれば骨をおってみようと述べただけで、約定したわけではない。

いまだ家中に知られてはいないが、主君の壱岐守(いきのかみ)は藩校を創設して文武を奨励(しょうれい)せんと望んでいる。その教授方のひとりとして虎右衛門を推挙すればよい。その目算があったればこそ、話をもちかけたのだ。かなえば、虎右衛門は終生の忠節を誓うであろう。

虎右衛門に述べたのとはうらはらに、兵庫は、あたかも切腹したかのごとくに見せんがために、吉之介の腹を一文字に斬り、首を断ったであろうと読んでいた。

みごとな処置ではある。だからこそ、小癪(こしゃく)なと思わなくもない。それが、身内への情(じょう)からであるのも承知している。

江戸からの報せで、壱岐守がなにゆえ大久保孫四郎(おおくぼまごしろう)に切腹を命じたかも判明した。

商人の闇討に手を貸すのはかまわぬが、やりようがあったはずだ。鷹森真九郎がかかわったのは、孫四郎の不運であった。

おのれの眼に狂いはなかった。

――ますますもって、あやつを帰参させるわけにはゆかぬ。

気になるのは、孫四郎へしたためた書状がどうなったかだ。遺品とともにもどってくるのであればよいが、壱岐守の眼に触れれば厄介なことになる。

だが、それへの対処も考えてある。娘への情愛にながされ、鮫島兵庫も耄碌したことにすればよい。そのときは、ことをいそぎ、隠居を願いでるまでだ。

どちらにしろ、来年の帰国までには江戸からなんらかの連絡がある。決めるのはそれからでも遅くはない。

客間から廊下にでた兵庫は、夜気に身震いをし、白い薄雲にかかる三日月に眼をやった。

おなじころ、江戸では、鬼心斎がふくらみはじめた三日月を愛でながら奥女中の酌で飲んでいた。

渡り廊下でむすばれた二十畳の離れ座敷である。下座の障子は左右にあけられ、ひろい庭が水墨画となって夜の底に沈んでいる。

松の枝のうえ、さえざえとした蒼穹に、両端が鋭利な鎌のごとき月がある。

食膳のむこうに山なりの鉄網をかぶせた御殿火鉢があるが、庭からしのびこむ夜気に、奥女中は紅を塗った唇を蒼ざめさせている。

鬼心斎は、杯を干すと、黙ってさしだした。奥女中が、震えをこらえて諸白を注いだ。

はんぶんほど飲み、杯を食膳においた。

いまは、酌をしている奥女中ともうふたりに、夜の伽を命じている。これまでも、厭きれば暇をやり、孕めば中条流の町医者のもとにやって流させた。

ほどなく、廊下に人の気配がして、弥右衛門が膝をおった。

「御前、参上いたしました」

「そちと冬月を肴に一献かたむけんと思うてな」

鬼心斎は、奥女中に眼をやった。

「酒がぬるうなった」

「かしこまりました」

奥女中が、三つ指をついて食膳をさげた。

去っていく奥女中のうしろ姿を見ていた鬼心斎は、廊下ちかくの下座にいる弥右衛門に眼を転じた。

「そこでは寒かろう。月も見えぬ。そこへまいれ」

炭の火に、鉄網が赤く焼けている御殿火鉢の右よこをしめす。

弥右衛門が低頭してから座をうつした。

庭に顔をむけたままで、鬼心斎は言った。

「あの者らにも厭いた。暇をやるゆえ、また見つけてくれ」

「承知いたしました」

それっきり、ふたりは無言で月を見ていた。

やがて、廊下を衣擦れがちかづき、さきほどの奥女中ともうひとりが食膳をはこんできた。

奥女中ふたりが、食膳の杯に諸白を満たして銚子をおいた。

「もうよい。そのほうらはさがれ」

三つ指をついて辞儀をし、ふたりが退出した。

「ちょうだいいたします」

弥右衛門が杯をとった。鬼心斎も、手をのばした。

「私怨はならぬと申しておいたに」

「申しわけございませぬ」

弥右衛門がかるく低頭する。

「まあよい。ずいぶんと役にたったが、しょせんは使い捨ての駒にすぎぬ」

「それにいたしましても、黒子の呼び名が知られておったとは。わたくしめの手抜かりにございます」

「信濃屋が隠密廻りに洩らしたのであろう。後釜はどうなっておる」

「はい。お指図どおりに、担売りを二組に分け、頭に古着屋をはじめさせております」

「鮫島とか申したな。なにか言うてきたか」

弥右衛門がほほえんだ。

「鷹森真九郎がいまだ生きておるなら、すぐにも五百両をわたすそうにございます」

「ほう。またしかけておったということか」

「そのようで。上方からの報せでは、家宝の茶器を京の商人に譲りわたしたとのこと。おおよそ八百両ほど手にしたそうにござります」

鬼心斎は、口端に冷笑をうかべた。

「たかが孫ひとりがためにそこまでな。愚かなことよ。しょせんは、三万五千石ていどの田舎大名の国家老にすぎぬわ。ひきうけたとつたえるがよい。鷹森真九郎、かなり遣うようだが、はたしてどこまでもつか、ためしてみるも一興。……弥右衛門、上方にも繋（つな）ぎをつけ、諸国に飼っておいた者どもをあつめよ。それとな、黄坤（おうこん）の出番だ」

「それでは」

「ああ。いかに用心しようが、いずれは町奉行所の知るところとなると思うておった。よきおりだ、雌伏（しふく）は終わりぞ。われらが秋（とき）、来（きた）る」

「お待ちしておりました」

弥右衛門が、頬に不敵な笑みをきざんだ。

本書は、徳間文庫より刊行された『刺客変幻　闇を斬る』（二〇〇五年九月刊）、その後加筆修正され朝日文庫より刊行された『刺客変幻　闇を斬る　二』（二〇一一年四月刊）に加筆修正を加えたものです。

実業之日本社文庫 あ28 2

刺客変幻(しかくへんげん)　闇(やみ)を斬(き)る　二(に)

2023年8月15日　初版第1刷発行

著　者　荒崎一海(あらさきかずみ)

発行者　岩野裕一
発行所　株式会社実業之日本社
〒107-0062　東京都港区南青山 6-6-22 emergence 2
電話 [編集]03(6809)0473 [販売]03(6809)0495
ホームページ　https://www.j-n.co.jp/
ＤＴＰ　株式会社千秋社
印刷所　大日本印刷株式会社
製本所　大日本印刷株式会社

フォーマットデザイン　鈴木正道（Suzuki Design）

ISBN978-4-408-55817-2（第二文芸）